Tatort FloraFarm

15 Kurzkrimis rund um die Bockhorner Ginseng-Gärten

Bockhorn 1, 29664 Walsrode

Herausgeberin: Gesine Wischmann
Bockhorn 1, 29664 Walsrode
www.florafarm.de
gesine.wischmann@florafarm.de
Illustrationen: Barbara Boßmeyer
Druck und Bindung: Primedia Th. Schäfer GmbH, Hannover
ISBN 3-00-014260-6

Tatort FloraFarm

15 Kurzkrimis rund um die Bockhorner Ginseng-Gärten

Inhalt

Ein paar Worte vorab

Es sind die frühen Herbstmorgen, wenn sich wie ein weißes Tuch der Nebel auf den Helkenhof legt. Man kann auf seltsame Gedanken kommen, und die Phantasie kann einem manchen Streich spielen. In einer solchen Stunde entstand die Idee, den in Wahrheit so idyllischen Helkenhof zum Schauplatz mysteriöser Verbrechen zu erklären. Niemand konnte ahnen, dass einige Monate später ein Buch vorliegen würde, eine Sammlung von 15 Kurzkrimis, die alle rund um Bockhorn und den Helkenhof mit seinen Ginseng-Gärten spielen.

Ich danke ganz herzlich den Autorinnen und Autoren, die zum Teil weite Wege auf sich genommen haben, um bei uns für den »Tatort FloraFarm« zu recherchieren. Es hat sich gelohnt, denn es sind sehr spannende und unterhaltsame Geschichten entstanden, die einen in ihren Bann ziehen und kaum wieder loslassen.

Wer sich selbst ein Bild vom Helkenhof und der FloraFarm machen will, ist dazu ausdrücklich eingeladen. Aber Achtung, es könnten Ihnen bei Ihrem Besuch Personen begegnen, die Ihnen nach der Lektüre des Buches irgendwie bekannt vorkommen. »War das nicht der Mörder in der Geschichte vom ...«, werden Sie sich vielleicht fragen. Es gibt natürlich keinen Grund zur Sorge. Ähnlichkeiten sind vielleicht beabsichtigt, doch alle Geschichten um die Personen dieses Buches sind frei erfunden.

Gesine Wischmann
Geschäftsführerin der FloraFarm

Im September 2004

Das Gold der Erde

Von Malachy Hyde

»Oh mein Gott! Nein, tun Sie das nicht!«

Schon von weitem hörte Viktor Karels Stimme herüberschallen. Sie durchschnitt die Idylle aus Rosenduft und Holunderblüten und holte ihn wieder in seinen Arbeitsalltag zurück, den er auf dem Weg zum Kombi fast vergessen hatte. Er packte die Schaufel fester und richtete den Riemen der Kamera über seiner Schulter. Hatte er etwas vergessen? Nein, der Professor hatte gebeten – eher befohlen, – er solle die Schaufel und die Kamera aus dem Kofferraum holen. Die Objektive, hatte er an die Objektive gedacht? Sicher, beruhigte er sich. Alles hatte er vor der Abfahrt kontrolliert, sie waren vorschriftsmäßig in den Fächern der Kameratasche verstaut. Die Filme? Mit einer Hand klopfte er auf die Brusttasche seiner Trekkingweste und spürte zu seiner Erleichterung die Filmdosen, die er heute morgen dort hineingestopft hatte. Er hatte alles dabei, doch diese Gewissheit verschaffte ihm keine Beruhigung. Viktor schluckte trocken, sein Schritt verlangsamte sich. Die Schaufel wurde schwerer, je näher er der Ausgrabungsstelle kam. Zu seiner Rechten wiegten sich die Ginsengpflanzen unter ihrer Beschattung in einer leichten Brise. Noch zwei Felder und der Herr Professor hätte ein weiteres Opfer für seinen Zorn: ihn.

»Nein, nicht da entlang, so mitten durch die Pflanzen! Herr Professor, ich bitte Sie! Kommen Sie da heraus.«

Der Mann stand gestikulierend am Ende der Plantage. Mit seiner gedrungenen Statur und dem grünen Arbeitsanzug war Karel nicht zu verkennen, der Mitarbeiter, den ihnen Gesine Wischmann, die Betreiberin der FloraFarm, überlassen hatte. Der sonst so ruhige, freundliche Pole wirkte aufgebracht. Viktor wunderte es nicht.

Von Karels Aufregung unbeeindruckt, stand der Professor in dem Feld, auf dem sich aus den aufgehäuften Wällen kleine Pflanzen ihren Weg durch die deckende Strohschicht an das Tageslicht brachen. Er sah sich um, beugte sich hinunter und zog mit einem Ruck eine der Pflanzen heraus. Ein schönes Exemplar, wie Viktor sogar auf die Entfernung erkennen konnte.

»Nein!«, gellte es den Weg entlang. Der arme Karel.

»Regen Sie sich nicht so auf, Sie Ignorant. Was wissen Sie schon. Ich mache hier nur meine Arbeit, tun Sie die Ihre, statt hier herumzukeifen wie ein Waschweib.«

Die Stimme verursachte Viktor eine Gänsehaut und ließ ihn den Kamerariemen fester umklammern. Seine Hand war feucht. Seit gut einem Jahr hörte er sie nun fast täglich und noch immer krampfte sich ihm dabei der Magen zusammen. Herr Professor Weidenzieher, die Kapazität auf dem Gebiet römischer Funde in Niedersachsen, war allseits anerkannt, was nicht bedeutete, dass er auch allseits beliebt war. In den Monaten ihrer Zusammenarbeit hatte Viktor oft miterlebt, wie Kollegen mit hochroten Köpfen aus dem Büro des Professors stampften, Türen knallten und Geschrei durch die Korridore hallte. Nein, Professor Dr. Horst Weidenzieher gehörte nicht zu den beliebten Kollegen und Vorgesetzten.

Was hielt ihn also an der Stelle des wissenschaftlichen Mitarbeiters? Wenn er nur mit seiner Publikation weiterkäme, dann könnte er sich an einer Universität zur Habilitation bewerben.

Doch diese Aussicht rückte in immer weitere Ferne. Seit er für Weidenzieher arbeitete, ließ der ihm kaum Zeit für seine eigene Forschungsarbeit. »Das Pferd und seine Bestattungsriten in keltischen Fürstengräbern in der Nordheide im Vergleich zu Pferdebestattungen der östlichen Reitervölker in der Mongolei und angrenzenden Gebieten«, das war ein Thema nach Viktors Geschmack. Während einer Exkursion in die Mandschurei hatte ihn dieses Thema gepackt, und ein damals spektakulärer Fund eines Keltengrabes mit Pferden in Norddeutschland ließ ihn dieses Thema für seine Arbeit wählen. Dann kam Professor Weidenzieher mit seiner Hybris, seiner Vorliebe für die Römer in Niedersachsen, und alles andere zählte nicht mehr. »Unsere Geschichte liegt in deutschem Boden. Mandschurei, papperlapapp«, hatte er ihm entgegengeschmettert, als er eine Forschungsreise beantragen wollte. Papperlapapp, das hatte ihn tief getroffen, doch einen zweiten Vorstoß hatte er nicht mehr gewagt. Zu deutlich sah er noch die tränenüberströmte Frau Meckel vor sich, als die ihn zum zweiten Mal um die finanzielle Förderung einer Ausgrabung in Hedemünden gebeten hatte. Weidenzieher hatte sie angeschrien und ihr das Geld verweigert, obwohl es sich um römische Artefakte handelte – die er jedoch nicht selbst hätte publizieren können. Und das war für ihn ausschlaggebend; der Herr Professor wollte sich selbst mit den Federn spektakulärer Funde schmücken. Konkurrenten ließ er nicht zu.

»Na, Viktor, auch endlich da?« Professor Weidenziehers hellgraue Augen strahlten wie eine explodierende Atombombe.

Viktors Magen schrumpfte, als er die Schaufel neben der Klappleiter ablegte, die er als erstes hergebracht hatte. Natürlich hätte er erst die Schaufel und dann die Leiter bringen müssen, aber sie hatte nun einmal obenauf gelegen, hätte er sie nicht herausgenommen, er wäre nicht an die Schaufel gelangt. Als sie an der Fundstelle angekommen waren, hatte ihn Professor Weidenzieher auf diesen Lapsus aufmerksam gemacht. »Was, lieber Viktor, sollen wir mit einer Leiter ohne Grube? Die Sterne am Himmel herumschieben? Zuerst immer die Schaufel! Hat man Ihnen an der Universität denn gar nichts beigebracht?«

Also war Viktor zum Parkplatz vor dem Ginseng-Café zurückgeeilt, um das Benötigte zu holen.

»Ich denke, wir heben dort erst einmal den Boden aus.« Weidenzieher deutete auf die Stelle, wo man mit der Anlage eines neuen Feldes begonnen hatte. »Dort haben Sie die Münze gefunden?« Der Professor musterte Karel wie ein Insekt.

»Ja, genau. Bitte, Herr Professor, kommen Sie aus dem Feld heraus. Der Ginseng verträgt das nicht, er will den Gärtner hören, nicht sehen, sagt Frau Wischmann immer. Bitte!« Obwohl Karel seinen Rücken straffte, wirkte er, als wäre er ein Stück in den Boden gesunken.

»Überlassen Sie mir die Entscheidung, wo es etwas zu finden gibt und wo nicht«, zischte Weidenzieher, stolzierte jedoch die Rinne entlang und stieg über den kleinen Zaun, der die Besucher der Ginsengfarm von den Feldern fernhalten sollte. Er drückte Karel die Pflanze in die Hand. Ihre Wurzel schaukelte am Stängel wie ein Embryo an der Nabelschnur. Karel bettete die Pflanze notdürftig in den Erdwall am Rande des Feldes.

»Nun kommen Sie doch endlich.« Weidenzieher wippte auf den Zehenspitzen. »Frau Wischmann sagte etwas von einem metallenen Geräusch, das Sie gehört haben wollen.«

»Ja, als wir die Furchen zogen, klirrte es so eigenartig. Ich dachte ja, da liegt ein altes Stück Eisen im Boden, von einem Zaun oder so. Aber dann fanden wir diese Goldmünze, die Frau Wischmann zu ihnen brachte. Und da dachten wir, wir lassen das hier erst mal sein und machten am anderen Ende weiter.« Bedauern schwang in seiner Stimme, vermutlich bereute Karel die Rechtschaffenheit seiner Chefin.

»Dennoch haben Sie eine weitere Furche gezogen, wie ich sehe. Hier machten Sie doch den Fund?« Der Professor deutete mit gerunzelter Stirn auf die mittlere dreier frisch ausgehobener Rinnen vor seinen Füßen.

»Genau.«

»Na dann, werter Karel, frisch aufgegraben.« Weidenzieher verschränkte die Arme hinter dem Rücken und wippte wieder auf den Zehenspitzen. »Am besten heben Sie erst einmal rund um die Stelle den Boden aus.« Sein Arm vollführte eine Kreisbewegung.

»Zwischen den Rinnen?«

»Zwischen der ersten und der letzten Rinne, natürlich. Karel, denken Sie doch bitte mal mit!« Weidenzieher verdrehte die Augen.

»Natürlich, Professor.« Karel seufzte und griff zur Schaufel.

»In der Mitte, da wo wir das Metall vermuten, lassen Sie die Erde erst mal stehen, hören Sie? Also verbinden Sie zunächst die beiden Wälle miteinander, einmal rechts, einmal links der Fundstelle, dann sehen wir weiter. Glotzen Sie mich nicht so an, Karel, los los.«

Karel stieß die Schaufel in die sandige Erde, dass es knirschte.

»Vorsichtig, ganz vorsichtig graben, wer weiß, was da noch alles im Boden steckt. Wir wollen doch nichts beschädigen.« Einen Augenblick lang beobachtete er Karel bei der Arbeit, dann drehte sich der Professor zu ihm um. »Sie haben mir noch gar nicht Ihre Meinung zu der Münze gesagt, Viktor. Nun?«

Seit wann legte Weidenzieher Wert auf seine Meinung? Selbstverständlich nur, um ihn bloßzustellen, selbst ein unbeteiligter Zuschauer wie Karel war ihm dafür recht. In Viktors Magen rumorte es. Er hatte die Münze gesehen, selbstverständlich hatte Weidenzieher sie ihm gezeigt, das musste er, denn Viktors Aufgabe umfasste auch die Dokumentation der Fundstücke und ihre Beschreibung. Dazu war es jedoch noch nicht gekommen, denn zuvor hatte sich der Herr Professor ein Bild von der Fundstelle, den näheren Fundumständen machen wollen, wie es sich gehörte. Erst dann würde er über das weitere Verfahren entscheiden, hatte er gesagt, ihm die Münze aus der Hand genommen und sie weggeschlossen.

Auf dieser Grundlage sollte er nun seine Meinung dazu abgeben. »Es wäre hilfreich, würde ich die Münze noch einmal sehen, Herr Professor.«

»Ein guter Wissenschaftler erkennt die Qualität eines Stückes dieser Art auf den ersten Blick. – Keine Idee dazu, was?« Weidenziehers herabgesunkener Mundwinkel spiegelte auf das Deutlichste wider, was er von seinem Assistenten hielt.

Viktor konzentrierte sich, wollte sich nicht schon wieder eine Blöße geben. Schließlich kannte er sich aus mit Münzen, davon hatten sie zur Genüge gefunden, und er hatte sie alle in den Händen gehabt, beschrieben, dokumentiert, katalogisiert. »Äh, ich meine, es war ein Aureus des Tiberius, das Abbild des Kaisers auf der Vorderseite, auf der Rückseite eine sitzende Figur nach rechts, mit einem Zweig. Die Aufschrift, nun, bedürfte einer eingehenderen Betrachtung.«

»So, so.« Weidenzieher spitzte die Lippen. »So, so. Na, da waren meine Bemühungen ja doch nicht gänzlich vergebens, lieber Viktor. Allerdings, die Aufschriften hätten Sie entziffern können, gut erhalten wie sie sind.« Er hob die Hand und erstickte Viktors Einwand im Keim. »Doch, doch, dazu hatten Sie ausreichend Zeit. Sie wollen doch ein Wissenschaftler sein, nicht wahr? Dann muss man lernen, dass Zeit kostbar ist, manchmal steht eben nur ein Augenblick für eine Einschätzung zur Verfügung. Eine falsche Entscheidung heißt, unsere knappen Mittel zu vergeuden. Sie kennen doch unsere finanzielle Situation, wir können uns keine Fehlgrabungen leisten. Aber wie ich sehe, haben Sie die Gelegenheit nicht zu nutzen verstanden, wie immer.« Er atmete geräuschvoll aus und warf einen Kontrollblick zu Karel, der bis zu den Knien in einem Loch stand, der Aushub in seinem Rücken betrug bereits einen knappen Meter.

»Sie haben Glück, Karel, mit dem Sandboden hier ist das Graben eine Kleinigkeit. Aber schleudern Sie die Erde nicht so herum, alles immer schön auf einen Haufen. Schließlich werden Sie das später ja noch durchsieben.«

Schnelle gleichmäßige Schritte näherten sich. Gesine Wischmann unterbrach ihren morgendlichen Lauf, trat näher und spähte in das Loch. »Ah, Sie graben bereits.«

Karel lächelte, hoffte vielleicht, sie würde ihn für andere Arbeiten einteilen. »Chefin?«

»Fleißig wie immer, Karel. Und, Herr Professor? Schon etwas gefunden?«

»Sportlich, sportlich die Dame. Ich möchte allerdings darum bitten, mich künftig bei der Arbeit nicht zu stören.«

»Aber, Herr Professor, natürlich möchte ich wissen, was es mit dem Fund auf sich hat. Schließlich ist das meine Farm. Wir haben hier täglich Hunderte von Besuchern, und wenn es etwas Besonderes gibt, so möchten wir natürlich davon profitieren. Es müsste doch auch in Ihrem Interesse sein.« Gesine Wischmann stemmte die Hände in die Seiten.

»Junge Frau, mischen Sie sich nicht in meine Arbeit. Ich belehre Sie ja auch nicht, wie Sie Ihre Wurzeln behandeln sollen.«

»Aber ich bitte Sie, Herr Professor, es ist mein gutes Recht…«

Weidenzieher trat einen Schritt auf sie zu, seine Stimme ähnelte dem Meckern einer Ziege. »Recht? Pflicht! Es war Ihre Pflicht, mich über den Fund zu informieren. Recht habe fortan nur ich. Bei mir liegen die Kompetenzen, solange wir es für richtig halten, die Ausgrabungsarbeiten hier durchzuführen.«

Gesine Wischmann holte Luft, hielt dann inne. Kopfschüttelnd wandte sie sich ab. Auf dem Feldweg angekommen, drehte sie sich noch einmal um, ihr Blick streifte ihn, und Viktor glaubte für einen Moment, Mitleid darin zu erkennen.

»Es ist immer wieder erstaunlich, wie wichtig sich die Leute nehmen, sobald ihr Grund ein Relikt der Vergangenheit offenbart.« Weidenzieher schnaubte. »Was stehen Sie hier tatenlos herum, Viktor. Haben Sie den Fotoapparat noch nicht ausgepackt? Nun aber mal voran, an die Arbeit.« Weidenzieher trat an die Grube, in deren Mitte ein Hügel aufragte. Karel stand bis zur Brust in dem ringförmigen Graben und stützte sich auf den Schaufelstiel. »Recht so, Herr Professor?«

»Ja. Jetzt kommen Sie mal da raus, junger Mann. Holen Sie ihm die Leiter, Viktor, wie soll er denn sonst hochkommen?«

Viktor reichte Karel die Leiter hinunter und half ihm aus dem Loch.

Karel zog sich Schritt für Schritt zurück. »Dann brauchen Sie mich ja erst einmal nicht mehr. Ich habe noch zu tun.« Schon verschwand er in Richtung des Traktorschuppens.

»Arbeitsscheues Gesindel«, murmelte Weidenzieher.

Damit tat der Professor dem Polen Unrecht. Um ein Haar hätte Viktor Karel in Schutz genommen, doch in letzter Sekunde besann er sich.

»Aber es ist ohnehin besser, wir sind unter uns, wer weiß, was wir hier finden. Wahrscheinlich irgendwelchen Müll, dann können wir gleich wieder einpacken und fahren. Was soll hier auch schon sein. Aus der Gegend hier haben wir noch nichts Nennenswertes an das Tageslicht gebracht. Und daran, so vermute ich, wird sich auch nichts ändern.«

»Und die Münze, Herr Professor?«

»Ein Streufund vermutlich. Verschleppt, verloren, was weiß ich. Der Gründe gibt es viele, wie so etwas hierher gelangt sein kann. Spekulationen, nichts als Spekulationen. Wollen Sie etwa in den Reigen der Kollegen einstimmen, Viktor? Ein neuer Ort der Varusschlacht vielleicht?«

Sein meckerndes Lachen verursachte Viktor Übelkeit. Warum fühlte er sich nur vor dem Professor immer so klein und nichtig? Und das, obwohl er fast einen Kopf größer war als der.

Das Kinn des Professors ruckte zur Grube. »Worauf warten Sie noch, Doktor Schmidt, sind wir uns zu fein für Erdarbeiten?«

Viktor stieg auf die Leiter, sie schwankte leicht auf dem sandigen Boden, und kletterte hinunter.

»Haben wir nicht etwas vergessen?« Der Professor wandte den Blick gen Himmel.

»Natürlich, Herr Professor, die Kelle.«

»Richtig.« Weidenzieher sprach wie zu einem Fünfjährigen.

Viktor kletterte heraus, nahm die Kelle und stieg vorsichtig wieder hinunter. Die Leiter sackte ein Stück tiefer, fast wäre er abgerutscht.

»Na, dann wollen wir mal, nicht wahr?« Weidenzieher stand am Rand, blickte auf ihn herab, die Arme hinter dem Rücken verschränkt.

Als würde der Professor sich jemals die Hände schmutzig machen. Viktor ging auf die Knie und begann, vorsichtig am Rande des Erdhügels zu kratzen. Tatsächlich hörte er bald ein Geräusch, das nur von Metall herrühren konnte. Sein Herzschlag beschleunigte sich, er warf die Kelle beiseite und begann, mit bloßen Händen in der sandigen Erde zu graben. Ja, hier lag etwas, und diesmal war es keine Münze. Er fühlte deutlich, dass es größer war, länglich, doch halbkreisförmig gebogen. Jetzt tauchte der gebogene Metallschaft aus der Erde auf, er fuhr mit den Fingern über die pyramidenförmige Spitze. »Herr Weidenzieher, ein Pilum, wie es scheint!«

Der Professor sprang in die Grube, stolperte, fing sich und war sofort neben ihm. »Machen Sie Platz, Viktor«, zischte er und nahm das Objekt vorsichtig in die Hand, entfernte die Erde von der durch Rost pickligen Oberfläche, strich mit den Fingern den Knick kurz unterhalb der Spitze entlang. »In der Tat, ein Pilum, benutzt noch dazu. Ich sag mal, dieser Wurfspeer ist römisch, frühe Kaiserzeit. Erinnern Sie sich an das Grab bei Hamburg-Langenbek? Da fand man ein ähnliches, sehr selten. Auch hier könnte es sich um eine Grabbeigabe handeln. Außerordentlich gut erhalten, das ist eine wissenschaftliche Sensation. Völlige Geheimhaltung ist jetzt angesagt, Viktor, kümmern Sie sich darum. Und holen Sie die Kamera, wir müssen den Fund dokumentieren. Na los, worauf warten Sie noch?«

Viktor klomm die Leiter hoch, ergriff die Kameratasche und sprang zurück in die Grube. Sie hatten tatsächlich ein Pilum gefunden, wer wusste, was noch alles in dieser Erde lag, Helme, Schwerter, weitere Münzen, vielleicht doch ein Schlachtfeld?

»Was fällt Ihnen ein, hier einfach so hineinzuspringen, Sie können ja alles zerstören. Ich hätte Ihnen mehr Umsicht zugetraut.« Weidenzieher ließ das Pilum sinken und funkelte ihn an.

»Aber, Herr Weidenzieher, Sie sind doch selbst …«

»Da wusste ich ja noch nicht, was sich hier befindet, und Sie mit Ihren mandschurischen Pferden sind schließlich kein Experte für römische Waffen. Solange ich mich nicht selbst überzeugt habe, hätte es alles Mögliche sein können, ein von Bauern verlorenes Ackergerät, was weiß ich. Geben Sie schon die Kamera her.« Er legte die Pilumspitze zurück an die Fundstelle. »Und Sie, Viktor, holen jetzt den Metalldetektor und schreiten das nächstliegende Ginsengfeld ab, während ich hier weitermache. Na los!«

Der Heidschnuckenbraten war vorzüglich, den sie im Ginseng-Café einnahmen, die Wischmanns wussten ihre Gäste wohl zufrieden zu stellen. Überhaupt war das ganze Anwesen, die Ginsengfarm, die Gastronomie äußerst gepflegt. Das alte Bauernhaus, heute Café, Restaurant und Verkaufsbereich, versprühte den Zauber vergangener Jahrhunderte. Ein Lehrpfad lud zum Spaziergang ein, Informationstafeln am Wegesrand unterrichteten über den Ginsenganbau. Sogar einen Golfplatz hatte die FloraFarm aufzuweisen. Eine schottische Art des Golfspiels, Gowf, die Viktor gern einmal ausprobiert hätte, doch dazu würde die Zeit wohl nicht reichen. Und Weidenzieher würde schäumen, erwischte er ihn bei solch einer banalen Freizeitbeschäftigung. Er blickte zu Gesine Wischmann hinüber, die gerade den letzten Bus mit Damen des Landfrauenvereins Fallingbostel verabschiedet und sich zu ihnen gesellt hatte. Gesine erwiderte seinen Blick nicht unbedingt freundlich, nun, er konnte es ihr nicht verdenken, war er doch mit dem Metalldetektor zwischen den Reihen mit Ginsengpflanzen herumgegangen, hatte hier und dort ein wenig gegraben, wenn das Gerät anschlug, doch außer einigen Kronenkorken, Pfennigstücken und einem Ehering hatte er nichts zu Tage gefördert, im Gegensatz zu Weidenzieher, der noch die reich verzierte Schnalle eines Militärgürtels gefunden hatte. In Viktors Suchbereich hatten die Pflanzen gelitten. Vierjährige, zwei Jahre vor der Ernte, hatte Gesine ihn aufgeklärt, als sie mit ihrem Berner Sennenhund Hermann an der Grabungsstelle nach dem Rechten sah. Ob er nicht ein wenig vorsichtiger mit ihren Pflanzen umgehen könne, hatte sie ihn gefragt. Der Ginseng sei das Gold der Erde und wolle auch so behandelt werden, ob es nicht reiche, dort zu graben, wo die Münze gefunden worden war. Nun, er verstehe sie ja, aber …, hatte Viktor geantwortet und zu Weidenzieher hinübergenickt. Sie war wortlos gegangen, den Hund auf den Fersen.

Dabei hatte er wirklich versucht, vorsichtig zu sein, die Pflanzen so wenig wie möglich zu beschädigen. Faszinierend waren sie, diese asiatischen Gewächse, die schon die alten Griechen als Heilmittel kannten.

Der Braten war verspeist, die blonde Bedienung räumte die Teller ab. Ob er noch Nachtisch wolle, fragte sie mit einem Lächeln. »Nein, danke«, antwortete er, »aber einen Kaffee, bitte.« Eine Zigarette wäre auch nicht schlecht, doch hier drinnen durfte man nicht rauchen, und sich vor der Tür auf eine der Bänke zu setzen, hatte er keine Lust, es nieselte leicht. Auch wäre es unhöflich, jetzt aufzustehen, man sollte die Gastgeberin nicht noch mehr verprellen. Erneut blickte er zu ihr hinüber. Gesine Wischmann saß neben Weidenzieher, neigte sich ihm zu. Was die Funde denn jetzt bedeuteten, fragte sie gerade.

Weidenzieher musterte sie, sicher schmeichelte ihm ihr Interesse, aber wahrscheinlich nicht nur das. Seine grauen Augen begannen zu leuchten. »Nun, noch können wir nicht viel sagen. Es könnte das Grab eines römischen Legionärs, vielleicht gar eines Offiziers gewesen sein, Münze, Pilum und Gürtelschnalle als Beigabe, vielleicht finden wir ja noch eine Urne. Was denken Sie, Viktor?«

Viktor schrak zusammen, er hatte nur halb zugehört, seine Gedanken waren abgeglitten zu den Ginsengextrakten. Er hatte überlegt, ob er sich eine Jahresdosis der Kapseln kaufen solle. »Äh, vielleicht haben wir es auch mit einem Schlachtfeld zu tun, oder einem Lager.«

»Ein Schlachtfeld, ein Lager, haha.« Weidenziehers meckerndes Lachen schallte durch die Diele des ehemaligen Bauernhauses. »Unser junger Freund träumt gerne, Frau Wischmann, er ist gerade mal promoviert, und das zum Thema ›Mann, Ross und Wagen, Transport und Verkehr im vor- und frühgeschichtlichen Norddeutschland‹. Gar nicht mal so schlecht, was er da geschrieben hat, aber um sich zu habilitieren, wie er vorhat, muss er noch viel lernen. Über die Römer in Nordwestdeutschland weiß er so gut wie gar nichts, hat gerade mal ein paar Publikationen zu dem Schlachtfeld in Kalkriese gelesen. Aber so ein Pilumfund regt natürlich die Phantasie an, besonders, wenn es benutzt worden ist. Ach, das können Sie ja nicht wissen, ein Pilum bestand aus einem Holzschaft und einem zirka ein Meter langen Weicheisenschaft, der sich beim Aufprall auf einen gegnerischen Schild verbog und zudem darin steckenblieb, so dass das Pilum unbrauchbar und der Schild zu schwer zum Gebrauch wurde. Der Gegner warf ihn weg und stand somit ungeschützt den römischen Truppen gegenüber. Eine geniale Erfindung des römischen Militärs. Doch von einem Pilum auf ein Schlachtfeld zu schließen, ist gewagt.«

»Aber …«

»Nichts aber, Viktor. Ich weiß, dass ich nichts weiß, das sollte Ihre Devise sein.« Weidenzieher wandte sich wieder Gesine zu, setzte ein Lächeln auf. »Doch um ihm seinen Willen zu lassen, habe ich ihm erlaubt, die umliegenden Felder abzugehen, sonst ließe er mir keine Ruhe. Ich glaube nicht, dass er dort etwas finden wird.«

Viktor spürte, wie ihm das Blut in den Kopf schoss. Er hasste es, wenn man über ihn in der dritten Person sprach, er hasste es, dass er nicht den Mut besaß, seinem Vorgesetzten zu widersprechen. Aber schließlich würde der ihn beurteilen, und das war entscheidend für seine weitere Karriere. Und welchen Eindruck würde es machen, stritten sich die Wissenschaftler. Er konnte nur hoffen, dass Gesine den Professor durchschaute und nicht ihm die Schuld an der Verwüstung ihrer Felder gab.

Der Kaffee kam, dazu für jeden ein Gläschen Ginsengschnaps, auf Kosten des Hauses. »Herr Professor«, Gesine lächelte Weidenzieher zu, »wenn Sie nicht davon ausgehen, dass auf den umliegenden Feldern etwas zu finden ist, kann man dort die Suche nicht einstellen? Ein Grab ist doch auf ein geringes Areal begrenzt, ist es nicht so?«

»Natürlich, Frau Wischmann, natürlich. Allerdings wäre es auch möglich, auf ein ganzes Gräberfeld zu stoßen, oder gar ein Schlachtfeld.« Weidenzieher zwinkerte ihm zu. »Wir müssen schließlich unserem wissenschaftlichen Nachwuchs hier eine Chance geben, sich zu profilieren, selbst wenn die Idee ziemlich abstrus ist. Aber unser junger Dr. Schmidt hat sein Wissen bis jetzt nur aus Büchern bezogen, er muss seine praktischen Kenntnisse noch ein wenig erweitern. Ach ja, Frau Wischmann, eine Bitte: keine Gruppenführungen mehr zu den Ginsengfeldern, solange wir dort graben, zu viel kann dabei zerstört werden.«

Viktor hörte Gesines Antwort nicht mehr, er war aufgestanden und mit dem Schnapsglas in der Hand vor die Tür getreten. Er brauchte eine Zigarette. Es hatte aufgehört zu nieseln, der Himmel hellte sich auf und im Dämmerlicht des Sommerabends setzte er sich auf die Bank neben der Haustür, zwar war sie nass, doch das störte ihn nicht. Er zündete sich eine Zigarette an, nahm einen tiefen Zug und einen Schluck von dem Schnaps. Langsam beruhigte sich sein Puls. Er durfte sich nicht provozieren lassen, er brauchte diesen Job, die Erfahrung und das Zeugnis des Professors Horst Weidenzieher, sonst würde er enden wie viele seiner Kollegen: arbeitslos. Vielleicht auch war es nur seine Wahrnehmung, seine Überempfindlichkeit, seine Unsicherheit, die ihn jedes Wort Weidenziehers persönlich nehmen ließ, vielleicht sollte er sich einfach eine dickere Haut zulegen. Und letztlich war dies hier ein wunderschönes Fleckchen Erde, der alte Hof aus dem 15. Jahrhundert, die Lupinen zu seiner Rechten und die Rosen zur Linken, die alles mit ihrem Duft erfüllten. Eine Amsel schmetterte ihr Abendlied, und Hermann, der Hund, kam vom Traktorschuppen zu ihm herübergetrottet, um sich kraulen zu lassen. Nein, Viktor würde weitermachen, allen Demütigungen zum Trotz, und sein Name würde zusammen mit dem Professor Weidenziehers auf einer Publikation einer der wichtigsten römischen Fundstellen Niedersachsens stehen.

Am nächsten Morgen war er früh auf den Beinen, Weidenzieher verlangte Arbeitsbeginn um sechs Uhr. Viktor gähnte, als er den Metalldetektor schulterte und über die Wiese mit den Heidschnucken zu den Ginsengfeldern ging. So spannend der Beruf des Archäologen sein konnte, an das frühe Aufstehen bei Grabungen würde er sich nie gewöhnen. Und obwohl er nur fünf Minuten nach sechs an den Feldern anlangte, stand Weidenzieher bereits an der Grube und gab Karel Anweisungen, tiefer musste das Loch werden und größer. »Da sind Sie ja endlich, Viktor.« Ein bedeutsamer Blick auf die Uhr, ein maliziöses Lächeln. »Ich muss doch um mehr Pünktlichkeit bitten. Was haben Sie denn gestern Nacht noch getrieben, eine Frau kann es ja wohl kaum gewesen sein.«

Viktor biss sich auf die Lippen. Zur Hölle mit dem Mann, Weidenzieher kannte seine Schwachstellen genau, wusste, wie er ihn treffen konnte. Seit ihn seine langjährige Freundin – die erste und einzige – verlassen, ihn zudem als langweiligen Bücherwurm bezeichnet hatte, blass, bebrillt, schmalschultrig, wie er sei, hatte er sich an keine Frau mehr herangewagt. Weidenzieher dagegen war sportlich, klein und drahtig und protzte mit seinen Weibergeschichten. Was eine Frau allerdings an solch einem Charakterschwein fand, blieb Viktor ein Rätsel, indes, verstehe einer das weibliche Geschlecht. Selbst Gesine Wischmann hatte ja gestern an Weidenziehers Lippen gehangen, ihn dagegen mit bösen Blicken bedacht.

»Nun? Hat es Ihnen die Sprache verschlagen? Vielleicht hilft ein wenig Ginseng, das soll ja für alles gut sein. Morgen fangen wir um fünf an, klar?«

»In Ordnung, Herr Weidenzieher. Soll ich mit den Feldern weitermachen?« Er konnte die Nähe dieses Mannes nicht ertragen, sein meckerndes Lachen, seine gepresste hohe Stimme, wenn er sich aufregte.

»Nein, noch nicht. Denken Sie doch einmal mit. Ich werde mit den Funden in mein Labor nach Walsrode fahren, so sicher ich mir bin, es hier mit römischen Stücken zu tun zu haben, die Analyse ist notwendig, das müssten auch Sie wissen. Sie werden also darauf achten, dass dieser Hilfsarbeiter keinen Unsinn macht und eventuelle Funde in die eigene Tasche steckt. Dann will ich ein Zelt über der Grube sehen, so schnell wie möglich, Regen ist angesagt, und für morgen früh die Messlatte und die Kameraausrüstung, damit wir die Erdschichten dokumentieren können. Sie werden zudem die ausgegrabene Erde durchsieben, erst danach machen Sie sich wieder an die Felder.«

Er wäre weg, den ganzen Tag, schien es. Viktor atmete auf, als Weidenzieher davonging, wartete noch, bis er aus seinem Blickfeld verschwunden war, dann zündete er sich eine Zigarette an. »Auch eine, Karel?«

»Gerne.« Der junge Mann kletterte aus der Grube, wischte seine sandigen Hände an dem Arbeitsanzug ab und setzte sich auf die Erde. »Danke. Ich werde nichts für mich behalten, sollte ich etwas finden, dessen können Sie sicher sein. Ich studiere deutsche Literatur in Bremen, ließe ich mir etwas zuschulden kommen, könnte ich mein Studium vergessen.«

Viktor zog die Augenbrauen empor. »Respekt. Und was machen Sie hier?«

»Ich finanziere mit der Arbeit mein Studium. Die Pflanzen pflegen, Unkraut beseitigen, die Beschattung prüfen, was so anfällt. Ich mache das schon seit drei Jahren, die Farm ist mir an das Herz gewachsen, ich kenne jede Pflanze persönlich.« Karel blies Rauchringe in die Luft.

»Läuft der Ginsengverkauf gut?«

»Inzwischen ja. Sie sehen ja selbst, das Konzept ist hervorragend, und die Farm floriert aus der Mischung von Eventcharakter und guten Produkten. Von der Landwirtschaft allein kann hier keiner mehr leben, so müssen sich die Bauern ein anderes Betätigungsfeld suchen. Die Familie Wischmann wählte den unkonventionellen Weg des Ginsenganbaus.« Karel sog nachdenklich an seiner Zigarette. »Es wäre sehr ärgerlich, wenn Sie die Felder mit Ihrer Suche nach römischen Relikten zerstörten.«

»Es sei denn, wir finden ein Römerlager, das zur Touristenattraktion wird«, sagte Viktor halb im Scherz. Wäre es das wirklich wert, das Lebenswerk einer Familie zu zerstören, die seit

Jahrhunderten auf diesem Hof lebte, wegen des Grabes eines römischen Legionärs, und sei es noch so herausragend? Wenn man die Suche begrenzen könnte, gut, aber Weidenzieher würde darauf bestehen, das ganze Gelände abzugehen, in der Hoffnung, etwas zu finden, das seine Reputation ins Unendliche steigern würde. Viktor kannte ihn gut genug, die Qualität der bisherigen Funde hatte ihn Blut lecken lassen, und würde er in seinem Labor feststellen, dass die Funde authentisch waren, ginge er über Leichen.

»Was glauben Sie, Herr Schmidt, wie geht es hier weiter?« Karel drückte seine Zigarette aus.

»Ich weiß es nicht, Karel, ich weiß es wirklich nicht.«

Der Tag verging ergebnislos. Karel hatte die Grube erweitert, eineinhalb Meter tief war sie jetzt und zirka zwei mal drei Meter in Länge und Breite, die Messlatte hatte Viktor erst einmal in die Mitte gesteckt. Der Arbeiter war auf nichts Nennenswertes gestoßen, und auch Viktor selbst hatte beim Sieben des Erdreichs nichts entdecken können. Über der Grube bauten sie das Zelt auf und Gesine Wischmann kam mit Kaffee und Kuchen vorbei. So saßen sie am Ende des Tages vor der Grube in der Abendsonne, Karel, Gesine und er, tranken Kaffee und erzählten. Hermann, der Hund, lag neben ihnen und schon lange hatte sich Viktor nicht mehr so entspannt gefühlt. Bis Weidenzieher erschien. Sie sprangen auf.

Die Falten auf Weidenziehers Stirn vertieften sich, die kalten Augen blickten noch kälter, als er sie einen nach dem anderen musterte, doch außer »Alles authentisch, ein Jahrhundertfund« sagte Weidenzieher nichts. Kein Wort der Kritik. Beängstigend.

»Wir haben nichts mehr gefunden«, brachte Viktor hervor und hätte sich sofort ohrfeigen mögen ob der deutlich hörbaren Unterwürfigkeit, ja, Angst in seiner Stimme.

»Das habe ich auch nicht erwartet.« Weidenzieher musterte mit herabgezogenen Mundwinkeln die Grube. »Wenn es noch etwas gibt, dann dort.«

Gesine Wischmann trat einen Schritt vor, sah Weidenzieher direkt in die Augen. »Dann, Herr Professor, kann ich ja morgen die zwei Gruppen, die ich erwarte, wieder an die Ginsengfelder führen. Schließlich wollen die Leute sehen, wie die Pflanzen wachsen, wie sie aussehen, bevor sie unsere Produkte kaufen. Heute hatte ich bereits deutliche Einbußen. Ich werde sie nicht zu nahe an Ihre Grabungsstelle heranlassen, wenn ich Ihnen aber sagen kann, dass es außer unseren Pflanzen noch römische Relikte gibt und ihnen die Stelle zeige, wo sie gefunden wurden, dann steigert das sogar noch das Interesse an unserer Farm. Können wir nicht doch die Presse ...«

Weidenzieher würdigte sie keines weiteren Blickes, sondern betrachtete Zelt und Grube. »Keine Silbe werden Sie verlauten lassen, keinen Menschen hierher führen. Noch darf die Öffentlichkeit nichts wissen, ich will keine Raubgräber hier haben. Ich als Grabungsleiter verbiete es Ihnen. Zum Abendessen hätte ich gerne die Hühnersuppe und das Bockhorner Rindergulasch, lassen Sie das bitte vorbereiten.« Er drehte sich um und ging.

Viktor fing einen Blick Gesines auf, Zorn las er darin, auch wiederum Mitleid und eine Entschlossenheit, die er nicht zu deuten wusste. »Nun denn, Rindergulasch für den Herrn Professor, und Sie, Viktor?«

»Den Gemüseauflauf vegetarisch, bitte«, murmelte er.

Zehn vor fünf am frühen Morgen schritt er wieder an den blökenden Heidschnucken vorbei auf die Ginsengfelder zu. Weidenzieher war noch nicht da, verlassen und still stand das Zelt neben den im Winde wogenden Beschattungsplanen des anliegenden Feldes. Nun, Weidenzieher hatte gestern Abend ordentlich dem Ginsengschnaps zugesprochen, auch den Rotwein hatte er nicht abgelehnt.

Viktor gähnte, blickte den Weg hinauf. Kein Zeichen von Weidenzieher. Mitdenken, hatte der gefordert, schwer, so früh am Morgen, doch ehe der Tag wieder mit Häme begann, sollte er versuchen, den Professor zufrieden zu stellen. Er wollte die Erdschichten fotografieren, dazu brauchte er Licht. So begann Viktor die Dachplane, des Zeltes zurückzurollen. Das Morgenlicht erhellte die Grube ausreichend. Die Leiter stand darin bereit, die Kameraausrüstung war vollständig. Ein Blick auf die Uhr, viertel nach fünf, noch immer nichts von Weidenzieher zu sehen.

Viktor setzte sich auf den Fotokoffer und zündete sich eine Zigarette an. Was Gesine Wischmann wohl heute mit ihren beiden Gruppen machen würde? Vielleicht stellte der kleine Ginseng-Garten in der Nähe des Hauses die Leute zufrieden? Oder nur ein Vortrag anhand von Bildern, nur Gastronomie? Eines der Mädels aus dem Café hatte ihm gestern Abend erzählt, wie froh sie über den Job hier sei, wieviel Spaß er ihr mache. Das arme Ding wusste natürlich nichts von den Funden, Weidenzieher hatte ja alle Betroffenen zu Stillschweigen verpflichtet. Und nun bestand die Gefahr, dass über kurz oder lang die Besucher ausblieben und die Angestellten ihre Arbeit verloren. Die Arbeitslosigkeit in dieser ländlichen Gegend war hoch, es wäre schwer für die Mitarbeiter in Gastronomie und Verkauf, eine neue Stelle zu finden. Nett war sie gewesen, die Blonde, hoffentlich kam es nicht so weit.

Halb sechs, er zündete sich eine neue Zigarette an, ein Kaffee wäre schön, oder zurück ins Bett. Noch immer kein Weidenzieher. Hatte er sich getäuscht, hatte der sechs gesagt? Aber nein, er wusste es genau, fünf Uhr, als Strafe für sein Zuspätkommen gestern.

Endlich. Weidenzieher kam, Schatten um die Augen. »Nichts zu tun, Herr Dr. Schmidt? Ich glaube, ich muss Ihnen die Zigarettenpausen von der Arbeitszeit abziehen. Wenigstens alles bereit?« Er trat an die Grube, prüfte das Licht, sah hinunter. »Was soll denn die Messlatte in der Mitte und überhaupt ist sie viel zu kurz. Die lange brauche ich. Meine Güte, Viktor, wie haben Sie bloß das Studium geschafft, geschweige denn die Promotion? Bei mir wären Sie schon durch die Zwischenprüfung gefallen.«

»Karel…«

»Nichts da Karel. Sie hatten hier gestern die Verantwortung. Aber bevor wir wegen Ihrer Gedankenlosigkeit noch mehr Zeit verlieren, fange ich eben mit dieser Messlatte an. Halten Sie die Leiter fest, der Sandboden hier ist gefährlich, nicht dass sie wegsackt. Ist die Kamera bereit? Sie reichen sie mir, wenn ich es sage.«

»Ja, Herr Weidenzieher.« Viktor trat an die Grube, die Kamera lag neben ihm am Boden. Seine Hände zitterten, als er die Leiter festhielt, die Weidenzieher nun betrat. »Das ist das falsche Objektiv! Herrgott noch mal, Viktor. Wo sind Sie nur mit Ihren Gedanken?« Weidenzieher stand auf der zweithöchsten Stufe und funkelte ihn an. »Bei der kleinen Blonden vielleicht, die Sie gestern Abend so ungelenk beflirteten? Vergessen Sie's, welche Frau interessiert sich schon für einen blassen, dürren Bücherwurm wie Sie, der zudem beruflich ein vollkommener Versager ist.«

»Natürlich, Herr Professor.« Viktor betrachtete seine Hände, die die Holme der Leiter umfassten, als wären sie ihm fremd. Wie von selbst lockerten sie ihren Griff, schoben die Leiter nach vorne, langsam, ganz langsam neigte sie sich, er konnte, er wollte sie nicht aufhalten. Er sah noch die Überraschung, den Schreck in Weidenziehers blassgrauen Augen, sah den geöffneten Mund, der etwas wie »Viktor, Sie Idiot« rief. Die Leiter fiel. Er hörte einen dumpfen Aufprall, ein knirschendes, gurgelndes Geräusch, einen Schrei, dann Stöhnen.

Wie gelähmt stand er am Rande der Grube, starrte auf Weidenzieher, dem die Messlatte aus den Lenden ragte. Unter ihm färbte sich der Sand blutrot. »Viktor, helfen Sie mir«, röchelte es zu ihm empor; er drehte sich um, setzte sich auf den Kamerakoffer, schüttelte eine Zigarette aus der Schachtel und zündete sie an. Er fühlte sich dumpf, wie unter Drogen, konnte sich nicht rühren, sog nur an der Zigarette, lächelte. Das Stöhnen wurde schwächer, verstummte.

Er schreckte auf, als Hermann seine kalte Schnauze in seine Hände stieß. Karel, der dem Hund gefolgt war, stand im Arbeitsanzug vor ihm. »Herr Dr. Schmidt, Sie sehen nicht gut aus. Was ist los?«

Er deutete in Richtung der Grube.

»Oh. Herr Professor, hören Sie mich?« Karel sprang hinunter, kam kurz darauf wieder hervor, totenbleich. »Haben Sie eine Zigarette für mich?«

Viktor hielt ihm die Schachtel hin, automatisch, wie eine Maschine bewegten sich seine Hände.

»Er ist tot, da ist nichts mehr zu machen.«

»Ja.«

»Wir sollten ihn begraben.«

»Ja.«

Karel nahm die Schaufel zur Hand.

***

Gesine Wischmann neben ihm deutete über die Wiese, auf der Heidschnucken grasten. »Wir haben damals doch kein neues Feld angelegt, eine andere Stelle schien uns geeigneter. Hier weiden jetzt unsere Schafe. Und dort, sehen Sie, lieber Viktor, dort wächst das Gras besonders hoch.«

Die Überlebenskünstlerinnen

Von Alexandra Guggenheim

»Wir sollten uns wieder einmal einen Frauentag machen und ins Grüne fahren«, hatte Waltraud, meine beste Freundin, vorgeschlagen. »Wie wäre es mit übermorgen? Freitags fährt dein Alfred doch immer mit seinen Freunden zum Angeln. Ich bin Punkt zwölf bei dir.«

Zwei Tage später ging es von Hamburg aus in Richtung Hannover. Zuerst über die Autobahn, dann durch idyllisch gelegene Dörfer und über endlos weite Felder. »Walsrode-Bockhorn« war auf einem Ortsschild zu lesen. Waltraud bog von der Hauptstraße ab und fuhr über eine holprige Zufahrt. Inmitten von Wiesen und Wäldern lag ein altes Gehöft.

»So, da wären wir«, erklärte meine Freundin vergnügt und parkte ihren Wagen vor einem Holzschuppen.

»Und wo sind wir hier?«, fragte ich erstaunt. Ich konnte mir nicht vorstellen, dass Waltraud mit mir einen Bauernhof besichtigen wollte.

»Auf einer Ginsengfarm. Wurde als Ausflugstipp der Woche vom Abendkurier empfohlen. Außerdem soll es hier ein Café mit selbst gebackenem Kuchen geben«, erklärte meine Freundin, deren Leidenschaft Sahne- und Buttercremetorten waren.

»Ginseng...« Ich überlegte, wo ich diesen Begriff schon einmal gehört hatte. »Ist das nicht so ein Mittel, das gegen Vergesslichkeit helfen soll? Oder war es Bluthochdruck...?«

Beim Aussteigen atmete ich tief ein und wieder aus.

»Wie das hier riecht, so richtig frisch nach Erde und Gras. Ganz anders als in der Stadt.«

Wir gingen an einer merkwürdigen Skulptur vorbei, die an eine Riesenwurzel erinnerte und kamen zu einem Fachwerkhaus, vor dessen Eingang sich ein Gartencafé befand. Die Gäste saßen unter Sonnenschirmen bei Kaffee und Kuchen und unterhielten sich lebhaft.

Eine junge Frau kam uns entgegen. »Herzlich willkommen auf der FloraFarm, mein Name ist Katharina Lohrie. Sind Sie heute zum ersten Mal hier?«

Als wir bejahten, griff die junge Frau in ihren Korb und holte eine kleine Topfpflanze hervor.

»Ach, Sie züchten auch Tomaten«, stellte Waltraud fest.

Frau Lohrie lachte. »Das ist eine dreijährige Ginsengpflanze. In diesem Zustand ist sie allerdings noch nicht reif, bis zur Ernte dauert es noch einmal drei Jahre. In einer dreiviertel Stunde beginnt eine Führung durch unsere Gärten. Vielleicht möchten Sie teilnehmen?«

Wir sahen uns an und nickten.

»Das Wetter ist so schön, ich hätte Lust, mir noch ein wenig die Füße zu vertreten«, schlug ich vor.

»Dann nehmen Sie am besten unseren Ginsengpfad. Direkt am Ende ist eins unserer Schaufelder. Sie können es gar nicht verfehlen. Dort findet auch die Führung statt.«

Frau Lohrie wies mit der Hand zum Waldrand.

»Nach einem Spaziergang bin ich immer so hungrig. Hat das Café den ganzen Nachmittag auf?«, fragte Waltraud erwartungsvoll.

»Wir haben bis 18 Uhr geöffnet. Der Buchweizenkuchen ist heute besonders zu empfehlen.«

Frau Lohrie verabschiedete sich und ging zu einer Scheune, wo sie von einem großen schwarzen Hund stürmisch begrüßt wurde.

Waltraud und ich folgten dem ausgeschilderten »Ginsengpfad«. Wir gingen an einer Wiese mit Schafen und Lämmern vorbei, danach führte der Weg durch ein Wäldchen. Es tat richtig gut, einmal weg von zu Hause zu sein, wo Alfred, mein mir seit vierzig Jahren angetrauter Ehemann, an allem etwas auszusetzen hatte. Ganz besonders an mir. Egal, ob es ums Saubermachen, Kochen oder mein Aussehen ging, niemals konnte ich es Alfred recht machen.

»Hast du das da drüben schon gesehen?« Ich zeigte auf eine Art Laternenpfahl, an dessen Spitze sich ein Fahrrad befand.

»Davon hat auch etwas in der Zeitung gestanden. Im vergangen Jahr hat hier eine Kunstaktion stattgefunden, ›Ginseng macht kreativ‹. Vielleicht wollte der Künstler zeigen, dass man mit Ginseng steil nach oben kommen kann, fast bis in den Himmel«, mutmaßte Waltraud. Dieser Gedanke gefiel mir. Weil ich nämlich das Gefühl hatte, dass es in den vergangenen Jahren mit mir immer nur bergab gegangen war, genau genommen, seit meiner Hochzeit mit Alfred.

Am Ende des Wanderwegs gelangten wir an ein Feld mit Hügelbeeten, die mit dunklen Stoffplanen überdacht waren. Mehrere Besucher hatten sich schon eingefunden, die meisten waren Frauen in unserem Alter. Drei Männer sahen sich ratlos um und wirkten ein wenig verloren. Als sie jedoch Waltraud entdeckten, hellten sich ihre Blicke auf. Sehr zum Missfallen der übrigen Damenriege, die aufgeregt miteinander tuschelte. Waltraud trug ein Chanel-Kostüm und auffälligen Goldschmuck, war perfekt frisiert und dezent geschminkt. Der Kontrast zu den bleichgesichtigen Frauen in beigegrauen Allwetterjacken und kinnlanger Einheitsdauerwelle hätte kaum größer sein können.

Dann erschien Annegret Oestmann, wie sie sich vorstellte, und bat uns, auf den Holzbänken Platz zu nehmen. Sie hieß uns auf Europas einziger Ginsengfarm willkommen. Was uns Frau Oestmann über Ginseng erzählte, war wirklich verblüffend:

Ginseng war eine Jahrtausende alte Heilpflanze aus Asien. Sie vertrug keine Sonne, dafür aber Frost. Die Pflanze brauchte sechs Jahre bis zur Ernte. Sie hatte Wurzeln, deren Form an einen Menschen erinnerte, und sie besaß nahezu wundersame Kräfte. Ginseng sollte das Immunsystem stärken, den Blutdruck regulieren, die Konzentrationskraft steigern und sogar entzündungshemmend wirken.

Ob es so etwas tatsächlich geben konnte, ein Allheilmittel für sämtliche Lebenslagen? Ich war skeptisch. Offensichtlich ganz im Gegensatz zu den Damen aus der Reisegruppe. Sie eilten zum Fachwerkhaus und schienen es kaum erwarten zu können, all die Produkte, von denen Frau Oestmann uns erzählt hatte, auszuprobieren.

In der ganz mit Holz ausgestalteten Bauerndiele waren auf einem langen Tisch sämtliche Erzeugnisse der Ginsengfarm zu finden: Likör, Marmelade und die verschiedensten Körperpflegemittel.

Wir probierten erst einmal ein Stückchen Ginsengwurzel. Eine Stunde kauen, damit die Substanz von der Mundschleimhaut aufgenommen werden kann, hatte Frau Oestmann empfohlen.

»Das ist mir zu bitter«, meinte Waltraud entschieden. »Ich nehme die Kapseln.«

»Meinst du, das Mittel hilft wirklich? Vielleicht sollte ich es zuerst einmal mit einer kleinen Flasche Hautpflegeöl versuchen, für acht Euro. Dann kann Alfred mir jedenfalls keine Verschwendungssucht vorwerfen.«

»Dieser Alfred.« Waltrauds Stimme bekam einen gereizten Unterton. »Er tanzt dir ganz schön auf der Nase rum. Immer nur bestimmt er, wo es langgeht. Ich würde mir so etwas jedenfalls nicht gefallen lassen.«

Ich seufzte. Meine Freundin hatte leicht reden, sie war seit drei Jahren verwitwet.

»Im Gartencafé sind zwei Plätze frei geworden. Ich finde, wir haben uns eine Stärkung verdient.«

Waltraud eilte ins Freie. Wir bestellten Kaffee und Buchweizentorte, erzählten, lachten und malten uns aus, wie es wäre, wenn all die Besucher, die so eifrig Wurzeln und Kapseln eingekauft hatten, demnächst das Ginsengfeeling verspüren würden, das die Broschüre versprach.

Viel zu schnell mussten wir wieder aufbrechen. Waltraud ging durch das Lokal zu den Toiletten, und ich schaute mir in der Zwischenzeit die Plakate mit den Fotos vom Himmelfahrtsfest vor zwei Wochen an. Es hatte unter dem Motto »Ginseng, Kunst & Kulinares« stattgefunden. Ich sah Kinder auf Ponys reiten, entdeckte das »Fahrradballett Nienhagen« und aufmerksame Zuschauer beim »Improvisationstheater«.

Doch plötzlich stutzte ich. Dieser dickliche Mann mit Halbglatze und Kassenbrille in der letzten Reihe, der den Arm um seine Begleiterin gelegt hatte und ihr etwas ins Ohr zu flüstern schien ... das war ganz unzweifelhaft mein Gatte Alfred.

Und die Frau neben ihm, klein und füllig, pechschwarzer Pagenkopf, dunkelblaue Augenlider, blutrot geschminkter Mund und ebensolche Fingernägel, war – Elvira Kuckelkorn, die Kassiererin aus dem Supermarkt bei uns um die Ecke!

Mir wurde schwindelig, ich musste mich an der Wand festhalten.

»Aber Hildegard, was ist denn mit dir los? Sag mal ... da auf dem Foto ... ist das nicht dein Alfred?«, hörte ich plötzlich die Stimme meiner Freundin. »Also, das ist ja wohl die Höhe. Lässt dich alleine zu Hause sitzen, um angeblich zum Angeln zu fahren, und vergnügt sich derweil mit anderen Frauen. Na, der würde von mir was zu hören kriegen. Mein Heinz-Günther hat ja damals ...«

Doch ich konnte nicht länger zuhören. Hastig lief ich an meiner Freundin vorbei zur Toilette. Ich fühlte mich sterbenselend. Mein Mann, der ewige Besserwisser und notorische Nörgler, der ach so erfolgreiche Angler, fuhr ohne mein Wissen auf die FloraFarm und sah sich dort eng umschlungen mit dieser Elvira Kuckelkorn Theaterstücke an.

Während der Rückfahrt sprach ich nur wenig. Als Waltraud mich zu Hause abgesetzt hatte, fühlte ich mich noch immer wie zerschlagen. Alfred kam erst spät wieder zurück. Wie immer bereitete er den Fisch, den er gefangen hatte, eigenhändig zu und hinterließ in der Küche das übliche Chaos. Angewidert beobachtete ich meinen Mann beim Essen, unfähig, etwas über meine Entdeckung zu erzählen. An diesem Abend schlief ich erst spät ein.

Auch nach dem Frühstück fand ich nicht den Mut, Alfred auf seinen Ausflug nach Walsrode anzusprechen. Was, wenn alles nur ein dummer Irrtum war? Vielleicht gehörte es zum Stück, dass die Zuschauer sich in den Arm nahmen? Schließlich wollte ich niemanden zu Unrecht beschuldigen. In meine anfängliche Wut und Enttäuschung mischte sich neue Hoffnung. Ich beschloss, mir Gewissheit zu verschaffen.

Ich wartete bis zum nächsten Freitag. Wie immer holten die Anglerfreunde Alfred ab. Ich verfolgte sie mit meinem Fahrrad und sah, wie mein Mann den Wagen bereits hinter der nächsten Straßenecke verließ und in ein Mehrfamilienhaus gegenüber vom Stadtpark ging. Es dauerte ein paar Minuten, dann kam er wieder heraus und stieg in den Bus Richtung Hafen – Arm in Arm mit Elvira Kuckelkorn.

Es war also wahr! Alfred betrog mich! Wie betäubt fuhr ich nach Hause zurück. Wie lange mochte das schon so gehen? Und vielleicht war diese Kassiererin nicht einmal der einzige Fehltritt in unseren langen Ehejahren.

Die Zeit bis zum Abend kam mir unendlich lang vor. Als Alfred wieder zu Hause war, erzählte er mir irgendeine abenteuerliche Geschichte vom heldenhaften Kampf mit launischen Riesen-Karpfen. In diesem Moment konnte ich mich nicht mehr zurückhalten.

»Du Lügner! Ich weiß alles! Du brauchst mir nichts mehr vorzumachen. Dieser Fisch hat heute Morgen noch in der Kühltheke im Supermarkt gelegen. Da, wo diese Elvira Kuckelkorn arbeitet.«

Alfred verzog keine Miene. »Wenn du meinst, dann wird es wohl stimmen. Im Übrigen bin ich hungrig. Ich werde jetzt in die Küche gehen und mir was zu essen machen.«

Es dauerte eine Weile, bis ich meine Sprache wiedergefunden hatte.

»Das heißt… du gibst zu, dass du ein Verhältnis mit einer anderen Frau hast?«

»Und wenn schon.« Alfred zuckte mit den Achseln. »Männer brauchen ihre Freiheit und ihre Abwechslung. Besonders, wenn sie mit der eigenen Frau einen solchen Fehlgriff getan haben.«

Mir verschlug es fast die Sprache.

»Wie... wie lange geht das denn schon so?«

»Das geht dich nichts an, ich bin dir keine Rechenschaft schuldig. Außerdem muss ich jetzt kochen.«

Ich schnappte nach Luft.

»Frag doch deine Elvira Kuckelkorn, ob sie dir beim Kochen hilft.«

Wütend warf ich ihm den Fisch vor die Füße und schloss mich im Badezimmer ein. Noch nie zuvor in meinem Leben hatte ich mich so elend gefühlt.

In den nächsten Tagen wurde mein Zustand immer schlimmer. Ich konnte kaum noch schlafen, bekam Herzrasen und Seitenstiche. Mein Kopf dröhnte, mein Magen rebellierte bei jedem Bissen. Im Spiegel erblickte ich ein Bild des Jammers.

Irgendwann fing ich an, über mich und meine Zukunft nachzudenken. Ich war knapp sechzig Jahre alt, zwanzig Jahre davon fielen auf eine glückliche Kindheit und Jugend, vierzig auf eine glücklose Ehe mit einem herzlosen Mann, der mich ohne die Spur eines schlechten Gewissens betrog – blieben mir vielleicht noch zwanzig Jahre für den Rest meines Lebens. Ich hatte das Gefühl, in einer Falle zu sitzen.

Eines Morgens, als ich die Betten machte, entdeckte ich unter Alfreds Nachtschrank eine Medikamentenschachtel. Die weiße Verpackung mit grünem Aufdruck kam mir irgendwie bekannt vor. Natürlich, das waren doch die Ginsengkapseln, die es auf der FloraFarm zu kaufen gab. Und gleich die Jahreskur mit 700 Kapseln. Für 440 Euro! Hatte die Führerin nicht auch erzählt, dass Ginseng die Potenz steigern würde?

Dann hatte Alfred sich also gleich die größte und teuerste Packung gekauft, um mit seiner Elvira Kuckelkorn..., um mit dieser Hyäne... Nein, ich wollte mir das gar nicht weiter ausmalen.

Mein Herz pochte schnell und immer schneller. Wenn ich jetzt eine Herzattacke bekomme und tot umfalle, dann wird

Alfred eine dicke Lebensversicherung kassieren und sich mit diesem Weibsstück ein vergnügtes Leben machen, kam mir plötzlich in den Sinn.

Das kam überhaupt nicht in Frage! Niemals würde ich das zulassen! Es musste etwas passieren! Mit einem Mal wurde ich ganz ruhig. Ich nahm die Ginsengschachtel, drückte eine Kapsel heraus und sah sie mir ganz genau an…

Nach dem Abendessen holte Alfred wie üblich die Medikamentendose und schluckte seine tägliche Pillenration. Danach schaltete er den Fernseher ein und machte es sich im Sessel bequem. Nach einer halben Stunde begann er plötzlich heftiger zu atmen. Sein Gesicht wurde rot, Schweiß trat auf seine Stirn, die Augäpfel waren blutunterlaufen.

»Mir wird auf einmal so heiß. Mach die Fenster auf«, lallte er mit schwerer Zunge.

Ich blieb seelenruhig sitzen und widmete mich meinem Strickzeug.

»Tu, was ich dir sage«, japste Alfred. Sein Kopf schwankte hin und her.

»Warum sollte ich? Könntest du mir auch nur einen vernünftigen Grund dafür nennen?« Ich zählte die Maschen ab.

»Schnell, einen Arzt.« Alfred griff sich mit einer Hand an die Brust und stöhnte auf.

»Ein Arzt würde dir auch nicht mehr helfen können.« Ich kontrollierte das Maschenbild.

Alfred starrte mich ungläubig an. Er keuchte und schwitzte.

»Frauen brauchen Genugtuung und Gerechtigkeit. Besonders, wenn sie mit dem eigenen Mann einen solchen Fehlgriff getan haben«, antwortete ich ungerührt.

»Du hast… du hast mich… vergiftet«, röchelte Alfred, während sich Schaum vor seinem Mund bildete.

»Ich hatte noch eine Schachtel Tabletten. Von meiner verstorbenen Mutter. Es war ganz einfach, eine deiner Ginsengkapseln zu öffnen und mit dem schweren Herzmittel zu füllen.«

Während ich mich nach einem neuen Wollknäuel bückte, fiel Alfred mit einem Grunzen vornüber auf den Teppich. Er zuckte mehrmals heftig mit den Gliedern, dann war alles ruhig und friedlich. Mir fiel der Werbespruch aus der Broschüre wieder ein: »Ginseng ist das Beste, was Sie für sich tun können.«

»Ich finde, die Buchweizentorte schmeckt heute noch besser als beim letzten Mal.« Waltraud schob sich einen Bissen in den Mund.

Ich trank genüsslich meinen Kaffee und sog den Duft der Rosen in mich auf, die im Gartencafé an Spalieren in allen Farben üppig blühten. Es war Ende Juli, vor zwei Monaten waren Waltraud und ich das erste Mal hier gewesen.

»Das Rot steht dir übrigens gut«, meinte Waltraud. »Hättest du ruhig schon früher ausprobieren sollen.«

»Du weißt ja, es war wegen Alfred. Er mochte nur Braun und Grau.« Ich fing den Blick eines gut aussehenden Herrn mit vollem weißem Lockenhaar auf. Zu meiner Überraschung galt dieser Blick aber ausnahmsweise nicht Waltraud – sondern mir.

»War eine gute Idee, den Friseur zu wechseln, meine Liebe. Mit den kurzen Haaren und den Strähnchen siehst du mindestens zehn Jahre jünger aus.«

Ich schaute meine Freundin dankbar an.

»Alfred wollte, dass ich die Haare im Nacken zusammenknote, damit ich seiner Mutter ähnlicher sähe.«

»Alfred, Alfred… Du kannst von Glück sagen, dass du dieses Ekel endlich los bist. Es kam ja dann ganz plötzlich. War es das Herz?«

Ich rückte mit dem Stuhl näher heran und dämpfte meine Stimme.

»Was ich dir jetzt sage, muss unbedingt unter uns bleiben. Weil… also, was Alfreds Tod angeht…«

»Hast du etwa – ein wenig nachgeholfen?« Waltraud sah mich gespannt an. Sie schien nicht im Geringsten überrascht.

Ich nickte.

»Richtig so, dieser Kerl hatte es nicht anders verdient. Erzähl mal, wie hast du es denn angestellt?«

»Alfred hat doch diese Ginsengkapseln genommen… Und da habe ich sie eben mit einem anderen Medikament gefüllt.«

»Gut, Hildegard, sehr gut. Es ist wirklich kinderleicht. Man nimmt eine Medikamentenkapsel, zieht die beiden Hälften auseinander, und dann…«

Ich sah meine Freundin mit weit aufgerissenen Augen an.

»Soll das etwa heißen, dass du auch …«

»Genau, das heißt es. Du weißt doch, Heinz-Günther lief jeder Schürze hinterher. Irgendwann war ich seine Affären und Lügen leid. Ich wollte nicht länger mit ihm zusammenleben. Meine Eltern haben mir mehrere Mietshäuser und diverse Aktien vererbt. Mein Mann wusste, dass er bei einer Trennung leer ausgegangen wäre. ›Eine Scheidung kommt überhaupt nicht in Frage. Nur über meine Leiche‹, hatte er mich angeschrien.«

Wir schwiegen eine Weile.

»Erinnerst du dich an die Skulptur draußen auf der Wiese, die mit dem Laternenpfahl und dem Fahrrad?«, fragte ich. »Eigentlich sind wir auch so etwas wie Himmelsstürmerinnen. Wenn ich an all die anderen Frauen denke, die weiterhin leiden müssen …«

»Ja, nimm nur mal Renate. Neulich hat sie sich bei mir ausgeweint, die Arme hat schon regelrechte Depressionen. Und Marion. Ihr Mann will, dass seine Geliebte bei ihnen ins Haus einzieht.«

»Doris hat vor einem Monat einen Selbstmordversuch unternommen.« Waltraud schüttelte den Kopf. »Können wir so etwas eigentlich zulassen? Haben wir nicht die Pflicht, unseren Freundinnen zu helfen? Wir sollten einen Club gründen und allen verzweifelten Ehefrauen einen Weg aus ihrem Elend zeigen. Überleg nur mal, wie viele Pillen Männer tagtäglich schlucken. Und wie viele Mittel es in der praktischen Kapselform gibt … Kennst du etwa eine glückliche Ehe? Ich muss sagen, das Witwendasein ist doch viel amüsanter.«

Wir bestellten eine Flasche Prosecco und prosteten uns zu.

Der gut aussehende Herr vom Nachbartisch stand auf und warf mir einen charmanten Blick zu, den ich mit einem Lächeln erwiderte. Ob das wohl das Ginsengfeeling war?

Familienbande

Von Kai Engelke

»Was man sich selbst nicht verzeiht, ist tödlich.«
Karlheinz Deschner

»Dein Lachen – genau wie das von Papa … früher.«

Michael zog die Mundwinkel nach unten.

»Ich lache wie ich«, sagte er und drehte sein Gesicht von der Mutter weg.

»Möchtest du noch ein Stück? Es ist genug da.«

»Nein danke, ich bin wirklich satt. Vielen Dank!«

Michael schob den Kuchenteller zur Tischmitte und stand auf. Wie immer lagen ein paar Krümel auf dem Tisch an seinem Platz und auf dem Fußboden unter seinem Stuhl. Michael bemerkte die Krümel und machte einen Schritt in Richtung Abfalleimer, wo auch Handfeger und Kehrblech ihren Platz hatten.

Johanne Gerlach kam ihrem Sohn zuvor: »Lass mal, Junge, ich mach das schon. Du kannst ruhig in dein Zimmer gehen.«

Wortlos verließ Michael den Raum. Wenig später waren Gitarrentöne zu hören. Sie kamen aus Michaels Zimmer.

»Er übt wieder«, sagte die Mutter lächelnd.

Eberhard Gerlach, der bisher schweigend am Tisch gesessen hatte, reagierte prompt: »Aber *was* er da klimpert! Das klingt doch scheußlich! Das will doch kein normaler Mensch hören! Mir fällt es schwer, so etwas überhaupt als Musik zu bezeichnen!«

Er streckte seine Hand nach der Kaffeekanne aus und stieß dabei die Süßstoffflasche um. Kleine Spritzer der klaren Flüssigkeit rollten wie Perlen über das gestärkte Tischtuch.

»Scheiße«, sagte Gerlach, richtete die Flasche wieder auf und goss sich Kaffee nach.

»Der sollte sich lieber richtig um sein Studium kümmern!«, nörgelte er.

»Das tut er doch«, sagte die Mutter. »Aber ich finde, Michael ist technisch schon recht gut. Was der auf der Gitarre drauf hat, das ist doch ganz beachtlich!«

»Was verstehst du denn davon?«, sagte Gerlach.

»Findest du das Zeugs etwa schön, was die sich da zusammenspielen? Würdest du dir solche Geräusche wirklich freiwillig anhören?«

»Manches gefällt mir ganz gut, manches weniger. Aber das ist mein persönlicher Geschmack. Es gibt Leute, die stehen auf Death Metal oder Black Metal. Michael und seine Band sind technisch brillant. Das muss man doch sehen, da musst du vom eigenen Geschmack mal absehen. Das musst du doch unterscheiden!«

»Ich muss überhaupt nichts! Ich find's einfach nur zum Kotzen! Basta! Death Metal – was ist denn das für'n Scheißname? Kann man das denn nicht auch positiv benennen?«

»Es ist eben nicht alles nur positiv«, sagte Johanne Gerlach, wobei sie ihren Mann kurz aus den Augenwinkeln musterte. »Und außerdem: Toleranz ist noch nie deine Stärke gewesen!«

Johanne Gerlach begann, den Kaffeetisch abzuräumen.

»Willst du streiten oder was?« Gerlach stand auf, wobei er mit den Oberschenkeln beinahe den schweren Eichenstuhl zum Umkippen brachte.

»Nein, streiten möchte ich nicht. Ich fänd's aber richtig, wenn du deinem Sohn irgendwann einmal ein wenig Anerkennung aussprechen würdest. Auch wenn das, was er macht, nun nicht gerade deinem persönlichen Geschmack entspricht.«

Johanne Gerlachs Stimme zitterte, sie war um Fassung bemüht.

»Ach was! Dummes Gerede! Alles Quatsch!« Gerlach verließ die Küche und schlug die Tür hinter sich zu.

Johanne Gerlach stapelte das Geschirr übereinander, trug es zur Spülmaschine, räumte alles sorgfältig ein und fegte die Krümel zusammen. Durch das Küchenfenster fiel ein später Sonnenstrahl und malte Lichtbilder auf den Steinfußboden. Von Michaels Zimmer her kamen noch immer Gitarrentöne. Draußen, in der Werkstatt, schlug Gerlach mit dem Hammer auf Metall.

Er ist wie sein Vater, aber er ist auch ganz anders, dachte Johanne Gerlach.

Wieder einmal trat Michael mit seiner Band ganz in der Nähe seines Elternhauses auf. Sie hatten in Eigenregie eine CD produziert, die sie ihrem Publikum nun vorstellen wollten. *Die Schatten des Abseitigen*, so hatten sie ihr erstes Werk getauft.

»Diesmal gehe ich hin. Ich will mir das einmal ansehen. Und ich glaube auch, dass Michael das von uns erwartet.«

Johanne Gerlach war fest entschlossen, das Konzert ihres Sohnes Michael zu besuchen. Auch auf die Gefahr hin, von den Jugendlichen als Grufti oder Mumie betrachtet zu werden.

»Das ist doch nicht wirklich dein ernst, Johanne!«, sagte Gerlach. »Du machst dich nur lächerlich! Und allein schon dieser Name! *Die Schatten des Abseitigen*... Das sagt doch alles! Entlarvend, mehr fällt mir dazu nicht ein!«

Johanne Gerlach ließ sich nicht beirren. Mit der schlichten Frage »Kommst du mit?« unterbrach sie den Redeschwall ihres Mannes.

Der schwieg eine Weile, und es sah ganz danach aus, als habe sie ihn aus dem Konzept gebracht.

»Weshalb eigentlich nicht? Ich komme mit. Es soll niemand behaupten, ich hätte Vorurteile!«

Gerlach grinste.

Johanne wusste zunächst nicht, was sie von dem plötzlichen Sinneswandel ihres Mannes halten sollte. Zumindest bedeutete seine Zusage in ihren Augen eine unerwartete Chance der Annäherung zwischen Vater und Sohn.

Das Konzert – Gerlach bezeichnete Michaels Musik noch immer als *akustische Umweltverschmutzung* – fand in einem stillgelegten Wasserwerk statt. Der Raum, in dem die Bühne aufgebaut war, musste zuvor eine Art Werkstatt gewesen sein. An der Betondecke waren Schienen angebracht, Ketten hingen herab, einzelne Maschinenteile standen ebenso verloren herum wie die schwarz gekleideten Jugendlichen, die an ihnen lehnten. Die wenigen Fenster des ohnehin düster wirkenden Raumes waren mit schwarzen Tüchern verhängt. Ein paar nackte Glühbirnen spendeten ein fahles Licht. Aus überdimensionalen, offenbar selbst gebauten Lautsprechern dröhnten Klänge, die Gerlach nicht als Musik hätte durchgehen lassen.

Als die Gerlachs den Raum betraten, drehte sich niemand nach ihnen um. Sie waren Besucher, wie alle anderen auch. Auf der Bühne wurden Kabel entrollt und Mikrofonständer aufgebaut. Im Hintergrund der Bühne hing ein großformatiges Tuch, das mit keltisch anmutenden Zeichen bemalt war. An einem kleinen Tresen, rechts von der Bühne, gab es Getränke zu kaufen. Gerlach holte für sich eine Flasche Bier und für seine Frau ein Mineralwasser. Auch sie lehnten sich nun an die Reste einer ausgedienten Maschine und warteten.

»Sind ja nicht teuer, die Getränke!«, rief Gerlach.

»Nein, nicht teuer!«, rief sie zurück.

»Hast du Michael schon gesehen?«

Es war nicht leicht, sich bei dem Geräuschpegel zu verständigen. Johanne Gerlach wies mit dem Finger zwischen Getränkestand und Bühne. »Dort steht er mit den Jungs von seiner Band.«

»Ach ja, jetzt sehe ich ihn auch!«

Gerlach hatte seine Flasche bereits geleert, hielt sie aber noch immer in der Hand.

Langsam füllte sich der Raum. Ohne Ausnahme trugen die jungen Besucher schwarze Kleidung. Manche hatten die Gesichter weiß und die Augen und Münder schwarz geschminkt. Andere hatten ihre Haare mit Hilfe von Zuckerwasser oder Gel zu spitzen Stacheln geformt. Viele trugen Ketten um den Hals, um die Arme oder auch an der Kleidung. Die Mäntel, Umhänge und Röcke reichten meist bis auf den Boden.

»Tanz der Vampire!«, feixte Gerlach. Er lachte.

»Hallo, Frau Gerlach! Sie hier? Ach, Herr Gerlach, Sie sind ja auch da!«

Das war Julia, die Nachbarstochter. Gehörte zu Michaels Clique. Und schon war sie wieder im Gewühl verschwunden.

»Nettes Mädchen«, sagte Gerlach. Seine Frau nickte.

Plötzlich ging das Licht im Saal aus, nur die Bühne wurde von mehreren Spots erleuchtet. Aus den Lautsprechern kamen grelle Pfeiftöne, die jedoch schnell wieder verstummten. Rückkopplungen.

Ohne eine Ansage begann die Band zu spielen. Schnell, heftig und vor allem laut. Einer auf der Bühne bediente kein Instrument. Er presste mit beiden Händen ein Mikrofon an seinen Mund. Es sah aus, als wollte er es hinunterwürgen. Die Töne, die er erzeugte, glichen einem unterirdischen Grollen. Der Schlagzeuger arbeitete wie ein Berserker. Seine Hände und Füße bewegten sich so schnell, dass die Augen kaum folgen konnten. Sein Gesicht zeigte einen gequälten Ausdruck. Die zwei Gitarristen ließen ihre Arme wie Windmühlenflügel rotieren. Zwischendurch beschrieben sie mit ihren gesenkten Köpfen schnelle Kreise. Haare wirbelten durch die Luft. Einige der Zuhörer am Rande der Bühne taten es ihnen nach. Headbanging.

»Kein Wunder, dass die alle 'ne weiche Birne haben!«, rief Gerlach. Sein Gesichtsausdruck glich dem des Schlagzeugers auf der Bühne. Johanne Gerlach verzichtete auf eine Antwort. Plötzlich war die Musik zu Ende. Wieder kam nur schrilles Pfeifen aus den Lautsprecherboxen.

»Eva und die Schwarzwurzeln!«, schrie einer der beiden Gitarristen ein paarmal hintereinander mit sich überschlagender, hoher Stimme in ein Mikrofon. Dabei wies er wie vorstellend auf seine Kumpane. »Eva und die Schwarzwurzeln!«

Das Publikum applaudierte johlend, vereinzelt waren auch Pfiffe zu hören. Die Musiker verließen verlegen lächelnd die Bühne.

»Wer von den Jungs war denn nun Eva?«, fragte Gerlach. Und wieder grinste er.

»Das ist doch nur so ein Bandname«, belehrte Johanne Gerlach in ernsthaftem Ton ihren Mann.

Ein paar Instrumente wurden hin und her gerückt, Becken ausgetauscht, Gitarrenkabel umgestöpselt. Ein pickeliger Junge drehte an den Knöpfen eines Mischpults, schob Regler nach oben und nach unten. Als nächste war Michaels Band an der Reihe. Gerlachs Blick ging zum Getränkestand. Angesichts des Gedränges dort verzichtete er jedoch darauf, sich eine weitere Flasche Bier zu besorgen.

»Willst du wirklich noch bleiben?«, fragte er seine Frau.

»Michael spielt gleich«, sagte sie.

»Wie heißt seine Band eigentlich?«, fragte Gerlach.

»*Love and hate*«, sagte Johanne Gerlach. »Noch nicht einmal das weißt du!«

Er schüttelte missbilligend den Kopf. »Warum auch?«

Wieder war nur die Bühne beleuchtet, Michaels Band kam hinter dem auf Holzleisten gespannten Bühnenbild hervor, sie schnappten sich ihre Instrumente, und auch sie begannen ihren Auftritt ohne ein Wort der Einleitung. Langsam, melodisch, leise. Die Musik hatte etwas Fließendes. Einige der Zuhörer wiegten ihre Oberkörper im Takt der Klänge hin und her. Nach und nach steigerten die Musiker Tempo und Lautstärke. Die Klänge wurden härter, aggressiver, bis sie endlich denen ihrer Vorgänger sehr ähnlich waren. Doch dann – ganz unvermittelt – ein Break und wieder diese fast sphärischen Tonfolgen wie zu Beginn des Stückes. In den ruhigen Abschnitten dominierte Michaels Gitarre. Doch bald darauf schien der Sänger der Band ein bevorstehendes Erdbeben anzukündigen. Der Schlagzeuger hämmerte völlig entfesselt auf sein Instrument ein, und Johanne Gerlach glaubte ihren Augen nicht zu trauen, als ihr Sohn mit gespielt wutverzerrtem Gesicht wie ein Derwisch über die Bühne fegte und dabei seiner Gitarre die heftigsten Tonkaskaden entriss.

Das Publikum tobte vor Begeisterung, der Beifall wollte kaum enden.

»Gehen wir?«, fragte Gerlach.

»Ja, lass uns nach Hause fahren«, sagte sie.

»Eines muss man dem Jungen lassen«, sagte Gerlach, als sie

im Auto saßen, »der hat das Publikum in der Hand. Und Gitarre spielen kann er auch, das muss ich zugeben.«

Johanne Gerlach lächelte.

Es klingelte an der Haustür.

»Wer meint denn, uns sogar am Sonntag stören zu müssen? Und dann noch zur Abendbrotzeit!«, rief Gerlach aus dem Wohnzimmer.

»Das wird Dieter sein, du hast ihn selbst eingeladen.« Johanne hantierte in der Küche. Sie bereitete das Abendessen zu. Sie strich mit den Händen über ihre Küchenschürze und ging zur Haustür.

»Du kannst sitzenbleiben! Ich mach schon auf!«

Aus dem Wohnzimmer kam ein undefinierbares Grunzen.

»Na, Schwägerin? Gut schaust du aus! Wirst wirklich jeden Tag jünger!« Johanne wusste, dass Dieter scherzte, das tat er meistens. Trotzdem genoss sie seine Schmeicheleien.

»Eberhard, Dieter ist da!«

»Soll reinkommen!«, tönte es aus dem Wohnzimmer.

Manchmal stellte Johanne sich vor, wie es gewesen wäre, hätte sie damals Dieter geheiratet. Dieter war Eberhards jüngerer Bruder, der Liebling der Familie, der Leichtfuß. Verglichen mit Dieter wirkte Eberhard schwerblütig und düster. So verschieden konnten Brüder sein, trotz aller äußerer Ähnlichkeit! Johanne hatte damals Eberhards Ernsthaftigkeit imponiert, seine Besonnenheit, wie überlegt er handelte. Doch die heimliche Schwärmerei für ihren unbeschwerten Schwager hatte sie nie so ganz aufgegeben. Sie war ganz sicher, dass auch Dieter sie schon immer sehr gern hatte.

»Willst'n Bier? Steht im Keller! Kannst mir eins mitbringen!«, rief Eberhard.

Auf dem Weg zum Keller kam Dieter an der Küche vorbei.

»Na, Johanne? Alles im grünen Bereich?« Er lächelte.

»Ach ja, ich denke schon«, sagte Johanne.

Die beiden Männer tranken Bier. Worüber die wohl sprechen, fragte sich Johanne. Enge Freunde waren Dieter und Eberhard jedenfalls noch nie gewesen.

»Ihr könnt zum Essen kommen!«, rief Johanne. Die beiden Männer kamen in die Küche und setzten sich an den gedeckten Tisch.

»Und Michael, was macht der so?«

»Er engagiert sich sehr für seine Musik«, sagte Johanne. »Wir haben neulich eins seiner Konzerte besucht. Er war richtig gut, stimmt's Eberhard?«

Dieter lachte auf. »Eberhard, du traust dich auf deine alten Tage noch mal in die Nähe einer Bühne? Das gibt's doch gar nicht!« Eberhards Miene verfinsterte sich, wovon Dieter sich allerdings nicht im Geringsten beeindrucken ließ.

»Da tritt der Junge also in deine Fußstapfen. Na, vielleicht schafft er ja das, was du nicht auf die Reihe bekommen hast ... verwirklicht deine Träume, alter Junge!« Gerlach sagte kein Wort. Stattdessen stand er auf, ließ sein Messer auf den Porzellanteller fallen und verließ die Küche. Die Haustür krachte ins Schloss.

»Was soll das denn jetzt?«, fragte Dieter, und er sah aus, als habe er absolut keine Ahnung, was die Reaktion seines Bruders provoziert hatte.

»Das war nicht richtig von dir, Dieter! Du hast ihn verletzt. Du weißt doch genau, dass er als junger Mann Musiker werden wollte und immer darunter litt, stattdessen etwas *Seriöses* gelernt zu haben. Du hättest nicht so mit ihm reden sollen!«

»Mein Gott, er kennt mich doch! Wieso reagiert er denn so empfindlich? Ich hab's doch nicht böse gemeint!«, versuchte Dieter sich zu rechtfertigen.

»Vielleicht hast du auch Träume, die du nie realisieren konntest. Das tut dann halt weh, wenn man so direkt mit der Nase darauf gestoßen wird«, sagte Johanne.

»Doch, doch, Träume hab ich auch«, sagte Dieter und sah Johanne lange an. Sie schaute zur Seite.

»Aber du hast wohl Recht«, sagte Dieter nach einer Pause, »ich weiß noch, wie er früher bis spät in die Nacht in seiner Bude hockte und auf seiner alten Framus-Akustik-Gitarre herumschrammelte. Er übte wie ein Besessener, bis seine Fingerkuppen bluteten. Ich dachte immer, der ist verrückt. Aber ich habe ihn auch bewundert. Er war damals fest davon überzeugt, irgendwann ein Star zu sein und ganz oben zu stehen. Ich dachte immer, wenn es einer schafft, dann er. Na ja, und dann machte er die Lehre als Einzelhandelskaufmann, dann kamst du, Heirat, Familie – und aus der Traum.«

»Willst du mir etwa die Schuld daran in die Schuhe schieben, dass er seine Träume nicht verwirklichte?«, empörte sich Johanne.

»Um Gottes Willen, nein! Soweit ich mich erinnere, hatte er die Gitarre schon in die Ecke gestellt, als du auftauchtest. Da waren seine Rock'n' Roll-Träume schon begraben.«

»Das stimmt«, sagte Johanne. »Und dennoch erzählte er in den ersten Jahren viel von seiner Musik. Manchmal hat er mir sogar ein paar seiner Lieder vorgespielt.«

»Ja, das hatte er drauf, darum hab ich ihn immer beneidet«, sagte Dieter.

»Was meinst du damit?«, fragte Johanne.

»Na, du weißt schon, die Mädchen mit seiner Gitarre betören, das konnte er. Da schmolzen sie nur so dahin.«

»Ach Dieter, hör doch auf!«

Johanne war die Röte ins Gesicht gestiegen.

»Wie süß! Sie wird noch richtig rot! Wie ein Teenager!«, freute sich Dieter. »Ja ja, die Familie ist wie ein Mobile: Ein Windhauch genügt und sämtliche Teile geraten in Bewegung. Wo mag Eberhard hingegangen sein?«

»Ich weiß es doch auch nicht!«, sagte Johanne.

»Papa meint, du seist ein guter Gitarrist.«

»Wie bitte? Was hat Papa gesagt?« Um ein Haar hätte Michael sich an seinem Kaffee verschluckt. Er stellte den Becher ab und wiederholte seine Frage: »Was hat Papa gesagt?«

Johanne Gerlach bemühte sich um einen gelassenen Gesichtsausdruck. Sie tat, als teile sie etwas völlig Selbstverständliches mit.

»Er hat gesagt, dass du das Publikum in der Hand hast und außerdem gut Gitarre spielen kannst.«

»Und wieso sagt er mir das nicht?«

»Ach Michael, du kennst ihn doch. Du weißt doch, wie er ist! Mir hat er's jedenfalls gesagt und das ist doch auch schon was!«

Michael sah aus dem Küchenfenster. Er schwieg.

»Weißt du eigentlich, dass Papa früher einmal ganz ähnliche Pläne hatte wie du?«

»Du hast es mir erzählt«, brummelte Michael und blickte starr geradeaus durch das Küchenfenster. Außer der Fassade des Nachbarhauses gab es dort allerdings nichts zu sehen.

»Er wollte Musiker werden – wie du. Er spielte damals in einer Rock'n' Roll-Band. Sologitarre. Die hatten viele Auftritte damals, waren richtig erfolgreich.«

Auch Johanne Gerlach sah jetzt aus dem Küchenfenster. Mutter und Sohn blickten in dieselbe Richtung, aber sie sahen sich nicht an.

»Und weshalb hat er nicht weitergemacht?«, fragte Michael.

»Ihm fehlte die Zeit, vielleicht auch der Ehrgeiz. Er machte ja seine Lehre damals. Ja, und dann gründeten wir auch bald die Familie. Es ist für ihn eben ein nicht zu Ende geträumter Traum. Aber du, Michael, du hast doch ganz andere Möglichkeiten. Du kannst bei uns wohnen, kannst dich auf dein Studium konzentrieren und hast außerdem immer noch genügend Zeit für deine Musik. Und wer weiß? Vielleicht kommst du irgendwann ganz groß raus mit deiner Gitarre. Dann kannst du Papas Traum zu Ende träumen.«

Michael wandte sich seiner Mutter zu.

»Mama, jetzt hör mir bitte einmal zu. Ich sehe vielleicht aus wie mein Vater, ich spreche wie er, ich spiele Gitarre wie er damals und ich lache wie er, das hast du mir oft genug gesagt – aber ...« Michaels Stimme wurde lauter. »Ich bin doch auch ich! Verstehst du das denn nicht? Ich habe kein Interesse daran, Papas Träume zu leben! Ich will meine eigenen Träume leben! Verstehst du das?« Michael drehte sich wieder zum Fenster hin, wobei er versuchte, seine zitternden Hände vor seiner Mutter zu verbergen.

»Ich will keine Aufträge meines Vaters erledigen! Ich will kein fremdes Selbst in mir tragen! Und ich lasse mich von ihm nicht auffressen!«

Johanne Gerlach starrte ihren Sohn an. Ihrem Blick war zu entnehmen, dass sie den Sinn seiner Worte kaum verstand.

»Aber Michael, wir sind doch eine Familie! Wir müssen doch zusammenhalten!«

»Ja, Mama, das müssen wir.«

Womöglich habe ich doch ein wenig zu heftig reagiert, überlegte Michael. Vielleicht tue ich ihm Unrecht. Und Mama versteht sowieso nicht, was ich meine, sie will nur Frieden in der Familie haben. Aber das ist ja auch irgendwie in Ordnung.

Vielleicht können Papa und ich ja doch eines Tages ganz locker miteinander umgehen. Mama hat Recht, wir sind eine Familie und müssen zusammenhalten. Was muss es für Papa bedeuten, ewig einem Traum hinterherzurennen? Ob er wirklich von mir erwartet, dass ich seinen Traum wahrmache? Weshalb reagiert er aber dann so ablehnend, wenn es um meine Musik geht? Er müsste sich doch freuen, müsste mich unterstützen.

Ist es die Art der Musik, mit der er nichts anfangen kann? Black Metal ist doch ein Musikstil wie jeder andere auch. Er muss diese Musik ja nicht lieben, aber er könnte sie tolerieren. Musik entwickelt sich doch weiter, es muss doch alles in Bewegung bleiben. Ist er letztlich sauer auf sich selbst, weil er den neuen Richtungen nicht mehr folgen kann? Weil er merkt, dass er alt wird? Würde er anders sein, spielte ich alte Rock 'n' Roll-Standards? Wäre er dann gar stolz auf mich? Mein Vater ist nicht stolz auf mich! Bin ich stolz auf ihn? Was hat er erreicht, was stellt er dar? Abteilungsleiter in einem mittleren Betrieb! Kann denn ein Sohn darauf stolz sein? Kann man denn überhaupt nur stolz auf außergewöhnliche Lebensleistungen sein? Oder ist es womöglich der ganz normale Durchschnittsmensch, der Respekt und Achtung in besonderem Maße verdient?

Muss ich Mitleid haben mit meinem Vater, der seine hoch gesteckten Ziele nicht verwirklichte? Sollte ich Mitleid haben mit seinem Versagen? Ist Mitleid irgendwie nicht auch eine Form der Verachtung? Verachte ich meinen Vater? Liebt er mich? Bin ich ihm egal? Verachtet er mich? Weshalb stelle ich mir diese Fragen? Kenne ich meinen Vater? Kennt er mich? Hat er Interesse an mir und an meinem Tun? Habe ich Interesse an ihm und an dem, was für ihn wichtig ist?

Ich sollte auf ihn zugehen. Ich könnte ihm die Hand reichen. Ich könnte ihm zeigen, dass er mir wichtig ist.

Aber könnte es nicht auch sein, dass ich damit meine eigenen Schwierigkeiten noch erhöhe? Müsste ich mich nicht vielmehr von meinem Vater lösen, um ich selbst sein zu können? Könnte mir der Hass auf meinen Vater nicht das Selbstständigwerden erleichtern? Es ist doch einfacher, sich von jemandem loszusagen, den man für ein Arschloch hält, als von jemandem, für den man Mitleid empfindet, oder?

Und Mama? Sie leidet nicht nur unter meinem Vater, sie leidet auch an den Spannungen zwischen ihm und mir. Ich könnte Mama manches erleichtern, ginge ich auf meinen Vater zu. Vielleicht ändert sich die gesamte Familiensituation, wenn ich meinem Vater die Hand reiche.

Ich werde ihm von meiner Musik erzählen. Ich werde ihn für meine Musik interessieren. Ich werde ihn für mich interessieren. Es ist das Fremde, das Unbekannte, das verunsichert, manchmal sogar aggressiv macht. Mein Vater reagiert ablehnend und böse auf meine Musik, weil er sie nicht kennt. Ich werde sie ihm nahe bringen. Und wer weiß, vielleicht spielen wir sogar mal zusammen. Er hat doch seine Gitarre noch, ich hab sie auf dem Dachboden gesehen. Wir könnten Frieden schließen, und alles würde erträglicher, besser in unserer Familie. Wir müssen zusammenhalten, hat Mama gesagt. Ich werde mit Papa reden, ich werde mit ihm reden. Ich werde es noch einmal versuchen.

»Und du meinst, ich könnte gut Gitarre spielen?«

»Wieso, wer sagt das?« Gerlach unterbrach seine Zeitungslektüre nicht. Jedenfalls verbarg er sein Gesicht nach wie vor hinter dem Tageblatt.

»Ach, nur so, ist schon gut, Papa. Hättest du Lust, dass ich dir einmal ein Stück von unserer CD vorspiele? Ich könnte dir auch etwas dazu …«

»Nee, nee, lass mal, muss nicht sein!«, sagte Gerlach, während er unverwandt in die Zeitung schaute.

»Du weißt ja, wie ich darüber denke. Ich halte eben nicht viel von dieser Art – wie soll ich sagen – Klangerzeugung.« Er lachte kurz auf. Michael war nicht nach Lachen zu Mute.

»Und du wolltest früher wirklich einmal Musiker werden?«, fragte Michael.

Endlich ließ Gerlach die Zeitung sinken und fixierte seinen Sohn über die Brillengläser hinweg.

»Wer hat dir das denn gesagt?«

»Mama sprach manchmal davon. Ich hab auch schon mal deine Gitarre auf dem Dachboden gesehen. Das ist doch deine, oder?«

»Ja, natürlich ist das meine Gitarre. Und du lässt schön die Finger davon. Nachher kommst du noch auf die Idee, deinen Krach auf meiner *Framus* zu erzeugen. Das käme direkt einer Entweihung gleich. Diese Gitarre ist an richtige Musik gewöhnt, an Rock 'n' Roll nämlich!«

Gerlach schob die Zeitung erneut zwischen sich und seinen Sohn. Beide schwiegen eine Weile. Ich will nicht sein wie er, dachte Michael. Und doch nahm er einen weiteren Anlauf.

»Black Metal kommt direkt aus dem Bauch. Hat viel mit Gefühlen zu tun. Außerdem ist diese Musik ein Ausdruck unserer Zeit, dieser Zeit. Das war doch beim Rock 'n' Roll ganz genau so! Oder nicht?«

Wieder ließ Gerlach die Zeitung ein Stück herabsinken. Er starrte seinen Sohn an. Sein Blick verriet Ungeduld und aufsteigende Wut.

»Du wirst doch nicht im Ernst eure Lärmbelästigung mit dem Rock 'n' Roll vergleichen wollen«, bellte er.

»Papa, ich möchte doch nur ganz in Ruhe mit dir reden. Weshalb regst du dich denn immer gleich so auf? Black Metal wird technisch auf einem hohen Niveau gespielt.«

Gerlach lachte höhnisch. »Und das, was ihr Gesang nennt, dieses Gegrunze? Willst du mir erzählen, dass das auf technisch hohem Niveau stattfindet?«

»Ich versuche, die Musik, die mir gefällt, möglichst gut zu machen, das ist alles«, sagte Michael. »Mama kann das übrigens nachvollziehen.«

»Mama kann das übrigens nachvollziehen«, äffte Gerlach seinen Sohn nach.

»Die versteht doch überhaupt nichts von Musik. Und außerdem: Etwas von Grund auf Mieses kann man nicht gut machen. Das liegt nun mal in der Natur der Sache«, sagte Gerlach und tauchte wieder hinter seiner Zeitung ab.

Die Mutter kam herein. Sie lächelte. »Na«, fragte sie, »habt ihr beiden euch ein wenig unterhalten?«

»Eine Unterhaltung würde ich das nicht unbedingt nennen«, sagte Gerlach. »Ich hab nur versucht, deinem Sohn den Unterschied zwischen Musik und organisierter Lärmbelästigung zu erklären. Aber ich fürchte, er hat's nicht verstanden.«

Johanne Gerlachs Lächeln wich aus ihrem Gesicht.

»Ja, erinnerst du dich denn wirklich nicht, wie in den 50er-Jahren der Rock 'n' Roll verteufelt wurde? Das war doch eine vergleichbare Situation. Alles Neue wird zuerst mit Misstrauen beäugt und stößt auf Widerstände.«

Johanne setzte sich zu den beiden an den Küchentisch.

»Jetzt fängst du auch noch an!«, schrie Gerlach. »Kann man denn hier nicht einmal in Ruhe seine Zeitung lesen, ohne von eurem unqualifizierten Gequatsche belästigt zu werden?«

»Papa, ich habe versucht, mit dir zu reden. Aber offensichtlich geht das nicht. Schade«, sagte Michael.

Und zum ersten Mal nach all den Jahren stellte er sich vor, wie es sein könnte, ohne den Vater zu leben. Endlich würde Ruhe einkehren und Frieden.

Verbotene Gedankenspiele. Michael schob die Bilder in sein Unterbewusstsein zurück.

»Eberhard, weshalb können wir denn nicht einmal wie vernünftige Menschen miteinander reden. Auch wenn wir unterschiedliche Positionen vertreten, die kann man doch gegenseitig tolerieren!«, sagte Johanne Gerlach. Ihr Ton hatte etwas Flehentliches.

Gerlach knallte die Zeitung auf den Küchentisch und sprang auf. »Mir reicht's jetzt! Ich hab die Schnauze voll! Ich hau ab! Ich geh woanders hin, wo ich meine Ruhe hab. Ihr zwingt mich ja dazu!«

Wieder einmal verließ Gerlach Türen knallend die Wohnung. Johanne fing zu weinen an. Michael nahm seine Mutter in den Arm.

»Ich will nicht sein wie er«, sagte er.

Es goss in Strömen. Der alte Kombi holperte über eine kurvenreiche Landstraße irgendwo in der Gegend von Walsrode. Dort sollte ihr Auftritt heute Abend in einem selbst verwalteten Jugendheim stattfinden. Das Fahrzeug war bis zum Dach vollgepackt mit Band-Equipment. Zwischen Lautsprecherboxen, Verstärkern und Gitarrenkoffern hockten drei schwarzgekleidete Jungs, die Musiker der Black-Metal-Band *Love and hate*.

»Das wird 'n geiler Gig«, sagte Konrad, der Sänger. »Ich hab das im Urin.«

»Dein Urin besteht doch hauptsächlich aus Alkohol«, meinte Schlagzeuger Thomas und lachte.

Michael starrte auf die Straße. Er saß am Lenkrad.

»Ich glaub, wir haben uns verfranzt. Seid ihr sicher, dass wir die richtige Autobahnausfahrt erwischt haben?«, fragte er.

»Scheiße!«, fluchte Konrad. »Da war doch gerade noch'n Schild, auf dem Walsrode stand.«

»Da vorne kommt wieder eins. Was steht da drauf? ›Bockhorn 1 km‹. Nie gehört«, maulte Thomas.

»Vielleicht können wir da nach dem Weg fragen«, versuchte Michael die Situation zu entkrampfen. Ein paar Fachwerkhäuser tauchten auf, alte Bausubstanz, ein Heidehof, von riesigen Eichen umstanden. *FloraFarm* stand auf einem Schild am Eingang. Es ging nun nicht mehr weiter, die Straße war zu Ende. Die drei Jungs stiegen aus und streckten sich. Thomas gähnte ausgiebig. Vom Wind getriebene Wolken rasten am Himmel, etwas weiter entfernt grasten friedlich ein paar Pferde, Schafe und Lämmer auf einer hügeligen Weide, ein großer Hund kam freundlich wedelnd auf die Musiker zugelaufen, um sie zu begrüßen.

»Geile Hütten, ey!«, sagte Konrad anerkennend. »Ob wir hier mal auftreten können?«

»Zuerst müssen wir mal nach Walsrode«, sagte Thomas. Eine junge Frau kam aus dem Haupthaus. Michael fragte sie nach dem Weg, Konrad streichelte den Hund.

»Komm ins Haus, Hermann!«, rief die Frau den großen Hund, als die Jungs wieder in ihr Auto stiegen und auf dem Hof wendeten. »Es ist bald dunkel.«

Die Scheinwerfer beleuchteten die regennasse Straße nur spärlich. Zwielicht. Michael bemühte sich vergeblich, mit einem Tuch die Sicht durch die beschlagenen Scheiben zu verbessern.

»Halogenlampen müsste man haben«, sagte Konrad. Er saß vorne bei Michael.

»Hörst du das?«, fragte Michael. »Da scheppert irgendwas. Schon die ganze Zeit.«

»Die alte Kiste wird's nicht mehr lange machen«, sagte Konrad.

»Wir brauchen 'n neues Auto.«

»Und wovon sollen wir das bezahlen?«, fragte Michael.

In diesem Moment gab der Motor auf. Er ging einfach aus. Michael steuerte das ausrollende Fahrzeug so gut es ging auf den Seitenstreifen.

»Scheiße«, sagte er. »Und jetzt? Was machen wir jetzt? Wir verpassen unsern Gig.«

»Wir müssen gucken, was los ist«, sagte Thomas.

»Hast du denn Ahnung von Motoren?«, fragte Konrad.

»Nee«, meinte Thomas, »aber irgendwas müssen wir doch machen. Vielleicht finden wir ja was.«

Michael entriegelte die Motorhaube, die drei Jungs stiegen aus, Thomas klappte die Motorhaube hoch.

»Wir können zu wenig sehen«, sagte Konrad. »Ist schon zu duster.«

»Wir brauchen Licht«, sagte Thomas.

»Und was ist, wenn wir 'ne Bühnenlampe an die Batterie anschließen?«, fragte Michael. »Dann haben wir Licht genug.«

»Geile Idee! Los, hol mal eine her!« Konrad war begeistert.

Michael ging um den Kombi herum, öffnete die hintere Klappe. Ein zusammengerolltes Kabel fiel auf den Boden. Michael hob es auf, warf es in den Kombi zurück. Er wühlte ein wenig und zog dann einen Bühnenscheinwerfer zwischen den übrigen Utensilien hervor. Inzwischen hatte es aufgehört zu regnen.

»Ich schneide die Strippen durch, dann können wir sie anklemmen«, sagte Michael. Mit dem Starterkabel verband er die Kabelenden und schloss sie an die Autobatterie an. Es knisterte, ein paar Funken stoben durch den Motorraum und dann wurde es taghell.

»Krass!«, sagte Konrad und grinste. Die drei Jungs beugten sich über den streikenden Motor.

Aus der Ferne war jetzt das Motorengeräusch eines anderen Autos zu hören. Es kam rasch näher.

»Da kommt einer! Wir sollten ihn anhalten!«, sagte Konrad. »Vielleicht kann der uns helfen.« Michael blickte auf. Es war ein cremefarbener Volvo älterer Bauart, der dort, etwas unterhalb ihres Standortes, auf der regennassen Straße entlangfuhr. Michael war sicher – trotz der Dämmerung – den Fahrer deutlich zu erkennen, wie er, leicht nach vorne gebeugt, nahezu verbissen seinem unbekannten Ziel entgegensteuerte. Nach der nächsten Kurve würde der Volvo direkt auf sie zukommen. Michael umklammerte mit seinen Händen die Halterung der grell leuchtenden Bühnenlampe.

»Was machst du?«, fauchte Konrad. »Halt doch mal in 'n Motorraum! Ich seh ja nix!«

Michael sagte kein Wort. Der Volvo hatte inzwischen die letzte Kurve passiert und beschleunigte mit aufheulendem Motor auf der Geraden. Er raste jetzt direkt in Richtung der drei jungen Musiker. Michael schwenkte mit einer heftigen Bewegung die Lampe nach rechts, der Lichtstrahl tauchte den Volvo in gleißende Helligkeit. Der Wagen schoss einen Augenblick direkt auf sie zu, machte dann einen Schlenker von ihnen weg, rutschte quer über den Asphalt und schleuderte schließlich krachend seitlich gegen einen der Alleebäume. Eine Radkappe rollte durch den Lichtkegel, drehte sich noch ein paarmal um sich selbst, wobei ein blechernes Scheppern zu hören war und blieb dann liegen.

Kein Geräusch war mehr zu hören. Absolute Stille trat ein. Langsam ging Michael auf das völlig zertrümmerte Auto zu. Seine beiden Freunde blieben regungslos am Kombi stehen. Niemand sprach ein Wort. Noch immer war Michael nicht bei dem verunglückten Auto angekommen. Ein Film lief ab. Slow motion. Endlich hatte Michael den Wagen erreicht. Er stand direkt davor und starrte den regungslos in seinem Sitz hängenden Fahrer durch die zersplitterte Frontscheibe an.

»Papa?«, sagte Michael zu dem Fahrer.

Der Mann im Volvo antwortete nicht.

Schienbein ans Herz!

Von Regula Venske

»Herz Richtung Schienbein drücken! Fersen an die Ohren! Knie zum Hinterkopf!«

Marthe Flachsmann stöhnte. Sie konnte nicht mehr. Immer häufiger ertappte sie sich dabei, im Spiegel nach der großen Uhr an der hinteren Seite des Raumes zu schielen. Noch zwanzig Minuten! Warum musste dieses Power-Yoga denn anderthalb Stunden dauern! Sie war erst zum zweiten Mal dabei und hatte sich jetzt zur Genüge verausgabt. Dass sie sich überhaupt überwunden hatte, hierher zu fahren, reichte doch schon, um gebührenden Stolz auf sich zu empfinden. Zugegeben, das letzte Mal hatte sie den Kursus geschwänzt, nachdem sie vor zwei Wochen, als Resultat ihrer ersten Yogastunde, einen solchen Muskelkater in Oberarmen und Schultergürtel verspürt hatte, dass ihr die einfachsten Verrichtungen drei Tage lang fast unmöglich gewesen waren. Jede Bewegung ihrer Arme war plötzlich zum Problem geworden, vom morgendlichen Einseifen unter der Dusche über das anschließende Trockenrubbeln mit dem Badetuch bis hin zum Aufschlagen der Zeitung am Frühstückstisch – ganz zu schweigen vom Ordnen ihrer Manuskriptseiten am Abend. Natürlich zeigte das auch, wie dringend nötig sie diese Übungen hatte. Und so hatten sich heute Morgen Vernunft und Einsicht durchgesetzt und sie dazu bewogen, einen weiteren Anlauf zu nehmen. Die zweite Lebenshälfte lag vor ihr, und Marthe Flachsmann wollte sie so fit wie möglich erleben. Aber ob Verrenkungen wie das große Sonnenrad, Kerze und Kopfstand zu ihrem Begriff von Fitness unbedingt dazugehörten, war eine andere Frage.

Marthe streckte sich auf ihrer Matte aus, deckte sich mit der weichen orangefarbenen Wolldecke zu, schloss die Augen und ließ ihre Gedanken schweifen. Sie musste an ihre Kollegin Marina Pichowiak denken, die vor einer Woche ihren fünfzigsten Geburtstag gefeiert hatte. Auf einem Dampfeisbrecher auf der Elbe. Nun, Marina konnte es sich leisten, ein teures Schiff anzuheuern. Vor wenigen Jahren war ihr Vater gestorben und hatte seiner Tochter zum Ausgleich dafür, dass er sich jahrzehntelang nicht um sie gekümmert hatte, ein kleines Vermögen hinterlassen. Im Vergleich zu den zahlreichen anderen runden Geburtstagen, zu denen Marthe seit geraumer Zeit eingeladen wurde, war es eine ungewöhnlich lustige Feier gewesen, ohne pathetische oder nostalgische Reden und zum Glück auch ohne selbst gereimte Gedichte zu Ehren der Jubilarin. Zunächst waren sie auf der Elbe herumgeschippert, Wein, Bier und Erbsensuppe waren reichlich geflossen. Gegen Mitternacht hatte es dann einen urigen Stehempfang im Heizraum des Schiffes gegeben. Zuvor hatte ihnen ein Hüne von einem Mann den Maschinenraum gezeigt und erklärt, und zum ersten Mal in ihrem Leben hatte Marthe begriffen, was eine Dampfmaschine war, über das aus der »Feuerzangenbowle« bekannte »jroße schwarze Loch« hinaus. In der Affenhitze des Heizraums hatte der Champagner doppelt erfrischend in den Gläsern geperlt, und der Heizer, der sich als »Earl of Steam« vorstellte, hatte zum Gaudi der Umstehenden dem Geburtstagskind einen rußigen Kuss auf die Wange gedrückt. Und dann hatte er als besonderes Geburtstagspräsent einen riesigen Kabeljau in Salzkruste aus dem Schiffsofen gezogen, den sie im Stehen aus kleinen Näpfen gegessen hatten. Besonders denkwürdig aber waren die netten Sprüche gewesen, die die Männer der Besatzung für Marina parat hatten. Sie wünschten ihr, dass sie immer so sein solle wie das Schiff, »je älter, desto schöner«, und dass sie außerdem – wie das Schiff – »immer fünfundzwanzig gut aussehende Jungs« um sich haben solle, die sich um sie kümmerten …

Nun ja, Marina Pichowiak wäre vermutlich schon glücklich, wenn es ihr endlich einmal gelänge, auch nur einen einzigen Jungen an Land zu ziehen, sei er gut aussehend oder auch nicht.

Marthe kicherte. Aber bei aller Schadenfreude beneidete sie Marina doch auch. So eine Feier musste man sich erst einmal leisten können. Vom Verkauf ihres Krimi-Erstlings, *Wandsbeker Blutaufguss*, hatte Marina sie gewiss nicht bestreiten können. Auch wenn Marthe die erfolgreichere der beiden Autorinnen war – den Bestseller, von dem sie träumte, hatte sie auch noch nicht geschrieben. Manchmal kam ihr der Autorenberuf vor, als würde man im Lotto spielen. Immer wieder träumte man vom großen Erfolg, unterm Strich aber gab man mehr aus, als man je würde einnehmen können. Man musste ja auch die psychische Verausgabung mit in Anschlag bringen, auch da verschwendete und vergeudete man sich in der Regel mehr, als man je zurückerwarten konnte. Auf die bei Lesungen häufige Frage, ob sie vom Schreiben leben könne, hatte Marthe sich inzwischen angewöhnt zu antworten, dass sie nicht *vom* Schreiben, sondern *für* das Schreiben lebe. Das war ausweichend genug formuliert, um sich nicht in die Karten gucken zu lassen, und außerdem hübsch formuliert.

Leider war bei ihr im Unterschied zu Marina weit und breit keine Erbschaft in Sicht. In wenigen Jahren würde auch sie fünfzig werden. So langsam war es an der Zeit, sich mit der Frage nach der Höhe ihrer Rente zu befassen. Wie die meisten Schriftstellerkollegen, hatte Marthe dieses Thema bislang erfolgreich verdrängt.

Wie angenehm das Schiff über die Elbe geglitten war. Als es noch im Hafen gelegen hatte, hatte es viel mehr geschaukelt, beinahe wäre sie davon schon seekrank geworden, aber während der Fahrt hatte man das Stampfen und Schlingern fast gar nicht bemerkt. Und dann das wunderbar satte Tuten der Schiffssirene, als sie unter der Köhlbrandbrücke hindurchgefahren waren. Nur das gemeinsame Singen zu später Stunde war nicht nach Marthes Geschmack gewesen. Sollte sie je ihren Fünfzigsten groß feiern, würde sie sich nur eines von ihren Freunden wünschen: dass sie auf keinen Fall zu später Stunde »Auf der Reeperbahn nachts um halb eins« grölten …

***

»He, hallo – aufwachen! Der Kurs ist vorbei. Hallo?«

Marthe spürte ein leichtes Rütteln an ihrer Schulter, die sich schon jetzt schmerzhaft bemerkbar machte. Das würde wieder einen gepflegten Muskelkater geben. Und wie peinlich, da war sie doch tatsächlich beim Power-Yoga eingeschlafen, während sich die anderen Teilnehmer des Kurses zu guter Letzt im Kopfstand entspannt hatten. Schläfrig blinzelte sie in die Gesichter einiger älterer Damen, die unternehmungslustig um ihre Matte herumstanden und jetzt offenbar zur Rückengymnastik antreten wollten. »Bleiben Sie doch ruhig noch zum nächsten Kurs! Das beugt dem Muskelkater vor!« Fluchtartig sprang Marthe auf. Nichts wie raus hier.

Auch im Dampfbad, in dem sie anschließend Zuflucht suchte, hielt sie es nicht lange aus. Das Thema des Kaffeekränzchens, das den Raum bereits okkupierte, waren die Wechseljahre. »Östrogen … Rotklee-Extrakt … Traubensilberkerze …«, hörte Marthe es durch die Schwaden hindurch wispern und zischeln. Wie sollte sie sich bei solchem Geschwätz auf den Plot eines neuen Kriminalromans konzentrieren? Marthe freute sich auf den vor ihr liegenden Nachmittag. Mit der alten Klapperlady, ihrem heiß geliebten dunkelgrünen RO 80, den sie vor drei Jahren günstig erstanden hatte, würde sie einen Ausflug in die Lüneburger Heide unternehmen. Vordergründig redete sie sich ein, sie müsse in einem Kloster in der Nähe von Celle für ihre Geschichte recherchieren. Insgeheim aber wusste sie, dass sie einfach nur ins Blaue oder Grüne fahren wollte. Es gab doch keine bessere Entspannung, als solche kleinen Fluchten an schönen Sommertagen. Nur sie und die Klapperlady. Keine unnötige Bewegung. Und niemand in der Nähe, der ihr etwas von Hormonen vorplapperte.

Aber wie es immer so war im Leben, wenn ein Thema erst einmal Besitz von einem ergriffen hatte, kam man so leicht nicht mehr davon los. Kurz vor Celle schoss ihr ein Stichwort durch den Kopf. Ginseng! Hatte nicht Wiebke Timmerloh den Kolleginnen auf Marinas Geburtstagsfeier etwas von einer Ginsengfarm vorgeschwärmt, die in der Nähe von Walsrode lag? Anscheinend war es die einzige in Europa überhaupt, auf der seit nunmehr zwanzig Jahren koreanischer Ginseng angebaut wurde. Und wenn man Wiebke glauben durfte, war Ginseng das beste Mittel auf der Welt, um sich vor, während und nach den Wechseljahren fit zu halten! Kurz entschlossen verließ Marthe bei Fallingbostel die Autobahn und folgte den Wegweisern in Richtung Bockhorn und Düshorn.

Kurze Zeit später fand sie sich bei Kaffee und Beerentorte mit Schlagsahne – so viel zu ihren guten Vorsätzen vom Vormittag – an einem sonnenbeschienenen Tisch des Ginseng-Cafés wieder, das sich auf dem idyllischen Innenhof der FloraFarm befand. In zwanzig Minuten sollte eine Führung durch die Ginseng-Gärten beginnen, an der sie natürlich teilnehmen wollte; das Kloster bei Celle konnte warten. In der Nähe döste ein Berner Sennenhund, der auf den Namen Hermann hörte, in der Sonne. Alles strahlte Frieden und Gelassenheit und Einssein mit der Welt und ihren Pflichten aus. Sicher hatte dieser alte Heidebauernhof, der aus dem Jahr 1438 stammte, auch schon ganz andere Zeiten gesehen, traurige Zeiten, grausame Zeiten. Bauernkriege, Dreißigjähriger Krieg, napoleonische oder Befreiungskriege, Erster Weltkrieg, Zweiter Weltkrieg … In Gedanken ließ Marthe die Jahrhunderte Revue passieren. Sie stellte sich eine Heidebäuerin vor, die vielleicht vor ein paar hundert Jahren gerade hier, wo sie jetzt saß, unter einer knorrigen Eiche gesessen hatte. Ein junges Mädchen zunächst, aus ihrer heutigen Perspektive beinahe noch ein halbes Kind, mit rosigen Wangen und einem verrutschten Häubchen auf dem Kopf, das Gemüse putzte und dabei mitunter noch von seiner Jugendliebe im Nachbardorf träumte, dem schüchternen Pfarrerssohn, den es nicht hatte heiraten dürfen. Wenn der jungen Frau über ihrer Träumerei die Arbeit zu langsam von der Hand ging, wurde sie von ihrer Schwiegermutter gescholten. Aber bald schon war sie eine schwangere, dann eine hochschwangere Frau, diesmal hielt sie ein Strickzeug im Schoß, und ab und zu reckte sie sich und strich sich über den schmerzenden Rücken. Von Power-Yoga hatte sie natürlich noch nichts gehört, und wenn man ihr erzählt hätte, dass in ein paar hundert Jahren auf ihrem Hof einmal koreanischer Ginseng angepflanzt würde, hätte sie nur ungläubig den Kopf geschüttelt und vielleicht spöttisch gelächelt. Unter dem Namen Korea hätte sie sich ebenfalls nichts vorstellen können, und auf die Steigerung der Konzentration und der Antriebskraft legte sie wahrscheinlich keinen großen Wert. Oder doch? Vielleicht lauschte sie, inzwischen eine gereifte Frau, gerade der Magd, die den neuesten Klatsch und Tratsch über die Nachbarin zu berichten wusste: Angeblich sollte die es ja sogar mit dem Teufel treiben. Nun, vielleicht wäre die Heidebäuerin schon froh gewesen, wenn die Nachbarin wenigstens die Finger von ihrem Ehemann gelassen hätte und er seine Finger von ihr. Aber vielleicht hätte sie doch auch gern einmal, nach anfänglichem Zögern, das Zaubermittel – Ginseng-Hautpflegeöl! – ausprobiert, um sich beim Gebet am nächsten Sonntag in der Kirche nicht mehr über ihre schrundigen Hände und die eingerissenen Fingernägel zu grämen.

Marthe stellte sich die Heidebäuerin mit dem Häubchen vor, wie sie das glänzende Öl vorsichtig auf Wangen und Armen verrieb und sich überlegte, ob sie es wagen sollte, ein paar Tropfen davon auch auf ihr Dekolletee zu tupfen. Was der Heidebauer wohl dazu sagen würde? Vorausgesetzt, er merkte es überhaupt? Ach, was für Geschichten mochten sich an diesem Ort schon abgespielt haben? Und was für Begebenheiten hatte man sich in langen Sommernächten unter der Eiche und im Winter abends am Kamin wohl erzählt …?

***

Marthe merkte, dass sie drauf und dran war, wie das junge Mädchen ihren Tagträumen nachzuhängen; beinahe wäre sie im Sitzen eingeschlafen. Sie arbeitete nachts einfach zu lang. Entschlossen leerte sie die Kaffeetasse und ließ den letzten Bissen ihrer Beerentorte genüsslich im Munde zergehen. Ein Grüppchen von Interessierten hatte sich bereits am Eingang des Cafés versammelt. Es wurde Zeit, der jungen Serviererin zu winken und zu zahlen, die Führung begann jeden Moment.

Eine Stunde später wusste Marthe alles über Ginseng. Dass er das Immunsystem stärkte und sechs Jahre brauchte, um zu voller Qualität heranzureifen. Dass er sich regulierend auf Blutzuckerwerte und Herz-Kreislauf-System auswirkte und die Entgiftungsfunktion der Leber unterstützte; dies war ein nicht uninteressantes Detail bei ihrer Lebensweise und in ihrem Beruf. Sie hatte gelernt, dass bei optimaler Dosierung mindestens hundert Tage lang ein Gramm Ginseng eingenommen werden musste und dass das Wort Ginseng auf chinesisch Menschenwurzel bedeutete. Und außerdem hatte sie alles über Herzchen und Schnucki, die ebenfalls an der Führung teilgenommen hatten, erfahren. Diese beiden, ein reizendes älteres Paar, hatten sich vor zwei Monaten, am Himmelfahrtstag, beim Seniorensepptanz auf der FloraFarm kennen gelernt. Zurzeit verlebten sie einen Kurzurlaub im nahe gelegenen Gasthaus »Zur Trompete«. An der Führung nahmen sie Händchen haltend teil und warfen sich, ob es gerade passte oder nicht, verliebte Blicke zu.
Schnucki, deutlich älter als Herzchen, war seit zwei Jahren Witwer, hatte aber durch die Ginsengkur – und wohl auch durch die verjüngende Begegnung mit Herzchen – in den vergangenen acht Wochen endlich wieder Freude am Leben gefunden. Er stammte aus Bad Oeynhausen. Herzchen, von Schnucki mitunter auch Herzelein genannt, hieß eigentlich Cordula Pieper und wohnte in Eisenach. Dort hatte sie einen älteren Ehemann, der seit der Wende arbeitslos und seit sechs Jahren an Alzheimer erkrankt war; leider machte sich auch mit Ginseng bei ihm keine Besserung mehr bemerkbar. Aber sie selbst brauchte regelmäßig ihre Ginsengkur, da sie ihren Mann nun schon über Jahre aufopferungsvoll pflegte. Dies hatte Schnucki, der eigentlich Wieland hieß und Lateinlehrer im Ruhestand war, ganz besonders beeindruckt. Für ihren heimlichen Kurzurlaub hatte Herzchen ihren Mann zum ersten Mal für ein paar Tage allein gelassen, derweil sich ihre Nichte um den Pflegebedürftigen kümmerte. Netterweise hatte Schnucki ein kleines goldenes Angebinde, nicht der Rede wert, als Entschädigung und Dank für die Nichte spendiert. Herzchen war aber nicht nur eine sich selbstlos aufopfern-

de Ehefrau, sie war auch eine Künstlerin, die sich seit einigen Jahren nun schon von der Ginsengwurzel ihre Inspirationen holte. Nicht nur, indem sie regelmäßig kleine Stücke davon kaute, sondern auch, indem sie die menschenähnlichen Wurzeln in unterschiedlichsten Farben, Formen und Situationen zeichnete. Zurzeit arbeitete sie an einer Serie mit Fotocollagen für einen Ginsengkalender.

Marthe selbst hatte vom Gedanken, Ginsengwurzeln oder -kapseln für den Eigenbedarf zu kaufen, wieder Abstand genommen, nachdem sie die Preise gesehen hatte. Lediglich ein kleines Probiertütchen für fünfzehn Euro hatte sie erstanden, das sie ihrer Schwester zum Geburtstag schenken wollte. Alles andere hätte sie vor die Alternative »Ginsengkur oder Rentenvorsorge?« gestellt. Was nützte ihr im Alter die tollste Konzentrationsfähigkeit, wenn sie kein Geld mehr zum Leben hatte? Natürlich konnte man auch umgekehrt fragen, was die tollste Rente nützte, wenn man nicht mehr fit genug war, um sie zu genießen. Am schlimmsten war es natürlich, wenn man, wie Cordula Piepers Mann, weder das eine noch das andere hatte. Wie man es auch drehte und wendete, es lief alles immer auf dasselbe Problem hinaus. Sie musste es irgendwie anstellen, einen Bestseller zu schreiben. Und dann würde sie sich regelmäßig Ginsengkuren gönnen, wie all die anderen Prominenten auch, deren Gesichter sie auf einer Schautafel am Rande des Ginsengpfades gesehen hatte. Boris Becker, Helmut Kohl, Inge Meysel, Günter Jauch – oh ja, eines Tages würde auch das Konterfei von Marthe Flachsmann den Rundgang auf der FloraFarm zieren.

Als sie wieder an dem Tisch, an dem sie bereits vor der Führung gesessen hatte, Platz genommen hatte, sah Marthe noch einmal die Heidebäuerin vor ihrem inneren Auge. Ein paar dünne weiße Haarsträhnen ringelten sich unter ihrem Häubchen hervor. Die braunrote runzlige Haut verriet, dass ihr keine wirksamen Pflegemittel gegen die Alterungsprozesse der Haut zur Verfügung standen. Aber Sorgen um ihre Rente musste sie sich keine machen. Längst hatte der älteste Sohn mit der Schwiegertochter den Hof übernommen, und der alte Heidebauer und sie hatten es sich auf dem Altenteil gemütlich gemacht. Endlich hatte der Bauer es aufgegeben, den jungen Dingern nachzusteigen, auf dem Hof und im Herzen der Heidebäuerin war Frieden eingekehrt. Nur gelegentlich, wenn sie das Gemüse für die Schwiegertochter putzte, geriet sie unter ihrer alten Eiche noch einmal ins Träumen. Dann dachte sie daran, wie es wohl dem Pfarrerssohn in der Stadt ergangen sein mochte. Wie sie gehört hatte, war er drei Mal verheiratet gewesen, alle seine Ehefrauen waren im Kindbett gestorben. Der arme Mann. Nun, es hatte nicht sollen sein. Wenn ihr dann unwillkürlich ein Seufzer entwich, und wenn sie ihre Schwiegertochter darüber stöhnen hörte, dass die Alte immer längere Zeit fürs Möhrenschrappen bräuchte, musste die alte Heidebäuerin lächeln. Die Schwiegertochter war für einen kurzen Moment zu ihrer Schwiegermutter und sogar zu ihrer Mutter geworden. Wie sich doch alles wiederholte im Leben und in ein Muster fügte …

***

Ach, und da am Nachbartisch hatten Herzchen und Schnucki Platz genommen und sich eine Flasche Ginseng-Elixier mit zwei Gläsern bestellt. Soeben prosteten sie einander verliebt zu. Marthe überlegte, wie alt die beiden wohl waren. Wieland-Schnucki war sicher weit über achtzig, Herzchen hingegen konnte alles zwischen fünfundvierzig und siebzig sein. Sie war ganz der Typ Kindfrau, der gern älteren bis uralten Männern den Kopf verdrehte und im Grunde erst jenseits der Fünfzig so richtig zur Entfaltung kam. Ent-Faltung. Was für ein schönes Wort. Marthe war den ganzen Tag lang schon kicherig zumute gewesen, jetzt aber fühlte sie sich regelrecht beschwipst, obwohl sie gar keinen Schluck von dem hochprozentigen Ginseng-Elixier probiert hatte. Vielleicht lag es an dem Stückchen Ginsengwurzel, das sie im Anschluss an die Führung im kleinen Hofladen gekostet hatte. Es hatte einen herben, bitterwürzigen Geschmack, und es hatte ihr derart die Mundschleimhaut zusammengezogen, dass Marthe das Gefühl gehabt hatte, als würden sämtliche Ginsenoside direkt in ihre Blutbahn schießen. Fast war ihr schwindelig davon geworden. Deshalb hatte sie beschlossen, sich vor der Weiterfahrt noch einen Moment der Entspannung zu gönnen und eine Apfelschorle gegen den Durst zu trinken. Wie in Trance hatte sie ihren Sitzplatz von vorhin wieder eingenommen, wie geistesabwesend hing sie jetzt ihren Gedanken nach …

***

»Du weißt doch, dass ich dich nicht heiraten kann, Schnucki, auch wenn ich es noch so gerne wollte. Ich muss mich um Didi kümmern«, drang es vom Nachbartisch an ihr Ohr. »Auch wenn der Arme keine Ahnung mehr von unserer Ehe hat und nicht angemessen für mich sorgen kann, er ist doch schließlich mein Mann.«

»Dass er nicht für dich sorgen kann, ist es ja gerade, Herzelein! Erst das Unrecht, das euch in der DDR widerfahren ist, dann die schwere Zeit nach der Wende, die Arbeitslosigkeit. Und als wäre das, weiß Gott, nicht genug, auch noch dieser verbrecherische Versicherungsbetrüger, der euch euer Erspartes abgeknöpft hat! Und nun diese tragische Prüfung! Oh, wie ich dich bewundere, mein Herz! Ich habe es ja immer gewusst, ihr Frauen aus dem Osten habt eine andere Stärke, eine Ur-Lebenskraft habt ihr in euch, die diese abgehalfterten Emanzen hier zu Lande längst verloren haben. Wenn ich da an meine jungen Kolleginnen mit ihren unaussprechlichen Doppelnamen denke! Denen ist ihre so genannte Selbstverwirklichung doch immer das Wichtigste gewesen. Keine von denen wäre in der Lage, so viele Jahre bei einem Mann auszuharren. Geschweige denn einem Kranken! Aber du! Eine große Künstlerin – und zu solcher Entbehrung gezwungen –, wenn ich nur wüsste, wie ich dir helfen kann, Herzchen …«

Auch wenn man dem Gespräch der Liebesleute nicht zuhören wollte, so hätte es sich nicht vermeiden lassen, das eine oder andere Wort, das am Nebentisch gewechselt wurde, zu verstehen. Aber Marthe wollte hören. Sie wollte verstehen. Als Krimiautorin konnte sie alles, was sie irgendwo aufschnappte, irgendwann einmal gebrauchen. Und die Stichworte, die bereits gefallen waren, ließen Vielversprechendes ahnen. Es war klar, Herzelein konnte nicht heiraten, solange sie an ihren alzheimerkranken Mann, Wulf-Dietrich Pieper, gebunden war.

»… und den Ernstfall mag ich nicht einmal in Gedanken durchspielen, geschweige denn in einem Gespräch, das wirst du wohl verstehen, Wieland. Ich kann doch nicht schon jetzt für den Fall aller Fälle planen, mein Schnucki, also, der Gedanke an Heirat verbietet sich momentan von selbst. Wir haben zwar in der DDR gelebt, Wieland, aber wir sind doch schließlich Christen.«

Doch Wieland-Schnucki wollte seinem Herzchen hier und heute schon seine Manneskraft beweisen, und zwar nicht nur mit Hilfe der diversen Ginsenoside beim Liebesspiel in der »Trompete«, sondern auch in Form von echt männlichen Geldzuwendungen, Präsenten, Lastenausgleichen und abgetretenen Rentenansprüchen.

»Lass mich dir doch wenigstens eine Leibrente aussetzen, mein Haus vermachen, da wäre auch noch ein bisschen Schmuck aus der Hinterlassenschaft meiner Frau. Ich brauche den ganzen Klunker doch gar nicht mehr. Und wer weiß, ob Roland je mit einer Schwiegertochter ankommt ...«

Kein Wunder, dass es Marthe schwindelig wurde. Denn während Herzchen ihrem Namen alle Ehre machte und Schnuckis Glas durchaus beherzt immer wieder mit Ginseng-Elixier auffüllte – eine echte Ginsengwurzel steckte, wohl zur Steigerung seiner Wirkung, in der Flasche –, hatte Wieland bereits einen Notizblock gezückt und darauf festgehalten, was er der Dame seines Herzens demnächst überweisen und später vererben wollte. An der Präzision und Gründlichkeit, mit der er vorging, war noch der Oberstudienrat zu erkennen, der sich Gedanken über die Noten seiner Lateinschüler machte.

Am liebsten hätte Marthe ihm zugewunken und dem Treiben Einhalt geboten. Oder nein, wenn sie ehrlich war, hätte sie Schnucki-Wieland am liebsten gefragt, ob er nicht auch für sie noch etwas übrig hätte. Ein paar Wertpapiere vielleicht? Oder wenigstens einen Band der von seinem Großvater durch mehrere Kriege hindurch geretteten Klassiker-Erstausgabe?

Als sie aufstand, um ins Café hineinzugehen und an den beiden vorbeikam, fing sie einen leuchtenden Blick von ihm auf. Der Mann sah in einer Weise glücklich aus, dass Marthe bestürzt zu Boden schauen musste. Offenbar hatte da einer die Liebe seines Lebens gefunden. Zufällig fiel ihr Blick sodann auf sein rechtes Bein, das er steif von sich gestreckt hielt. Da das Hosenbein hochgerutscht war, konnte Marthe erkennen, dass Schnuckilein eine Prothese hatte. Wieso war ihr das nicht schon längst aufgefallen? Es erklärte natürlich, weshalb der Mann beim Rundgang durch die Ginseng-Gärten trotz seiner Verliebtheit so steif gewirkt hatte. Hatte er nicht das rechte Bein nachgezogen? Was für eine schlechte Beobachterin sie doch war! Solch eine Information durfte einer Krimiautorin nicht entgehen.

Während sie die Toilette aufsuchte, stellte Marthe sich vor, dass Wieland bei seinen Schülern immer als ein wenig geizig gegolten hatte. So verklemmt, so berechnend, so genau. Sicher war er nie auf die Idee gekommen, zu Ferienbeginn eine Runde Eiscreme für alle zu spendieren. Und wie hatte seine arme Frau unter seiner Sparsamkeit gelitten! Auf jede noch so kleine Extrafreude hatte sie verzichten müssen, zu Gunsten seiner Bildungsreisen, die wegen der Behinderung immer etwas teurer ausgefallen waren. Und zu Gunsten ihres Bausparvertrags. Schließlich war sie vor lauter Gram an einem seltenen Krebsleiden gestorben. Und nun saß Wieland der Geizkragen hier, war zu Schnucki mutiert und verschenkte alle Ersparnisse, was hast du, was bist du, was kannst du, an eine Dame aus Eisenach, die er erst seit zwei Monaten kannte. Ach, war das Leben nicht herrlich? Immer noch, selbst im hohen Alter, lernte der Mensch hinzu und verbesserte seinen Charakter. Und mit Herzchen schien Wielands Großzügigkeit genau die Richtige zu treffen, die Frau hatte wahrlich kein leichtes Schicksal. Vielleicht gab es doch eine Gerechtigkeit auf der Welt.

In sehr zufriedener Stimmung würde Marthe sich auf den Heimweg machen. Die Stippvisite auf der FloraFarm hatte sich in jeder Hinsicht gelohnt.

Im Vorraum der Toilette hingen ein paar Tafeln mit Fotos von Hoffesten aus den vergangenen Jahren an der Wand. Im Vorübergehen warf Marthe einen flüchtigen Blick darauf, schon wollte sie weitergehen, da sah sie plötzlich etwas, das ihr Herz unfahrplanmäßig aus dem Takt hüpfen ließ. Auf einem der Fotos war Cordula Pieper zu sehen, an der Seite eines recht ansehnlichen Mannes. Es bedurfte kaum der Feststellung, dass Herzeleins Haarfarbe auf dem Foto im Vergleich zu jetzt von einem weniger intensiven Amaryllisrot war, um im gleichen Moment auch zu wissen, dass der Mann, neben dem sie unter den Eichen in der Hofeinfahrt stand und dem sie auf dem Foto ein inniges Lächeln schenkte, auf keinen Fall Wieland war.

»Donnerlittchen«, murmelte Marthe vor sich hin. »Das ist doch wohl nicht der Alzheimer-Dietrich?«

An der Kasse des Ginseng-Cafés zahlte sie ihr Getränk und nahm bei der Gelegenheit noch ein paar Flaschen Ginseng-Elixier mit, zum Verschenken oder zum Eigenverbrauch, das würde sich zeigen. Auf der Anrichte, auf der die Flaschen dekorativ aufgereiht waren, lag das Gästebuch der FloraFarm für die Besucher bereit. Marthe warf einen flüchtigen Blick auf die aufgeschlagene Seite. *Wieland & Cordula,* hatte jemand mit silbernem Glitzerstift in schwungvollen Lettern hineingeschrieben. Um die Namen herum war mit Goldstift eine Ginsengwurzel in Herzform gemalt. *Eisenach – Bad Oeynhausen, nun ist zusammengewachsen, was zusammengehört,* war mit blauer Tinte hinzugefügt worden. Offenbar hatte Wieland diese Ergänzung geschrieben, die Handschrift mutete irgendwie männlicher, vielleicht auch nur lateinlehrerhafter an.

»Wo die Liebe hinfällt …«, murmelte Marthe und zwinkerte der Serviererin hinter dem kleinen Ladentresen verschwörerisch zu. »Schön, dass sich da mal zwei gefunden haben.«

»Das kommt hier öfter vor«, erwiderte die junge Frau. »Ginseng belebt, wissen Sie. Und gerade bei den älteren Herrschaften, wo es so viele Witwen und Witwer gibt, da kommt so einiges an Versäumnissen und Sehnsüchten zusammen.«

»So alt scheint diese Frau Pieper ja noch gar nicht zu sein«, bemerkte Marthe. »Kennen Sie sie? Ich glaube, ich habe sie auch auf einem der Fotos nebenan an der Wand wieder erkannt.«

»Ich arbeite noch nicht so lange hier«, antwortete die junge Frau zögernd. Ganz offensichtlich war ihr Marthes Frage zu indiskret. Aber die Rolle zwang sie, ihre Höflichkeit zu bewahren. »Es kann schon sein, dass die Dame schon mal hier gewesen ist. Unsere Stammkunden kommen jedes Jahr, manche mehrmals, sei es um Weihnachtsgeschenke einzukaufen, sei es, um sich für die Frühjahrskur einzudecken.«

Mit einem energischen Ruck knallte sie die Kasse zu, für sie war das Gespräch beendet.

Marthe ließ sich auf der Kante eines in der Nähe stehenden Stuhls nieder und gönnte sich noch einen Blick in das Gästebuch. Schade, dass sie es nicht früher gesehen hatte. In Gästebüchern las sie für ihr Leben gern. All diese Erinnerungen an vergangene Tage, mal kühn und elegant formuliert, mal eher holprig und zum Erbarmen. Gästebücher teilten dem, der sich auf die Kunst, sie zu lesen verstand, eine Menge mit. Sie blätterte ein paar Monate zurück. Tatsächlich, hier war es, an Christi Himmelfahrt. *Zwei gleichgestimmte Herzen fanden sich im Dreivierteltakt.* Auf silbernen Schwingen war es in Cordula Piepers Schrift festgehalten. *Ost und West, im Tanze vereint,* hatte Wieland, der wie jeder Lehrer offenbar zur Redundanz neigte, danebengeschrieben. Zur Illustration dieser These hatte Herzchen mit Goldstift zwei tanzende Ginsengwurzeln auf die Seite danebengemalt. Kein Zweifel, die Frau hatte Talent. Vor allem aber wohl das Talent, die Herzen älterer Männer im Sturm zu erobern, wie Marthe alsbald feststellen sollte. Der Silberstift bot schnelle Orientierung. Auch beim Weihnachtsmarkt war Cordula auf der FloraFarm gewesen, damals war ein gewisser Carl-Theodor Jantzen aus Bad Hersfeld für sie entflammt. *Bad Herzfeld,* hatte er ins Gästebuch geschrieben und ihm in seinem Überschwang anvertraut, dass sich zwei *Heiden aus Hessen* ausgerechnet im Advent in der Lüneburger Heide begegnet waren. Wie merkwürdig! Wieso war von Hessen die Rede? Stammte Herzchen etwa gar nicht aus Eisenach?

Der nächste Eintrag, den Marthe fand, gab Aufschluss darüber, indem er zugleich neue Rätsel aufwarf.

Nach einer zauberhaften Kutschfahrt mit Max und Liesel durch Heide und Moor:

Dr. rer. nat. Bruno Breuninger aus Tauberbischofsheim

Dr. a. c. (amoris causa) Cordula Pieper aus Blindergöttergattenheim bei Heidelberg.

PS Am Neckar werden wir nicht grasen können …

PPS (blinder Göttergatte hört Ginseng wachsen)

PPPS – dafür kann er keine Gästebücher lesen, tant pis!

Wie viel Ginseng-Elixier mochten die beiden wohl getrunken haben, bevor sie – immer im Wechsel – diese herzlosen Zeilen zu Papier gebracht hatten? Wen wollte Cordula mit dem Doktorquatsch beeindrucken? Und vor allem, was mochte dieses Herzchen dazu bewogen haben, gelegentlich ihren Wohnsitz zu wechseln? Eventuell erkennbare Vorurteile der neuen Bekanntschaften gegenüber Frauen aus der ehemaligen DDR? Die Höhe der Beute? Oder das Alter der Herren, die vielleicht nicht mehr so reiselustig wie der einbeinige Wieland waren? Sie konnte es aus diesem Buch nicht ermitteln, aber eines stand fest: Die Frau war eine Art umgekehrte Heiratsschwindlerin. Vielleicht hatte sie gar keinen Mann, der an Alzheimer erkrankt war – oder blind – und ihrer ständigen Pflege bedurfte. Vielleicht waren Wulf-Dietrich und der blinde Göttergatte nur geschickte Erfindungen, um sich die Herren vom Leibe zu halten, Hauptsache, sie hatten ihre Spendierhosen an? Ein Heiratsschwindler war zur Polygamie verpflichtet. Oder zum Gattenmord. Und eine – wie sollte man es nennen –, eine Rentenschwindlerin? Die musste sich nicht weiter die Finger schmutzig machen, sie musste nur zusehen, wie sie die Fülle ihrer Kontakte halbwegs dezent auf die Reihe kriegte. Genial! Mit steigender Hochachtung blätterte Marthe weiter und schlug sodann das Gästebuch systematisch von vorne auf. Bald schon stieß sie auf die erste Botschaft. *Jochen Ritter aus Visselhövede und Cordula Herzklabastern aus Greven (ewig dankbar nach Rettung aus dem Grundlosen See …)*

Auch das war mysteriös, zumal das dazugehörige Bildchen eine Ginsengwurzel in Ritterrüstung hoch zu Ross zeigte, die mit Hilfe einer Lanze eine kleinere, herzförmige Ginsengwurzel (im Bikini) aus den Fluten eines Gewässers rettete. Keine vier Wochen später fand sich der nächste Eintrag.

Die Rettung geht weiter, mein Ritter – mein Herz – Jochen und Cordula

Aber dann!

Wer sich die Musik erkiest, hat ein himmlisch Gut gewonnen!

Bernd Baermann, Organist aus Eisenach, und Cordula Pieper, (Lebens-)Künstlerin aus Hamburg

So weit, so gut – wenn man einmal davon absah, dass Frau Pieper, nach Meinung von Herrn Baermann, mit ihrer Lebenskunst plötzlich aus Hamburg stammte. Doch der nachfolgende Zusatz in Silberschrift hatte es in sich.

(Aber ein irdisches Domizil in Eisenach ist auch sehr schön, vor allem, wenn ein Flügel darin steht. DANKE FÜR ALLES, BÄRCHEN! Dein Herzchen an Deinem 90. Geburtstag, an dem die Heide blüht)

Marthe konnte es nicht fassen. Interpretierte sie zu viel in diese Zeilen hinein, wenn sie daraus schloss, dass der neunzigjährige Bernd Baermann, ein Organist aus Eisenach, Frau Cordula Pieper aus Hamburg seine Wohnung in Eisenach samt darin befindlichem Flügel vermacht hatte? Ob der alte Herr wohl noch lebte? Oder brachten auch Rentenschwindlerinnen die Objekte ihrer Becircungskünste vorzeitig ins Grab?

Entschlossen klappte Marthe das Gästebuch zu. Sie mischte sich zwar nicht gern in das Leben anderer Menschen ein, ihre Rolle war schließlich die einer Beobachterin, aber hier musste sie einmal eine Ausnahme machen. Es war ihre Pflicht, einen braven Witwer wie Wieland darüber aufzuklären, dass er nicht die erste und sicher auch nicht die letzte Flamme dieser Dame war. Und sicher auch nicht der letzte großzügige Versicherer ihrer Altersvorsorge.

Das Paar hatte seinen Platz im Café inzwischen verlassen. Die Flasche mit dem Ginseng-Elixier war geleert, an einem der beiden Gläser klebte eine Spur rosa Lippenstift. Unauffällig hüllte Marthe das Schnapsgläschen in ein Papiertaschentuch und ließ es in ihre Handtasche gleiten. Wer weiß, wozu die Spurensicherung es noch einmal benötigte? Wenn es erst in die Hände der tüchtigen jungen Serviererin fiel, würde den ermittlungsrelevanten Spuren sicher alsbald der Garaus gemacht. Auch die zusammengeknüllte Papierkugel, die im Aschenbecher lag, nahm Marthe an sich. Leider konnte sie sich nicht umdrehen, um zu sehen, ob sie jemand beobachtete, ihr Muskelkater machte sich von Minute zu Minute schmerzhafter bemerkbar. Bei dem Papier handelte es sich offensichtlich um eine Auflistung von Wieland-Schnucki, der hier mehrere Zahlenkolonnen addiert hatte. Ob es sich um die Summen seiner Sparbücher handelte?

Nun galt es nur noch, das Opfer und die freche Herzensbrecherin aufzustöbern. Marthe wusste ja, in welchem Gasthof die beiden logierten. Sie erinnerte sich, auf der Herfahrt ein Schild mit der Aufschrift »Zur Trompete« ganz in der Nähe der Flora-Farm gesehen zu haben. Sie musste weder suchen noch einen

Umweg machen, sondern konnte ganz bequem dort vorbeifahren, einfach vor dem Haus parken und nach den Gästen fragen.

Und so machte sie es. Sie fand die Verliebten auf der Terrasse, in den Vorbereitungen fürs Abendbrot. Wieland hatte, wohl aus Gründen der Bequemlichkeit, die Prothese abgeschnallt, sie lag neben ihm auf der Bank. Den Stumpf hielt er vor sich ausgestreckt, während er damit beschäftigt war, mit einem scharfen Küchenmesser Scheibchen von einer ungarischen Salami abzuschneiden. Herzchen machte derweil eine Käseplatte zurecht. Da Marthe das Gästebuch schlecht hatte mitnehmen können, hielt sie kein Beweisstück in der Hand. Das beste war eine direkte Konfrontation, so hatte sie auf der Autofahrt hierher entschieden. In wenigen Worten spulte sie ab, was sie wusste, vielleicht nicht so elegant, als wenn sie es morgens am Schreibtisch formuliert hätte, aber doch so, dass der Inhalt ihrer Rede durchaus verständlich war. Ginseng, Alzheimer und blinder Göttergatte, Herzklabastern, Dreivierteltakt, Greven und Eisenach.

Herzchen, die mit der Käseplatte in der Hand an den Tisch getreten war, war erst rot und dann blass geworden.

»Ist das die Wahrheit, Cordula?«, fragte Wieland mit strenger Lateinlehrerstimme. Es war erstaunlich, wie schnell so ein Mann begriff! Und wie schnell er umschalten konnte und zur Sache kam. In diesem Moment bewunderte Marthe ihn aufrichtig, zumal der brave Mensch ruhig und besonnen das scharfe Messer senkte, das er bei seiner Frage noch in der Hand gehalten und wie einen Zeigestock erst auf Marthe und dann auf Cordula gerichtet hatte. Ordentlich legte er es nun neben dem Brettchen ab, auf dem er die Wurst geschnitten hatte.

»Blinder Göttergatte? Hamburg und Heidelberg? So ein Quatsch«, murmelte Cordula Pieper, aber sehr überzeugend klang sie nicht, zumal sie ihren leichten thüringischen Akzent in der Aufregung vergessen hatte.

In diesem Moment sah Marthe voller Entsetzen, dass Wieland sich von seinem Stuhl erhoben und nach seinem Holzbein gegriffen hatte. Und jetzt war er auf sein linkes Bein gehüpft – erstaunlich ausbalanciert stand er da, als hätte er ein Leben lang Power-Yoga betrieben – und schwang die Prothese bedrohlich über Cordulas Kopf; dann ließ er sie gegen ihr Brustbein krachen. Herzchen machte noch einen krampfhaften Versuch, an das Wurstmesser heranzukommen, aber vergeblich, ihre Arme waren zu kurz und ihre Kraft reichte nicht mehr. Unter Schnuckis zweitem tödlichen Schlag brach sie neben dem Abendbrotstisch zusammen.

Einen Moment lang blickte Marthe starr vor Schreck zum einbeinigen Wieland hinüber, der noch das Holzbein in der erhobenen Rechten hielt.

Herzchen ans Schienbein ... Schienbein ans Herz ... gellte es ihr in den Ohren.

Ihr war, als ob sie gleich unbändig kichern müsste. Dann wurde es schwarz vor ihren Augen.

***

Marthe Flachsmann schaltete den Computer aus. Sie konnte kaum den Knopf zum Abschalten erreichen, so sehr schmerzten ihre Oberarme inzwischen. Endlich wurde der Bildschirm dunkel. Was für ein Muskelkater. Nie wieder Power-Yoga! In Zukunft würde sie sich auf das Kauen würziger Ginsengwurzelsplitter beschränken.

Es war unglaublich, die Ginsengwurzel hatte kaum drei Minuten gebraucht, um zu wirken. Kaum konnte sie sich noch daran erinnern, was ihr auf der FloraFarm widerfahren war. Ihr war schwindlig geworden, sie war noch einmal ins Café zurückgekehrt und hatte ein Glas Apfelsaftschorle getrunken. Eine Weile hatte sie an ihrem Tisch gesessen und vor sich hingedöst. Die Sonnenstrahlen waren immer länger geworden. Irgendwann hatte sie sich auf den Heimweg gemacht. Die Autofahrt nach Hamburg war wie im Fluge vergangen, die alte Klapperlady fand den Weg ganz von selbst.

Bevor sie die Lampe auf ihrem Schreibtisch ausschaltete, musste Marthe noch einmal an Wieland und Cordula denken. Ein reizendes älteres Paar. Es war doch immer wieder beglückend zu sehen, wenn sich zwei Herzen fanden. Vermutlich heirateten die beiden demnächst und lebten glücklich und zufrieden bis ans Ende ihrer vitamindurchfluteten Tage. Das wäre ihnen zu wünschen, denn was konnten Herzchen und Schnucki dafür, dass sie auf den Ginsengpfaden einer Krimiautorin über den Weg gelaufen waren?

Sie waren harmlose Leute.

Ganz einfach harmlose Leute, so wie alle Leute im Grunde ihrer Seele einfach und harmlos waren. Und mit diesem Gedanken löschte Marthe Flachsmann das Licht.

Vom Pflanzen eines Apfelbaums

Von Dieter Bromund

Er las seinen Text laut vor und fand an ihm nichts mehr zu verbessern.

»Lieber Herr Polizeihauptmeister Hildebrand, wenn Sie diese Zeilen lesen, bin ich freiwillig aus dem Leben geschieden. In Buchholz im Maiweg 27c wird Herr Alfons Bethgen tot aufgefunden werden. Ich habe ihn auf dieselbe Weise wie mich getötet, mit Zyankali im heute verschickten Moorbier, das er schon seit Jahren von mir bezieht. Sagen Sie das Ihrem Gerichtsmediziner und den Kollegen in der Nordheide. Ich schreibe dies in vollem Besitz meiner geistigen, seelischen und körperlichen Kräfte. Ihr Hans Fahlefeld. Rödeshorn bei Walsrode, 2. Juli 2004.«

Er speicherte den Text ab und kopierte ihn auf die Diskette, die auch seinen Briefbogenkopf, die Adresse der Polizeistation in Walsrode und seine Unterschrift als Faksimile enthielt. Er gab die Diskette Schulte-Heitmann. »Mein Drucker ist kaputt. Druck das bitte bei dir aus und wirf's im Polizeirevier Walsrode ein.«

Damit war alles vorbereitet. Die zwanzig Ballons Moorbier in ihren bruchsicheren Umkartons hatte der Mann von UPS heute früh abgeholt. Sie würden morgen früh ihre Empfänger erreichen.

»Ich versteh dich nicht, Hans. Warum machst du das? Und warum willst du Bethgen töten? Die Schweinerei ist doch schon so lange her.«

Die beiden saßen an der Westseite des Hauses und blinzelten in die tief stehende Sonne über den Wiesen am Flussrand vor dem Wald. Es war Zeit für den ersten Abendschnaps, einen fünfzehnjährigen Laphroaig, den Hans Fahlefeld seit Jahren zu trinken pflegte. Er wärmte den Magen vor, entspannte für den Abend und machte Appetit – auf das Abendessen und das bittere Moorbier, das jedes seiner einsamen Essen begleitete.

»Das sind gleich zwei Fragen. Du weißt, warum ich es tue. Du weißt, dass ich bei Dr. Bohnert war!«

»Dem alten oder dem jungen?«

»Dem jungen. Der alte zieht sich zurück und will mich seit Margrets Tod nicht mehr sehen. Was ich verstehen kann.«

Der alte Dr. Bohnert aus Walsrode hatte die sterbende Margret betreut, zwei Jahre lang. Er hatte erst Hans und dann Hans und Margret zusammen zu sich in die Sprechstunde gebeten, im Juni 2002.

»Pankreaskrebs, Krebs der Bauchspeicheldrüse, Frau Fahlefeld. Aber Sie haben noch Chancen.«

Fünf Prozent der von Pankreaskrebs Befallenen überleben länger als fünf Jahre. Der alte Arzt hatte geraten, nicht aufzugeben. Und so begann Margret Fahlefelds Sterben über zwei Jahre. Sie hatte sich tapfer gehalten, hatte auf eine Operation gehofft, die abgebrochen werden musste, hatte Gifte in sich aufgenommen, die den Krebs bekämpfen sollten und hatte weiter gehofft – wider besseres Wissen. Der alte Dr. Bohnert hatte sie an Spezialisten überwiesen, die sie nach Hause zurückschickten. Ihm blieb nur, Margret die Schmerzen zu nehmen. Bohnert war dabei, als sie starb, vielleicht an der Überdosis Schmerzmittel aus einer Spritze. Zur Beisetzung ließ er sich nicht sehen. Und als Hans Fahlefeld sich zu einem Routine-Check in der Praxis meldete, hatte der junge Bohnert ihn untersucht.

»Der alte und der junge können nicht miteinander«, sagte Schulte-Heitmann. Er hatte die Diskette eingesteckt und sein Whiskyglas hastig geleert.

»Ich habe auch davon gehört.«

»Die alte Arzthelferin, diese Frau Ludmilla, ist wohl ein Deibel.«

Fahlefeld wiegte den Kopf. Ja, sie herrschte über die Praxis, ohne sie hätte der alte Dr. Bohnert schon viel früher aufhören müssen. Doch der Sohn hatte mit ihr Probleme. Und das spürte man in der Praxis. Sie war gegen alles Neue, das er einführte. Mit verkniffenem Mund lief sie herum und knurrend hatte sie Fahlefeld zu Dr. Bohnert junior geführt.

»Mir gefallen bei Ihnen ein paar Werte nicht, lieber Herr Fahlefeld. Wir müssen der Sache nachgehen. Ich schicke Sie mal nach Soltau.«

Abendsonne. Das Himmelsrot im Westen machte den Whisky in Fahlefelds Glas dunkler. Als er das Glas drehte, schien Rauch an den Rändern aufzusteigen.

»Aber du hast doch eine Chance, eine viel reellere als Margret«, sagte Fahlefeld. »Deine Sache hat man doch heute im Griff. Prostatakrebs ist doch kein Grund, Schluss zu machen. Den kann man doch gut operieren.«

Fahlefeld nickte.

Es war nach dem Whisky Zeit für das Bier. Er hob seinen Zinnkrug, klappte den Deckel hoch und der Duft des eben Gezapften stieg ihm in die Nase und ließ den schweren, torfigen Laphroaig nachklingen.

»Schmeiß doch nicht einfach das Handtuch! Denk doch mal an deine Freunde.«

Wieder nickte Fahlefeld.

In der Tat, an wen sonst sollte er bei seiner Entscheidung denken? Margret hatte keine Geschwister, sie hatten nie Kinder gewollt. Fahlefelds zwei Brüder, sehr viel älter als er, waren kurz hintereinander gestorben. Wer also blieb? Schulte-Heitmann, Bethgen, Dr. Bohnert, der Toyota-Händler, die Lieferanten, die Mitarbeiter im Brauhaus nebenan? Die Freunde auf der nahen FloraFarm? Oder die beiden in Amerika lebenden Söhne seines ältesten Bruders, die er vor zehn Jahren das letzte Mal gesehen hatte?

»Ich bin jetzt zweiundsiebzig Jahre alt, wie lange soll ich's denn noch machen? Die ersten Beschwerden sind da, offenbar auch an der Prostata. Auch die Leberwerte sind sehr bedenklich. Und dann die Blutfette. Ich will niemandem zur Last fallen.«

Das Moorbier hatte im Zinnkrug genau die richtige Temperatur. Es entfaltete im Mund seinen schweren, angenehm bitteren Geschmack, der es so begehrt machte.

Er hatte zwei Jahre lang Zeit gehabt, zu einem Entschluss über sein eigenes Ende zu kommen. Während Margret um ihr Leben kämpfte und dann erschöpft aufgab, hatte er sich für dieses Ende entschieden: Wenn es denn bei ihm so weit war, würde er die Kapsel schlucken. Er hatte den Zeitpunkt für sich festgelegt: Über siebzig, bei Krebsdiagnose oder einer anderen schweren Krankheit.

»Aber warum willst du Alfons Bethgen noch umbringen – nach so vielen Jahren?«

»Er ist mein Apfelbaum. Wenn morgen die Welt untergehen wird, werde ich heute noch mein Apfelbäumchen pflanzen. Luther-Zitat. Man sollte seine Welt schon geordnet verlassen.«

Schulte-Heitmann füllte sein Glas nach. Er trank nur wenig von dem bitteren Bier, zog Whisky vor, den er mit Wasser aus einem Glaskrug verdünnte.

Die Welt geordnet verlassen! Ein typischer Fahlefeld-Satz, dachte er. Hans Fahlefeld, einst Leiter des Einkaufs beim Versandhaus Bloberg in Buxtehude, liebte Ordnung. Alfons Bethgen, Marketing-Chef und Vorgesetzter von ihnen beiden, war ein Chaot. Sich selbst sah Schulte-Heitmann irgendwo dazwischen. Als Leiter des Verkaufs bei Bloberg musste man immer ein bisschen zu- und abgeben.

»Du willst dich also an Bethgen rächen?«, fragte Schulte-Heitmann.

»Ja. Du hättest doch sicher auch jemanden, den du vorher noch zur Hölle schicken würdest?«, fragte Fahlefeld.

Hinterher war alles so durchsichtig. Bethgen hatte Fahlefeld gekündigt. Ohne Margrets Hilfe hätte Fahlefeld sich verbittert weiter auf die Suche nach einem neuen Job gemacht. Ein Mann über fünfzig mit zwanzig Jahren Erfahrung im Versandhandel wäre eigentlich bei allen Versendern willkommen gewesen. Eigentlich, aber nicht wirklich! Damals wehte ein eisiger Wind. Man rationalisierte weg, wen man nicht unbedingt brauchte. Er gab nach der fünften Absage auf, immer noch auf der Gehaltsliste und mit einem Schreibtisch bei Bloberg in Buxtehude.

Da hatte Margret die tolle Idee. Und als er mit Bethgen darüber sprach, beglückwünschte der ihn. Auch Schulte-Heitmann fand die Idee großartig, sich mit einem Versandhandel für Messer selbstständig zu machen. »Bereiten Sie alles für den eigenen Start hier vor«, hatte Bethgen ihm zugeredet, »Sie können alle unsere Daten benutzen und bei uns in Ruhe das Konzept für Ihr eigenes neues Unternehmen ausarbeiten.« Fahlefeld hatte das für fair gehalten, für Dankbarkeit nach treuen Diensten.

Und dann musste Alfons Bethgen drei Monate später selber gehen, zusammen mit Schulte-Heitmann. Und kurz bevor Fahlefeld seinen Mietvertrag für die eigene Firma in Buchholz unterschreiben wollte, las er in der neusten Ausgabe des »Versandhändlers«, dass sich Bethgen in Oberfranken mit einem Messerversand selbstständig gemacht hatte.

Bethgen hatte die Ideen umgesetzt, die Fahlefeld ihm anvertraut hatte. Von Schulte-Heitmann hörte er nichts mehr.

»Stop«, sagte Margret und zerriss den nicht unterschriebenen Mietvertrag, »wir denken neu nach.« So groß war der Markt nicht, dass er zwei Spezialisten ernähren konnte.

Sie hatten Urlaub auf Islay gemacht, auf der schottischen Insel. Und Whisky vom Feinsten kennen gelernt. Wieder hatte Margret die tolle Idee. Die Vorstufe des Maltwhiskys war eine Art Bier mit dem torfigen Wasser der Insel Islay. Zurück in Deutschland brüteten sie über der Landkarte und fanden nach einigem Suchen Rödeshorn bei Walsrode. Ein Brunnen auf dem eigenen Grundstück in der Niederung der Böhme förderte Wasser, aus dem Fahlefeld sein Moorbier braute, für den eigenen Gebrauch zunächst.

Einer der ersten Fremden war Hildebrand gewesen, damals blutjunger Polizist. Der hatte den Trunk gelobt. Die ersten Kunden hatten Margret und er aus denen gewonnen, die nach dem Besuch der FloraFarm noch durch die Heide fuhren und sein Schild entdeckten, das auf die Moorbier-Brauerei hinwies, wo einmal die Woche Bier gebraut wurde, das es täglich im Ausschank gab, zwischen zwölf und zwei und achtzehn und zwanzig Uhr.

Und so meldete sich eines Tages Bethgen – am Telefon. Der hauste in Buchholz in der Nordheide, nachdem er seinen Messerversand verkauft hatte, Gewinn bringend, wie er sagte.

Schulte-Heitmann, der sich kurz darauf aus Soltau meldete, berichtete anderes. Beinahe wäre auch Schulte-Heitmanns Geld, das er als stiller Teilhaber in Bethgens Versandhandel gesteckt hatte, verloren gewesen. Er konnte sich noch gerade retten. Auch er wurde ein – wenn auch zurückhaltender – Freund des Fahlefeldschen Bieres. Und weil er seine Ballons selber abholte und sie dabei immer wieder von alten Zeiten redeten, merkte Fahlefeld bald, dass auch Schulte-Heitmann von Anfang an an dem Ideenklau beteiligt war. Die vielen Gespräche ließen Fahlefelds Zorn gegenüber Schulte-Heitmann verrauchen, die Wut auf Bethgen blieb.

»Ja«, sagte jetzt Schulte-Heitmann, »ich hätte da auch jemanden, den ich zur Hölle schicken würde. Einen gewissen Potthast. Der hat mich ums große Geld gebracht. Er schnappte mir viel Bauerwartungsland da oben in der Nordheide vor der Nase weg. Sonst hätte ich jetzt eine eigene Yacht und eine Villa in Marbella.«

»Dann ist dieser Potthast also dein Apfelbäumchen, das du noch schnell pflanzen wirst vor deinem Ende. So wie Bethgen mein Apfelbaum ist«, sagte Fahlefeld.

Schulte-Heitmann stellte sein leeres Glas auf den Tisch und hakte dunkle Gläser vor seine Brille.

»Mach das nicht, Hans. Du hast noch eine Chance.«

»Mag sein«, sagte Fahlefeld. »Aber wie stellst du dir das vor? An irgendwelchen Apparaten auf der Intensivstation verenden? Nein, mein Lieber. Ein Abend wie dieser mit berauschendem Sonnenuntergang und dann ab in den Orkus.«

Fahlefeld fühlte sich wohl, als Schulte-Heitmann verschwunden war. Die Sonne stand noch eine gute Handbreit über der Fichtenschonung hinter den Böhmewiesen. Zeit genug, noch einen Krug Bier zu zapfen und die halbvolle Flasche Laphroaig zu leeren. Die Kapsel trug er in der Westentasche. In Amsterdam war das tödliche, sofort wirkende Gift leicht zu bekommen. Hundert Euro. Dass der Tod so billig sein kann, dachte Fahlefeld.

Ob er den Hörer noch abnehmen sollte? Ja, doch.

»Dr. Bohnert hier, der junge. Sind Sie zu Hause? Ich muss Sie unbedingt sofort sprechen.«

Er stieg mit einer flachen Aktentasche aus dem Auto, lehnte ein Bier nicht ab.

»Sie genießen den Abend?«, fragte er.

»Solange der noch so schön ist.«

»Dann werden Sie noch viele schöne Abende vor sich haben. Es ist etwas Schreckliches passiert. Dafür entschuldige ich mich. Hier sehen Sie.«

Bohnert schob zunächst die Gläser zur Seite, legte drei Bogen Papier nebeneinander auf den glatten Holztisch und stellte dann die Gläser auf die Blätter, damit der leise Abendwind, der aus Richtung Walsrode wehte, sie nicht forttrieb.

»Diese Ludmilla ist ein Deibel. Ich habe sie heute fristlos entlassen. Ich werde noch mit meinem Anwalt reden. So etwas habe ich noch nie erlebt, noch nicht mal davon gelesen.«

Fahlefeld nickte verständnislos.

»Und was hat das mit mir zu tun?«

»Alles. Sie sind einer von bisher zehn Patienten, deren Daten diese Frau manipuliert hat. Sehen Sie sich das hier an.«

Fahlefeld begriff schnell. Bohnert hatte begonnen, die Daten seiner Patienten elektronisch zu speichern. Nur zwei Personen hatten Zugriff auf sie, er selber und Ludmilla. Was aus den Labors an gedruckten Berichten kam, hatte Ludmilla eingescannt. Das Ziel des jungen Arztes war es, möglichst schnell die Schränke mit den Patientenakten in den Keller zu stellen. Ein Computer braucht mit seinem Speicher ja kaum Platz.

»Ich sehe nur Bezeichnungen und Werte, die ich nicht verstehe«, sagte Fahlefeld.

Bohnert nickte.

»Ich habe ausgedruckt, was man sonst nur auf dem Bildschirm sieht. Diese Daten hier sind zum Beispiel die aus Ihrer letzten Untersuchung. Aber sehen Sie, wo sie stehen!

Dort – auf dem Blatt von einem anderen Patienten. Und dessen Daten stehen auf ihrem Blatt.«

»Wie bitte?« Fahlefeld spürte plötzlich den Laphroaig im Kopf wirbeln.

»Ich entschuldige mich bei Ihnen, dass ich Ihnen etwas Falsches gesagt habe. Hier sind die Originaldaten von Ihnen. Ich habe sie dreimal gegengecheckt. Herr Fahlefeld, alle Ihre Werte sind völlig in Ordnung. Keine Hinweise auf einen Prostatakrebs, Ihre Leberwerte sind völlig normal, Ihr Blutfett legt allerdings nahe, über ihre Essgewohnheiten einmal nachzudenken. Aber auch das ist nicht gefährlich. Es tut mir Leid, dass ich Ihnen den Schrecken eingejagt habe. Wie gesagt, Ludmilla werden wir zur Verantwortung ziehen.«

»Und warum hat sie das getan?«

»Ach, was weiß ich. Sie wollte mir wohl die Patienten vergraulen, nachdem ich die Praxis übernommen habe und Ludmilla loswerden wollte.«

Dr. Bohnert fuhr weg, als die Sonne den Rand der Tannen berührte.

Fahlefeld ging ans Telefon.

»Herr Bethgen, da ist ein neuer Ballon Bier an Sie unterwegs. Der wird morgen eintreffen. Bitte, gießen Sie den Inhalt sofort weg. Jemand hat ein Pflanzengift in das Bier getan, das wir gestern abfüllten.«

»Ist das wahr? Gut, dass sie das sagen. Na ja, die Mitarbeiter. Dem oder der sollten Sie mal gehörig auf die Finger klopfen. Dann schicken Sie mir aber ganz schnell einen neuen Ballon.«

Bei Schulte-Heitmann meldete sich am Telefon niemand. Er hatte offenbar den Anrufbeantworter nicht eingeschaltet. Und die Mailbox seines Handys teilte auch nur mit, dass der Teilnehmer momentan nicht erreichbar sei.

Also morgen nochmal versuchen.

Er leerte die Flasche Laphroaig und schlief gut. Die Kapsel legte er in eine Schachtel zu seinen Manschettenknöpfen. Irgendwann, in ein paar Jahren, würde er das Zyankali sicher brauchen.

Am nächsten Morgen um neun Uhr war wenigstens Schulte-Heitmanns Anrufbeantworter eingeschaltet. Vielleicht stand er unter der Dusche und konnte den Hörer nicht abnehmen.

»Ich mache mich gleich auf den Weg zu dir. Du wirst nicht glauben, was hier passiert ist,« sprach er auf das Band.

Fahlefeld sah auf der Straße zu Schulte-Heitmann erst das Blaulicht, ehe er die Sirene hörte. Gehorsam fuhr er rechts an den Rand und hielt zwischen zwei Birkenbäumen.

Im Ausrollen erlosch das blitzende Licht, die Sirene verstummte.

Polizeihauptmeister Hildebrand stieg aus und kam auf ihn zu. Er schob die Pistole im Halfter nach hinten und beugte sich ins offene Fenster von Fahlefelds Wagen.

»Ich denk, Sie sind tot. Der Brief lag heute Morgen bei uns im Kasten. Wir wollten gerade zu Ihnen auf den Hof. Da kam der Anruf der Kollegen. Da ist ein Mann namens Potthast erschossen worden in seinem Haus am Fluss. Und den nannten Sie in Ihrem Brief als dritten Toten.«

»Wie bitte?«

»Sie kennen doch Ihren eigenen Text.«

Er las ihn laut vor: »Lieber Herr Polizeihauptmeister Hildebrand, wenn Sie diese Zeilen lesen, bin ich freiwillig aus dem Leben geschieden. In Buchholz im Maiweg 27c wird Herr Alfons Bethgen tot aufgefunden werden. Und unten in seinem Haus an den Wiesen am Fluss finden Sie Potthast, den ich erschossen habe. Alfons Bethgen habe ich auf dieselbe Weise wie mich getötet, mit Zyankali in meinem Bier. Sagen Sie das Ihrem Gerichtsmediziner und den Kollegen in der Nordheide. Ich schreibe dies in vollem Besitz meiner geistigen, seelischen und körperlichen Kräfte. Ihr Hans Fahlefeld. Rödeshorn bei Walsrode, 2. Juli 2004.«

Fahlefeld klammerte sich an das Lenkrad. Wieder mal eine ganze einfache Geschichte! Eine Idee klauen...

»Was haben Sie dazu zu sagen? Wir sollten Sie festnehmen, wegen dringenden Mordverdachts. Haben Sie Potthast gestern nacht erschossen?«

»Nein, natürlich nicht. Ich habe keine Schusswaffe und kenne keinen Potthast. Gestern Abend war ich betrunken, fragen Sie Dr. Bohnert, warum. Nein, Potthast wird jemand anders erschossen haben.«

Fahlefeld strich sich über die Stirn. Eigentlich keine schlechte Idee von diesem Schulte-Heitmann, den Brief zu ändern und den eigenen Mord jemandem in die Schuhe zu schieben, der sich nicht mehr wehren konnte. Nein, nicht mehr hätte wehren können.

»Kommen Sie anschließend zu mir, ich habe Ihnen viel zu erzählen.«

Hildebrand nickte.

»Sie verlassen Ihr Gehöft bitte nicht.«

»Nein, nein«, sagte Fahlefeld. »Ich werde auf Sie warten und Ihnen was von einem Apfelbaum erzählen.«

»Apfelbaum?«, fragte Hildebrand. »Was haben Sie mit Apfelbäumen zu tun?«

Aber bitte mit Ginseng

Von Anke Cibach

»Endlich habe ich auch mal was gewonnen«, strahlend wedelte Käthe mit dem Schreiben vom Reiseunternehmen Fahrt-ins-Blaue in ihrer Kränzchenrunde.

»*Herzlichen Glückwunsch. Sie sind von unserem Zufallsgenerator ausgesucht worden. Ihnen gehören unsere Garantiesumme von 20.000 Euro, eine Spülmaschine und weitere tolle Überraschungen.*«

»Zeig mal her!« Christel, mit 85 die Älteste in der Runde, schnappte sich das Schreiben. »*Die Übergabe erfolgt nur persönlich am Montag während einer malerischen Bustour zur FloraFarm in Bockhorn. Bringen Sie unbedingt Ihre Freunde mit! Es gibt für alle eine Verlosung, jeder Teilnehmer ist herzlich eingeladen zu einem deftigen Eintopf im Landgasthof und später zur duftenden Kaffeetafel. Inklusive Begehung der Ginseng-Gärten.*«

»Wir sind natürlich dabei!« Die rüstige Erna, noch keine 70, stieß den von ihr heimlich angeschwärmten Hugo mit dem

Ellenbogen in die Rippen. Er war der einzige Mann in dem Kleeblatt, das sich regelmäßig zu kleinen Unternehmungen traf. Ein Bild von einem Mann!

***

Pünktlich am Montagmorgen stieg das unternehmungslustige Quartett in den Bus.

»Herzlich willkommen, meine Herrschaften«, meldete sich der Reiseleiter dynamisch über das Mikrofon.

»Mein Name ist Ehrlich, Paul Ehrlich. Merken Sie sich den Namen, er bürgt für Qualität, haha. Sagen Sie ruhig Onkel Paul zu mir. Und neben mir steht unsere bezaubernde Assistentin Nicole, die Sie im Laufe der Fahrt besonders liebevoll betreuen wird.«

»Die sieht ja aus wie in den Farbtopf gefallen«, sagte Erna vernehmlich, was ihr einen empörten Blick der Reiseleitung eintrug, bevor Paul Ehrlich eine Stimmlage höher fortfuhr.

»Wir fahren zunächst noch acht Stationen an, vorher keine Toilettenpause. Und jetzt bekommen alle erst einmal einen Kaffee.«

»Wann verteilen Sie denn die Preise?«, fragte Käthe, als Nicole mit dem Kaffee bei ihr vorbeikam. Der fiel fast das Tablett aus der Hand.

»Haben Sie das gehört? Noch nicht mal den Kaffee bezahlt und schon absahnen wollen. Ja, wie finde ich denn das?« Beifall heischend wandte sie sich an die Umsitzenden, die betreten die Köpfe senkten.

Käthe zahlte eingeschüchtert die 4,50 Euro für den lauwarmen Pulverkaffee im Pappbecher.

»Ich dachte, der wäre umsonst«, flüsterte Christel.

»Sie da hinten, das habe ich gehört! Onkel Paul hört sogar die Flöhe husten. Umsonst! Umsonst ist nicht mal der Tod. Deshalb lasse ich jetzt bis zur ersten Pause ein besonders günstiges Angebot für eine Sterbegeldversicherung rumgehen. Alternativ können Sie aber auch Ihr Leben verlängern, Alterchen«, der Reiseleiter tätschelte Hugo gönnerhaft den Kopf.

»Was erlauben Sie sich«, Hugo schlug empört die tätschelnde Hand weg, aber schon beugte sich die herbeigeeilte Assistentin so dicht über ihn, dass er dem gefährlich spitzen, vorstehenden Busen nur ausweichen konnte, indem er sich nach hinten an die Rückenlehne presste.

»Unser heutiges Spitzenangebot sind Rheumadecken im Doppelpack für 600 Euro. Natürlich Ratenzahlung, wir haben ein großes Herz für kleine Renten«, fuhr Onkel Paul nach der kleinen Unterbrechung fort.

»Aber das ist noch lange nicht alles. Exklusive Kosmetik mit echter Seide für die Damen. Was, Mädels, da kreischt ihr! Männer sind ja von Natur aus schön«, er zwinkerte Hugo übertrieben zu.

»Aber wenn der kleine Mann nicht mehr so will wie der große Mann, dann haben wir auch speziell etwas für die Herren. In diskreter Verpackung mit Anleitung in Großdruck.«

***

Erst nach zwei Stunden war der Bus voll besetzt und bog endlich in Richtung Walsrode ab, um dann aber an dem Schild *FloraFarm* vorbeizufahren. Stattdessen hielt der Fahrer an einer Art Scheune mitten im Wald.

»Was, das sollen die Ginseng-Gärten sein?«, wunderte sich Christel.

»Fertig machen zum Eintopf fassen«, zwitscherte Nicole und achtete darauf, dass auch wirklich jeder den Bus verließ und in der zugigen Halle Platz nahm.

»FloraFarm? Nein, die ist hier nicht, das wird ein bisschen später. Zunächst hören Sie einen kleinen Vortrag von Herrn Ehrlich zu Produkten, die speziell für die bessere, also die zweite Lebenshälfte entworfen wurden. Nach etwa zwei Stunden ...«

»Nicht mit mir«, Erna ging entschlossen zur Tür. »Wer kommt mit auf einen Spaziergang?«

Die Freunde erhoben sich.

»Die Tagestour ist nur als Komplettpaket so günstig«, Onkel Paul lehnte plötzlich mit verschränkten Armen am Ausgang. »Wer das Programm unterbricht, zahlt den vollen Fahrpreis von 160 Euro. Rechnung per Einschreiben. Aber bitte, wir halten Sie nicht fest, gehen Sie ruhig zum Bahnhof, nur vier Stunden Fußmarsch von hier.«

»Statt Landgasthof eine ungeheizte Scheune mit Plumpsklo«, murrte Käthe, als sie an ihren Tisch zurückgekehrt waren. Hugo betrachtete angeekelt die 40-Cent-Konserve »Weiße Bohnen in Wasser«, den versprochenen *deftigen Eintopf.*

»Gleich werden Sie uns einen Büchsenöffner mit eingebautem Hörgerät verkaufen«, beschwerte sich Hugo. »Oder eine Anziehhilfe. Als ob Menschen ab 60 nur noch Tattergreise wären. Dabei haben wir im letzten Jahr noch alle am Volkslauf teilgenommen.«

»Und dieses Jahr melden wir uns für das Goldene Sportabzeichen an«, bekräftigte Erna.

»Ruhe da hinten. Sie stören Onkel Paul!«

Nach dem ermüdenden Vortrag über Sprudelbäder und elektronisch gesteuerte Schaukelstühle (»Nur 50 Euro pro Monat, in fünf Jahren gehört das Gerät Ihnen«), durfte man endlich wieder in den Bus steigen. Vorausgesetzt, man hatte bereits eine doppelte Unterschrift für einen der vorgestellten Artikel geleistet und noch schnell ein Los für zwei Euro gekauft. *Garantiert keine Nieten.*

»Wenigstens etwas«, freute sich Erna.

Christel starrte noch wie betäubt auf ihren Kaufvertrag für einen antimagnetischen Matratzenschoner, während Käthe hilflos das *Sonderangebot des Tages,* die Fitness-Kassette »Immer wieder 100 werden« in den Händen drehte.

Aber nun sollten endlich im Bus die Preise überreicht werden.

»So, meine Herrschaften. Wer von Ihnen hat einen Gewinnanspruch? Gedrängelt wird nicht, also bitte einzeln nach vorne kommen.«

Käthe war die Erste. »Glückwunsch. Sie sind eine von 20.000 Gewinnern der ausgesetzten Gesamtsumme. Das macht einen Anteil von insgesamt einem Euro. Vorausgesetzt, Sie geben mir die 99 Euro Wechselgeld passend zurück, ich habe nur 100-Euro-Scheine.«

Was für ein mieser Trick, Käthe war den Tränen nahe. Aber noch gab sie nicht auf.

»Und was ist mit meiner Spülmaschine? Hier, das habe ich schriftlich. Da steht nichts davon, dass ich die teilen muss.«

»Aber, meine liebe Dame, selbstverständlich erhalten Sie Ihre Spülmaschine, ganz wie versprochen. Bitte sehr, ein Polyester-Spültuch, viel Spaß noch damit. Applaus für unsere Gewinnerin!«

Bei der folgenden Verlosung gewann Erna den Hauptpreis, eine echte Merinodecke.

»Was, Sie stören sich an der Topflappengröße? Den Rest müssen Sie schon selber stricken, das 50-Gramm-Knäuel Wolle für schlappe zwölf Euro. Mit 20 Knäuel kommen Sie hin.« Onkel Paul und Nicole lachten beide herzhaft.

»So, meine Herrschaften, wir nähern uns der FloraFarm«, verkündete Nicole. »Pech, aber die versprochene Kaffeetafel muss leider ausfallen, weil einige von Ihnen beim Bezahlen so getrödelt haben«, dabei ging ein vorwurfsvoller Blick zu Käthe und ihren Freunden herüber.

»Also bleiben Ihnen nur noch 15 Minuten für die Besichtigung der Gärten. Wer will, kann auch im Bus warten. Hier können Sie Ihr Geld genauso gut ausgeben.«

***

»Wir haben uns so richtig abzocken lassen«, stöhnte Käthe, als sie ausgestiegen waren. »Sogar bei der Verlosung. Keine Nieten, richtig, aber ...«

»*Sie haben einen Goldschatz aus der Erde gewonnen – eine Tüte Kartoffeln. Der Preis wird Ihnen gegen eine Liefergebühr von zehn Euro über unsere Versandabteilung zugestellt*«, zitierte Erna und ahmte dabei den falschen, zuckersüßen Tonfall der Assistentin nach.

»Die machen das bestimmt jeden Tag mit älteren Menschen.«

»Aber nicht mehr lange«, Hugo ballte die Faust und stieß sie kämpferisch gegen die riesige Ginsengwurzel aus Pappmaschée, die neben der Information des alten Heidebauernhofs stand.

»Wir wollten zur FloraFarm, und jetzt bleiben wir hier, basta! Soll Onkel Paul doch sehen, wie er uns wieder einfängt. Ich jedenfalls mache mir hier ein paar schöne Stunden.«

»Einverstanden«, das restliche Kleeblatt zögerte nicht lange.

»Wir büxen einfach aus«, bekräftigte Käthe und warf einen Blick auf die Schautafel. »Es gibt viel zu entdecken, und wie schön es hier ist. So ein großes Gelände, mitten in der Natur.«

Erna tätschelte einem tapsigen Berner Sennenhund den Kopf, der sich von ihr begeistert seine Streicheleinheiten holte.

»Willkommen auf unserem Hof«, eine Frau Wischmann begrüßte sie freundlich. »Ihre Gruppe war zwar nicht angemeldet…« »Dann ist das ein glatter Betrug von Fahrt-ins-Blaue-Touristik«, warf Käthe empört ein. »Die haben die FloraFarm nur als Lockmittel benutzt.«

»Dazu will ich mich lieber nicht äußern, aber schwarze Schafe gibt es leider in jeder Branche. Wir hier haben nichts damit zu tun. Wenn Sie möchten, führe ich Sie als kleinen Ausgleich persönlich herum.«

»Aber wir kaufen nichts mehr«, sagte Käthe schnell.

»Oder nur den Hund«, meinte Erna sehnsüchtig, denn Tierhaltung war in ihrem Heim verboten.

»Unseren Hermann geben wir nicht her«, lachte Frau Wischmann. »Die Ginsengwurzeln schon, aber machen Sie sich lieber selber ein Bild von unseren Produkten.«

Sie nahmen den Waldweg bis zu den Hügelbeeten, auf denen die Pflanzen in langen Reihen unter Schattendächern aus Stoffplanen wuchsen.

»Die Wurzeln hat man früher sogar mit Gold aufgewogen. Wer den Samen ausführte, wurde mit dem Tode bestraft.«

»Den haben heute ganz andere Menschen verdient«, brummte Hugo.

»Ich war schon immer für Naturheilmittel«, Christels Laune hatte sich gebessert, sie atmete tief die gute Luft ein.

»Kann ich diese Wunderwurzel mal probieren?«

»Nur, wenn es für umsonst ist«, Käthe stieß ihr warnend in die Rippen.

»Gerne, Sie können sofort kosten.« Frau Wischmann verteilte getrocknete Wurzelstückchen, die man kauend in der Wangentasche lassen sollte.

»Na, stellt sich schon das Ginsengfeeling bei Ihnen ein?«

Erna blätterte in dem überreichten Prospekt. »*Mit Gänsehaut seine eigene Einmaligkeit spüren.* Das gefällt mir.«

»*Scheinbar schwerelos Hindernisse überwinden*«, zitierte Hugo. »Hört doch, unser Haupthindernis lässt gerade hupen. Los, ihr alten Mädels, jetzt wird's ernst. Ihr verteilt euch einzeln auf dem Gelände. Lasst euch nicht von Onkel Paul schnappen. Ich halte die Stellung.«

»Darf ich Hermann als Bodyguard ausleihen?« Das kam natürlich von Erna, die sich auch gleich mit dem Hund auf den Weg machte. »Ich schau mir mal die Scheune und die Bauerndiele an.«

»Und ich setze mich ins Ginseng-Café und spachtel Buchweizentorte«, meinte Käthe trotzig. »Da kriegt mich keiner weg. Das ist ab sofort mein persönliches Ginsengfeeling. *Fest an sich und seinen Erfolg glauben.*«

Christel wollte sich in der Begleitung von Frau Wischmann den Ginsengpfad mit den Skulpturen anschauen, gerne auch den merkwürdigen, halbhohen Schornstein, der zu einer alten Holzheizung gehörte und demnächst abgerissen werden sollte.

***

Also stellte sich der tapfere Hugo alleine Onkel Paul, dessen Gesicht puterrot angelaufen war.

»Was erlauben Sie sich eigentlich? Sie und Ihre drei alten Schachteln? Aber zack, zack jetzt, ab in den Bus! Sie bringen unseren ganzen Zeitplan durcheinander.«

Hugo kaute heftig auf seiner Wurzel. Verdammt, wo blieb das Ginsengfeeling? *Sich seiner Größe bewusst sein.*

»Ich halte Sie und Ihr Unternehmen für Betrüger, die alte Menschen ausbeuten«, erklärte er mit fester Stimme.

»Wir werden Sie anzeigen.«

»Moment mal, Alterchen. Umgekehrt wird ein Ding draus. Wir werden Sie verklagen.« Paul Ehrlich rückte auf Nasenlänge heran.

»Regressansprüche wegen verspäteter Abfahrt. Verleumdung und üble Nachrede. Beleidigung. Geschäftsschädigendes Verhalten. Das wird teuer vor Gericht! Sind Sie sicher, dass Ihre finanziellen Mittel durch alle Instanzen reichen werden?«

Hugo fuhr der Schreck in die Glieder. Leider hatte der Mann Recht – was konnte ihr Quartett schon gegen ein so mächtiges Unternehmen wie die Fahrt-ins-Blaue-Touristik ausrichten? Zum Ginsengfeeling *gelassene Überlegenheit* gehörten wahrscheinlich mehrere Packungen Wurzelextrakt …

»Ich hole die anderen«, gab er müde nach.

»Aber ein bisschen dalli.«

***

Eine Woche später traf man sich bei Käthe, um gemeinsam die Erlebnisse des Ausflugs zu reflektieren.

»Onkel Paul hat mir leider nicht geglaubt, dass Hermann ein Kampfhund ist, sonst hätte ich den gemeinen Kerl in den alten Fachwerkspeicher getrieben. Da geht nämlich keiner mehr rein, höchstens wilde Tiere, und wenn man dann viel später die bleichen, abgenagten Knochen von Onkel Paul fände ... ha, lachen würde ich!« Erna schwelgte in Fantasien.

Christel gab eine Runde Ginsengkapseln aus. »Wir hätten ihn einfach in den Brunnen schubsen sollen. Ihr wisst schon, bei der ehemaligen Holzheizung. Da gibt es unter dem Deckel einen Wassertank, der soll vier Meter tief sein. Zu viert wären wir kräftig genug gewesen.«

»Vor allem, seit wir die Kapseln schlucken. Ich fühle mich in jeder Hinsicht besser.« Hugo summte das Lied »Feelings« und zwinkerte der errötenden Erna zu.

»Und die verlogene Nicole könnten wir in dem See am Gowfplatz versenken«, träumte Käthe. »Ich glaube, da wächst auch Schierlingskraut. Hochgiftig. Wenn man davon etwas unter den Ginsengextrakt mischen würde ...«

»Wir nehmen lieber eine Alraune, die sieht der Ginsengwurzel ähnlich, greift aber das zentrale Nervensystem an.« Käthe war früher Apothekenhelferin gewesen.

»Ich könnte meinen Charme spielen lassen und mit Nicole auf ein Gläschen anstoßen«, meinte Hugo. »Vielleicht auf dem Bockhorner Ginsengfest zu Himmelfahrt. Ihr müsst mir nur ein Alibi besorgen.«

»Aber gerne. Wir schwören, dass du Tag und Nacht mit uns zusammen warst«, versprachen die Freundinnen.

Ein flotter Vierer, vielleicht eines Tages, das wollte Hugo insgeheim nicht ausschließen, hatte er doch gerade einen Bericht über die Wirkung des Koreanischen Ginsengs bei erektiler Dysfunktion gelesen. Tja, ein paar Wochen konnte es noch dauern, aber dann – nun, man(n) würde sehen ...

Zeitungsmeldungen:

»Mysteriöser Unfall auf der FloraFarm. Hund Hermann führte die Polizei auf die Spur des vermissten Reiseleiters Paul E., der auf dem Grund eines alten Wassertanks lag. Glatter Genickbruch, stellte der herbeigerufene Notarzt fest.

›Ich habe selber gesehen, wie er sich neugierig über den Tank beugte, er muss das Gleichgewicht verloren haben‹, gab die Rentnerin Käthe S. als Zeugin zu Protokoll.«

»Während der Vorführung eines neuen Mineraltrunks für Senioren kam es zu einer mysteriösen Vergiftung. Nur die weibliche Reiseleitung war betroffen.«

Beim nächsten Treffen prostete sich das mörderische Kleeblatt fröhlich zu.

»Mit Onkel Paul und Nicole sind wir fertig. Was machen wir nun?«, fragte Erna.

»Wir expandieren«, schlug Hugo vor und erntete allgemeinen Beifall.

Pressenotiz:

»Rätselhafte Entführung eines Reisebusses auf der Tour ins Blaue. Reiseleitung und vier Rheumadecken unauffindbar.«

***

Da saßen sie wieder zusammen, behaglich in ihre neuen Rheumadecken gehüllt.

»Das Wirtschaftsunternehmen Fahrt-ins-Blaue hat Konkurs angemeldet«, las Erna aus der Zeitung vor und kicherte. »Das wundert mich gar nicht. Die Abzocker finden keine Reiseleiter mehr. Wir haben sie alle ihrer gerechten Strafe zugeführt, und wisst ihr was? Mir hat es richtig Spaß gemacht!«

»Ja, *mit Begeisterung an die Dinge herangehen*«, zitierte Christel eines der Ginsengfeelings.

»*Reserven im Endspurt mühelos freisetzen*«, ergänzte Käthe.

Was für eine aufregende Saison, sie waren fast täglich auf Fahrt gewesen.

»Eigentlich schade, dass es vorbei ist«, meinte Hugo. »Es war eine spannende Zeit.«

»Die nächste Saison kommt bestimmt«, tröstete ihn Christel.

»Dann wird auf der FloraFarm die neue Holzheizung in Betrieb genommen, ich habe es mir genau erklären lassen. Die Anlage verbrennt Kleingehäckseltes, das mit einem Lastwagen vom Wald in ein Silo gebracht und dort gelagert wird. Von dort aus transportiert es eine Schnecke bis zum Ofen weiter. Es muss ja nicht immer nur Holz sein, was da gehäckselt und verbrannt wird.«

»Hmm, ziemlich aufwendig«, gab Hugo zu bedenken.

»Nein«, erwiderte Käthe und wies bedeutungsvoll auf ihre Kurpackung mit den 200 Kapseln.

»Drei Packungen weiter und wir legen erst richtig los. Aber bitte mit Ginseng …«

Der Brief

Von Karsten Oberbeck

Als er mit zittrigen Fingern auf die Tasten seines Handys drückte, stieg unvermittelt sein Puls in die Höhe. Eine Mischung aus Angst und nervöser Erregung durchzog seine Magengegend. Bereits nach dem zweiten Tuten meldete sich eine neugierige Mädchenstimme: »Hi, hier ist Jenny!«

Kurzzeitig drohte ihn der Mut zu verlassen und er wollte schon die Verbindung unterbrechen. Schwer atmend suchte er verzweifelt nach den so sorgfältig zurechtgelegten Worten. Sie wollten ihm einfach nicht mehr einfallen, als das Mädchen am anderen Handy ihm die Sache erleichterte:

»Bist du es Nils?«, fragte sie aufgeregt und voller Hoffnung.

»Ja, hier ist Nils«, brachte er endlich hervor, »ich habe deinen Brief und wollte fragen, ob …?«

»Oh ja, der Brief, ich hoffe, du findest ihn nicht albern, aber ich wusste nicht, wie ich es anders machen sollte. Ich finde dich nämlich echt cool und möchte dich unheimlich gern kennen lernen, aber das habe ich ja alles geschrieben.« Ihre Stimme hatte angefangen zu zittern, schließlich war sie bis über beide Ohren verknallt und hatte sich dem Jungen ihrer Träume auf die unkomplizierte und naiv offene Art, wie sie nur Teenager beherrschen, offenbart. Immerhin ein großes Risiko und nun hatte er tatsächlich angerufen. Sie merkte, dass sie vor Aufregung rot anlief und war heilfroh, dass er es nicht sehen konnte.

»Nein, ich finde das nicht albern, ist schon okay so«, versuchte er möglichst jugendlich cool zu klingen. »Wir können uns ja mal treffen!«, wagte er den entscheidenden Vorstoß und lauschte angespannt ins Handy.

Fast wäre Jenny vor Freude in die Luft gesprungen, ihr Herz hüpfte jetzt wie ein Gummiball. Aus diesem Grund schob sie den Gedanken daran, dass die Stimme im Hörer ganz anders klang, als sie es sich vorgestellt hatte, beiseite. Sie wirkte so erwachsen, gar nicht wie die eines 16-Jährigen. Plötzlich kam sie sich kindisch vor und sorgte sich, dass er sie zu jung fand, doch jetzt konnte sie nicht mehr zurück und antwortete: »Ja klar, das ist cool! Wann und wo? Hast du einen Vorschlag?«

»Vielleicht ein Spaziergang?«, fragte er vorsichtig. Jetzt kam es darauf an. Würde sie zustimmen, oder fanden es Mädchen in ihrem Alter total uncool spazieren zu gehen? Einen kurzen Moment zögerte sie, schließlich hatte sie insgeheim gehofft, dass sie mit ihrem Nils so schnell wie möglich in der Öffentlichkeit angeben konnte. Doch vielleicht war es ganz gut, sich erst einmal kennen zu lernen, ohne ständig unter der Beobachtung lästernder Freundinnen zu stehen: »Spazieren gehen ist okay, und wo?«

»Kennst du den Weg, der vom Gewerbegebiet in Fallingbostel nach Bockhorn führt?«, fragte er und bemühte sich dabei um einen möglichst unverfänglichen Tonfall.

»Der an der FloraFarm endet?«, fragte sie ein wenig verwundert über seine Ortswahl.

»Ja, genau. Da steht etwas abseits vom Weg, auf einer kleinen Anhöhe eine Bank, dort können wir uns treffen und sehen dann weiter. Ich habe ein Moped, wir können von da aus auch woanders hin«, lockte er.

Die Aussicht, sich auf einer Fahrt mit seinem Moped eng umschlungen an ihm festzuhalten, wischte alle anderen Gedanken beiseite. Vielleicht konnte sie ihn ja davon überzeugen, eine Runde durch Fallingbostel zu drehen. Mit ein bisschen Glück wurde sie von ihren Freundinnen gesehen, die ruhig ein wenig neidisch werden sollten. Schließlich schwärmten fast alle Mädchen in der Schule für Nils und nun sollte sie die Auserwählte sein. In ihr stieg ein übermütiges Glücksgefühl auf, eines jener Gefühle, die es verstanden, Träume in eine Scheinrealität zu verwandeln, in der keine andere Farbe als rosarot existierte. Deshalb gab sie jede Zurückhaltung übermütig auf und schlug vor: »Wir können uns ja schon heute Nachmittag treffen. Ich meine, wenn es okay ist.«

Er überlegte kurz. So rasch zum Erfolg zu kommen, damit hatte er nicht gerechnet. Wieder stieg der Grad der Aufregung, denn jetzt, wo es ernst werden sollte, ging ihm die ganze Sache viel zu schnell. Er musste noch einige Vorbereitungen treffen, die Zeit erforderten. Wie sie aussah wusste er und auch, dass ihre Eltern scheinbar nicht ganz arm waren, schließlich hatte er das Haus eine Weile beobachtet und war Jenny auch von dort aus einige Male gefolgt.

In ihrer Naivität hatte sie nicht nur ihre Handynummer, sondern auch ihre vollständige Adresse in dem Brief preisgegeben. Doch die wichtigsten Vorbereitungen hatte er noch nicht einmal begonnen. Vielleicht konnte er es bis zum Wochenende schaffen. »Heute geht leider nicht«, antwortete er mit gespieltem Bedauern, »wie wäre es mit Samstag um 16 Uhr?«

Nach einem kurzen Moment der Enttäuschung stimmte sie überschwenglich zu. Die paar Tage würde sie wohl überstehen, wenngleich ihr nicht klar war, ob sie diese Neuigkeit so lange vor ihren Freundinnen verheimlichen konnte. Nachdem sie sich verabschiedet hatten, hockte sie noch lange auf ihrem Bett und malte sich mit verträumten Augen aus, wie es Samstag wohl sein würde.

Ein paar Tage später.

Als Paul Ossendorp seinen Wagen auf dem Parkplatz vor dem Ginseng-Café abstellte, kam ihm Gesine Wischmann bereits entgegen. Das letzte Mal hatten sie sich auf dem Klassentreffen vor zwei Jahren gesehen. Zwar waren sie während der gemeinsamen Schulzeit nie besonders eng befreundet gewesen, aber immerhin eng genug, um einen Vormittag mit alten Pennälergeschichten ausfüllen zu können. Doch dafür war heute keine Zeit, denn sie hatte ihn um Hilfe gebeten, allerdings konnte er sich nicht vorstellen, um was es eigentlich ging. Nachdem sie sich begrüßt hatten, führte sie ihn in den zu dieser Uhrzeit noch leeren Gastraum und bot ihm Kaffee an.

»So, nun lüfte mal das Geheimnis«, forderte Ossendorp sie auf, »wobei kann ich dir helfen?«

Gesine Wischmann setzte sich und kam ohne Umschweife zur Sache: »In unserem Wald, in unmittelbarer Nähe der Ginsengfelder treibt scheinbar jemand Unfug. Mein Vater hat in den vergangenen Tagen mehrere Stellen entdeckt, an denen gegraben wurde und einige Ginsengwurzeln sind ebenfalls gestohlen worden. Wir sind mitten in der Ernte, da hat eigentlich keiner von der Familie Zeit, der Sache selbst nachzugehen.«

»Wurden denn viele Pflanzen gestohlen?«, fragte er dazwischen.

»Nein, eigentlich nicht der Rede wert, das kommt immer mal vor.«

»Aber was macht euch dann solche Sorgen? Dass jemand im Wald gräbt, ist sicher irgendwie ärgerlich, klingt aber zunächst nicht Besorgnis erregend«, wendete Ossendorp ein. »Oder gibt es einen Grund, dass ihr euch deshalb Gedanken macht?«

»Ja!«, antwortete Gesine ohne Zögern. »Wir sind die Einzigen in Europa mit einer eigenen Ginsengsaat. Normalerweise muss das Saatgut teuer in Hongkong gekauft werden, da es bisher ausschließlich aus China und Korea kam. Ich kaufe die Saat zwar vollkommen legal in Hongkong, doch dorthin muss sie geschmuggelt werden, da es in den Erzeugerländern eine Ausfuhrsperre gibt. Daher hat eine selbst produzierte Saat einen entsprechenden Wert und weckt möglicherweise Begehrlichkeiten.«

»Das heißt, ihr habt die Körner im Wald vergraben?«, fragte er erstaunt weiter.

»Ja, weil sie erstens auf diese Weise gut gelagert sind und die Wahrscheinlichkeit, dass sie jemand auf 120 Hektar findet, geht gegen null.«

»Trotzdem vermutet ihr, dass es jemand versucht?«

Plötzlich ertönte hinter ihm eine tiefe Stimme: »Vielleicht gibt es auch noch einen anderen Grund.«

Gesines Vater hatte unbemerkt den Raum betreten und erzählte, nachdem er Ossendorp die Hand geschüttelt hatte, weiter: »Vor zwei Jahren hat es einen Banküberfall in Fallingbostel gegeben. Die zwei Burschen haben sie nach kurzer Zeit hier ganz in der Nähe geschnappt, aber die Beute ist bis heute verschwunden. Möglicherweise sind die schon wieder draußen und suchen jetzt nach dem Geld, oder jemand anderer versucht sein Glück. Nach dem Bankraub setzten sich natürlich sofort Gerüchte fest, die Beute wäre bei uns im Wald vergraben.«

»Und wenn es tatsächlich die Täter von damals sind oder andere zwielichtige Gestalten«, ergänzte seine Tochter, »wäre das auch nicht viel besser, als Leute, die nach unserer Saat suchen. Deshalb möchten wir dich bitten, ein paar Tage und vielleicht auch Nächte draußen die Augen offen zu halten. Schließlich kennst du dich im Wald aus und weißt ganz gut, wie man dort unbemerkt bleibt.«

»Außerdem ist das hier bestimmt wesentlich harmloser als deine Geschichte mit den Waffenschiebern letztes Jahr und vielleicht hast du inzwischen sogar ein bisschen Spaß an Kriminalgeschichten im Wald«, fuhr Heinrich Wischmann fort, »aus diesem Grund wollen wir dich dafür engagieren, denn die Polizei kümmert sich natürlich erst darum, wenn etwas Konkretes passiert ist. Es ist ja genauso gut möglich, dass alles einen ganz banalen Grund hat und wir nur Gespenster sehen. Aber du wirst sicher verstehen, dass unsere Sorgen nicht völlig unberechtigt sind.«

Ganz unrecht hatte er mit seiner Vermutung über den Spaßfaktor nicht und da Ossendorp in den nächsten Tagen sowieso keine anderen Aufgaben zu erledigen hatte, sagte er zu. Nachdem Gesines Vater ihm auf einer Karte die Stellen markiert hatte, an denen er die Grabungsversuche entdeckt hatte, verabschiedete er sich. Auch Ossendorp wollte jetzt so schnell wie möglich los, um einige Sachen von zu Hause zu holen, die er benötigte, um ein paar Tage und Nächte im Wald zu verbringen. Auf dem Weg zurück ließ die Vorfreude auf ein weiteres Abenteuer seinen Adrenalinspiegel ansteigen. Was sollte schon Schlimmes passieren, schließlich traute er sich durchaus zu, einen nächtlichen Besucher im Wald eher zu bemerken, als umgekehrt und mit herbeigerufener Verstärkung ließ sich die mögliche Gefahr dabei in Grenzen halten.

An einem anderen Ort.

Dunkelheit, nichts als tiefschwarze Dunkelheit umgab sie, ohne den geringsten Lichtschimmer. War es so, wenn man blind wurde, oder nahm man dann wenigstens Hell und Dunkel wahr? Sie hatte bereits jedes Gefühl dafür verloren, ob es Tag oder Nacht war und konnte noch nicht einmal vermuten, wie lange sie sich bereits hier befand. Fast noch schlimmer als die endlos erscheinende Schwärze war jegliches Fehlen von Geräuschen. Außer ihrem eigenen Schnaufen, dadurch verursacht, dass sie nur durch die Nase Luft holen konnte, war nichts zu hören. Könnte man Geräusche auch über Farben definieren, käme jetzt nur Schwarz vor. Würde sie nicht spüren, dass sie auf dem Rücken lag, gefesselt und mit Klebeband geknebelt, hätte sie bereits jede Orientierung verloren, wüsste nicht wo oben und unten wäre. Es erschien ihr, als schwebte sie in einem endlos tiefen, schwarzen Loch. In Wirklichkeit hatte sie keine Ahnung, wo sie sich befand und es war ihr auch fast egal. Egal war ihr auch, dass er ihr noch einmal weh tun könnte. Hauptsache, das Schwarz würde endlich aufhören, dieses unerträgliche, lautlose Schwarz. Seit einiger Zeit fror sie schrecklich. Die Kälte war fast so schlimm wie das Schwarz und viel schlimmer als Durst und Hunger. Was, wenn er gar nicht wiederkäme? Hatte er sie lebendig begraben, oder befand sich hinter der Dunkelheit eine Wand und hinter der Wand die Freiheit? Panik machte sich in ihr breit, ließ ihre Atmung schneller gehen. Sie hatte Probleme, die nun erforderliche Luftmenge durch die ausgetrocknete Nase zu bekommen. Erschreckt überlegte sie, was wohl zuerst eintrat: Erstickte man erst, oder starb man vorher an Durst. Im Moment war sie davon überzeugt, dass sie wahrscheinlich erfrieren würde, viel von ihren Klamotten hatte er ihr nicht angelassen. Sie fühlte mit ihren Handrücken die nackten, kalten Schenkel. Doch dann überfiel sie wieder das Schwarz, dieses unerträglich dunkle Schwarz.

Zur selben Zeit.

Ossendorp inspizierte bereits die dritte Stelle, an der jemand ziemlich großflächig probiert hatte, ein Loch zu graben. Nur sehr notdürftig war die ausgehobene Erde wieder zurück in die Grube geschaufelt worden. Trotzdem war es nicht möglich, festzustellen, wie tief sie ursprünglich war und aus welchem Grund der Versuch aufgegeben wurde. Der alte Wischmann hatte recht, sowohl die These über das vergrabene Saatgut als auch die Geschichte mit der Beute aus dem Bankraub konnten Grund dieser sonst unerklärlichen Handlung sein. Besonders viel Mühe, seine Spuren zu verwischen, hatte sich der Verursacher nicht gegeben. Deutlich konnte Ossendorp haufenweise Profilabdrücke erkennen, die möglicherweise von Bundeswehrstiefeln stammten. Die Spuren ließen sich nur kurze Strecken weiterverfolgen, da sie sich spätestens in der Fahrspur der Wege verloren. Aber keine führte von den Grabungsorten in Richtung Hauptweg. Deshalb vermutete er, dass der Schaufelkünstler sich quer durch den Wald bewegte, was die Suche nach ihm nicht unbedingt erleichterte. Er konnte überall auftauchen. Andererseits war auch ziemlich sicher, dass er dabei erhebliche Geräusch verursachen müsste.

Ein Muster oder System der unterschiedlichen Stellen ließ sich nicht erkennen, also war es unmöglich, vorherzusehen, wo er das nächste Mal buddeln würde. Außerdem fiel Ossendorp auf, dass die Grabungen nicht ganz frisch waren, mindestens zwei Tage alt, was auch zur Einschätzung des Alters der Schuhabdrücke passte. Hatte der Typ etwa schon aufgegeben oder legte er nur eine kleine Pause ein? Möglich, dass er längst gefunden hatte, wonach er suchte. Ossendorp beschloss, solange es hell war, alle Wege abzugehen, in der Hoffnung irgendwelche Hinweise zu finden, ob er vielleicht mit dem Auto hierher kam, oder ob er sich sogar im Wald verborgen hielt. Da das Dickicht teilweise sehr üppig war, gab es unendlich viele Möglichkeiten, lange Zeit unentdeckt zu bleiben. Um so wichtiger war es für Ossendorp, nach Spuren zu suchen, wie zum Beispiel niedergetretenes Gras oder abgebrochene Zweige, die in eine bestimmte Richtung deuteten. Bei der Größe des Waldes könnte ihm da wohl nur der Zufall helfen.

Unvermittelt riss ihn ein lautes, nicht weit entferntes Knacken aus seinen Gedanken. Erschrocken sah er sich nach allen Seiten um und suchte mit seinen Augen angestrengt den Wald ab, aber nichts war zu entdecken. Auf Verdacht ging er einige Schritte in die Richtung, aus der das Geräusch kam und erhaschte plötzlich im Augenwinkel eine Bewegung, die eindeutig von einem Menschen stammte. Er visierte die Stelle an und rief:

»Hallo, warten Sie bitte mal!« Keine Antwort. Scheinbar versuchte da jemand, möglichst unentdeckt zu bleiben. Obwohl es ihm nicht besonders vernünftig erschien, lief Ossendorp los. Vielleicht war es nur ein harmloser Pilzsucher, der einfach nicht reagieren wollte, dachte er. Trotzdem war ihm nicht ganz wohl, denn solange er niemanden sah, konnte hinter jedem Baum jemand lauern. Außerdem stand hier alles voller dicht wuchernder Farnstauden, die zusätzliche Möglichkeiten boten, sich zu verstecken. Er konnte sich jetzt nur auf seinen Instinkt verlassen und lief weiter, ohne ein genaues Ziel vor Augen. Vielleicht hatte derjenige, hinter dem er herlief, überhaupt nichts mit den geheimnisvollen Grabungen zu tun. Doch irgend etwas sagte ihm das Gegenteil, deshalb rannte er weiter in den Wald hinein, immer noch, ohne jemanden zu sehen.

Der dumpfe Schlag, der ihn am Hinterkopf traf, sagte ihm, dass er die falsche Entscheidung getroffen hatte. Dann wurde alles schwarz.

An einem anderen Ort.

Langsam, aber sicher wurde der Durst unerträglich. Jeder Versuch, ihre Gedanken auf etwas anderes zu lenken, misslang. In ihrem Kopf war nur Platz für die Vorstellung, eine Riesenflasche eiskalter Cola in sich hineinzuschütten. Selbst Wasser oder irgendein beliebiges anderes Getränk schienen ihr das Begehrenswerteste auf der Welt zu sein. Keine ihrer Sehnsüchte, denen sie normalerweise täglich hinterherhing, war noch wichtig. Das einzige, was jetzt zählte, was sie im Moment vollkommen beherrschte, war die Gier nach irgend einer Art von Flüssigkeit.

Dass ihre Beine schon fast taub waren, weil sie wegen der strammen Fesseln kaum in der Lage war, sie zu bewegen, nahm sie nur am Rande wahr. Auch das schreckliche, unendliche Schwarz war inzwischen nicht mehr so bedrohlich, wie die Angst zu verdursten. Warum kam er nicht wieder? Von ihr aus könnte er tun, was er wollte, wenn er nur käme und ihr etwas zu trinken gäbe. Die Kälte ließ sie erbärmlich zittern und die Luft um sie herum wurde immer stickiger. Sie war inzwischen vollkommen verzweifelt und hoffnungslos, doch sie wollte auf keinen Fall anfangen zu weinen, denn ihr war klar, dass ihre Nase dann völlig zu sein würde und sie keine Chance mehr hätte, Luft zu holen. Mühsam unterdrückte sie die Tränen, versuchte krampfhaft, an etwas Lustiges zu denken. Zum Beispiel als sie und ihre Freundin sich einmal gleichzeitig nach vorn beugten und mit den Köpfen zusammenstießen. Darüber hatten sie herzlich gelacht, doch in ihren Gedanken hatte die Freundin plötzlich eine Dose Cola in der Hand, kalt und schwarz, so schwarz, wie ihr Gefängnis. Längst hatte sie die Bemühungen, sich von den Fesseln zu befreien, aufgegeben. Die saßen viel zu fest und die Versuche hatten nur dazu geführt, dass ihre Handgelenke blutig gescheuert waren. Inzwischen war sie dazu übergegangen, sich abwechselnd auf diesen Schmerz und auf das unangenehme, taube Gefühl in ihren Beinen zu konzentrieren, nur um sich selbst von dem unerträglichen Durst abzulenken. Doch egal, was sie auch versuchte, der Gedanke daran, dass sie langsam austrocknen würde, war zu übermächtig.

Nicht weit entfernt.

Das Aufwachen war wie nach einem Vollrausch, nur das Dröhnen in seinem Schädel war viel stärker. Vorsichtig tastete er die Stelle ab, an der ihn der andere getroffen hatte. Glücklicherweise fühlte er kein Blut, also hatte er zumindest keine Platzwunde davongetragen, aber die äußerst schmerzhafte Beule reichte ihm vollkommen. Schwerfällig versuchte er, auf die Beine zu kommen, was ihm nach einem kurzen Schwindelanfall auch gelang. Ein Blick auf seine Uhr sagte ihm, dass er höchstens zehn Minuten ohne Bewusstsein gewesen war. Nicht lange, aber auf jeden Fall Zeit genug für den Täter zu verschwinden. Nur mit Mühe entdeckte er die Spuren seines Peinigers, die sich im trockenen Laub des letzten Jahres mehr erahnen als sehen ließen. Diesmal führten sie in Richtung des Hauptwegs, also machte er sich nicht die Mühe, sie zu verfolgen, da sie auf festerem Untergrund sowieso verschwunden sein würden.

Er überlegte, ob es nicht besser sei, die Polizei von dem Vorfall zu unterrichten, denn immerhin handelte es sich hierbei um einen Angriff, aus welchem Grund er auch immer stattgefunden hatte. Andererseits war ihm nicht klar, was es bringen würde, sein Missgeschick öffentlich zu machen. Also beschloss er, lediglich den Wischmanns per Handy davon zu berichten, da es zumindest ein Indiz dafür war, dass auf der FloraFarm etwas Merkwürdiges vor sich ging und es durchaus Grund zur Besorgnis gab. Heinrich Wischmann wollte ihn dringend dazu überreden, die Nacht nicht allein im Wald zu verbringen, doch Ossendorp ließ sich von diesem Vorhaben nicht abbringen und gab sich alle Mühe, eine mögliche Gefahr herunterzuspielen. Wischmann ließ sich nur sehr zögerlich von seiner Empfehlung abbringen. Erst nachdem Ossendorp ihm mehrmals eingehend versicherte, besonders gut aufzupassen, kein Risiko einzugehen und sich am folgenden Morgen sofort zu melden, war er einigermaßen beruhigt.

Da die Sonne inzwischen bereits hinter den Bäumen verschwunden war, beschloss Ossendorp, sich einen der größeren Hochsitze als Nachtlager herzurichten. Von dort aus hatte er auch im Dunkeln einen ganz guten Überblick und war vor allem einigermaßen gegen unliebsame Überraschungen geschützt. Nachdem er sich eines der mitgebrachten Fertiggerichte auf seinem Gaskocher zubereitet hatte, widmete er nun seine gesamte Aufmerksamkeit der nächsten Umgebung. Doch außer einem Rudel Damwild und ein, zwei Hasen, ließen sich keine abendlichen Besucher erspähen. Ein paar Bäume weiter verkündete ein Waldkauz mit einem leisen »Hu Hu« seine Anwesenheit. Ein herrlicher Abend ging zu Ende, sah man einmal von der Beule ab, ohne dass noch etwas Erwähnenswertes passierte.

Mit dem ersten Tageslicht erwachte auch die Vogelwelt mit dem üblichen Gezwitscher, das zu dieser Jahreszeit zwar nicht ganz so laut war wie im Frühling, jedoch vollkommen ausreichte, um Ossendorp aus seinen Träumen zu reißen. Er pellte sich aus seinem Schlafsack und sah zunächst aus den Öffnungen des Hochstands in alle Richtungen, doch entdeckte er unterhalb seines Nachtlagers nur eine Ricke mit ihrem Kitz, die, vom Geräusch des Reißverschlusses aufgeschreckt, aufmerksam in Richtung Hochsitz äugten. Als sie seine Bewegungen wahrnahmen, sprangen sie mit hohen Sätzen in einen dichter bewachsenen Teil des Waldes.

Ossendorp beschloss, nach einem Kaffee und ein paar Müsliriegeln, den Vormittag damit zu verbringen, alle kleinen Wege und Pfade in der näheren Umgebung abzugehen. Sollte er dort auf keinen Hinweis des Unbekannten stoßen, würde er am Nachmittag seinen Radius in weiter entfernt gelegene Gebiete erweitern. Doch zunächst musste er sich bei Wischmann melden, um zu berichten, dass er die Nacht gut überstanden hatte. Anschließend packte er seine Sachen in den Rucksack und zog los. Bereits nach zehn Minuten entdeckte er am Rand eines fast überwucherten Pfades eine relativ frisch ausgehobene flache Grube, die seiner Meinung nach aus der letzten Nacht stammen musste. Also war der Unbekannte ganz in der Nähe aktiv gewesen und hatte sich diesmal noch nicht einmal die Mühe gemacht, das Loch wieder vollständig zu füllen. Wieder waren deutliche Schuhabdrücke zu sehen und Ossendorp stellte leicht fest, dass es sich um das gleiche Profil handelte wie bei den anderen Stellen.

Im tiefen Schwarz.

Wie lange sie geschlafen hatte, wusste sie nicht. Irgendwann hatte die Müdigkeit über das quälende Durstgefühl gesiegt. Doch aufgewacht war sie nicht davon, sondern weil sie vor Kälte bibberte. Die erzwungene Bewegungslosigkeit gab ihr keine Chance, etwas daran zu ändern. Dass sie wieder aufgewacht war, empfand sie fast als Strafe, da sich an ihrer schrecklichen Lage nichts geändert hatte. Im Gegenteil, zusätzlich wurde ihr auch noch übel, weil ihr Kreislauf verrückt spielte. Hoffentlich musste sie sich nicht übergeben, dann würde sie sofort ersticken. Die Vorstellung daran trieb ihr Schweiß auf die Stirn, obwohl ihr nach wie vor bitterkalt war. Warum kam der Kerl denn nicht zurück? Wenn er sie sterben lassen wollte, hätte er sie doch gleich töten können. Immer verzweifelter stellte sie sich diese Fragen. Sie wünschte sich plötzlich zu wissen, ob es draußen Tag oder Nacht war und was wohl ihre Eltern in diesem Moment tun würden. Bestimmt hatten die alles veranlasst, um nach ihr zu suchen, doch woher sollten sie wissen, wo sie suchen mussten. Schließlich sollte ja alles ein Geheimnis bleiben und daran hatte sie sich auch gehalten. Noch nicht einmal ihrer besten Freundin hatte sie davon erzählt. Perfekt, dachte sie selbstironisch. Was für ein Tag war heute eigentlich? Sie hatte jedes Zeitgefühl in der endlosen Dunkelheit verloren. Würden die anderen jetzt gerade in der Schule sitzen und an sie denken, oder war ihr Fehlen gar nicht weiter aufgefallen. Was, wenn sich niemand um ihr Verschwinden kümmerte, wenn alle dachten, sie wäre nur mal eine Nacht weggeblieben Nein, das konnte nicht sein, ihre Mutter würde auf jeden Fall bei allen Freundinnen nachfragen, wenn sie einfach nicht nach Hause käme. Sie war ganz sicher, dass alle nach ihr suchen würden, doch schon im nächsten Augenblick fiel sie wieder in eine tiefe Mutlosigkeit, gab sich dem Schwarz hin, diesem endlosen, grausamen Schwarz.

Selbst wenn jemand nach ihr suchen würde, wo sollten sie ohne Hinweis anfangen? Sie wusste ja noch nicht einmal selbst, wo sie sein könnte und wie lange sie ohne Bewusstsein war, nachdem er sie betäubt hatte. In dieser Zeit konnte er sie sonstwo hingebracht haben. Nein, niemand würde sie je finden, da war sie sich jetzt ganz sicher. Wenn ihr Peiniger nicht zurückkam, würde sie hier sterben, einen elend grausamen, langsamen Tod. Wieder musste sie alle Kraft zusammennehmen, um nicht weinen zu müssen, damit die Nase frei blieb. Noch hatte sie nicht vollkommen aufgegeben, noch war der Wille zu leben stärker, als der Wunsch, dieser Qual ein Ende zu setzen.

Im Wald.

Dieses Mal war seine Spur im noch feuchten Gras leicht zu erkennen. Sie führte quer durch einen sehr lichten Teil des Waldes in Richtung FloraFarm. Ossendorp beschloss, der Spur vorsichtig zu folgen, vielleicht führte sie ihn zum Versteck des Unbekannten. Immer wieder blieb er zwischendurch stehen, um in den Wald hineinzulauschen, ob der Verfolgte ein verräterisches Geräusch von sich gab. Immerhin war es gut möglich, dass er bereits an einer anderen Stelle ein Loch grub und da es einigermaßen windstill war, bestand die Chance, ihn dabei zu hören.

Immer noch waren die Abdrücke des frisch niedergetretenen Grases deutlich zu erkennen, so dass Ossendorp ihr leicht weiter folgen konnte. In einiger Entfernung entdeckte er eine sehr hoch gebaute Jagdkanzel, die neben einer imposanten Eiche stand. Die Spur führte direkt dorthin. Als er noch ungefähr hundert Meter entfernt war, hockte er sich hinter einen Busch. Er vermutete, dass sich der Unbekannte eventuell in diesem Hochsitz aufhielt. Von dort aus würde er Ossendorp ziemlich früh entdecken, deshalb wollte er die Kanzel zunächst einmal eine Weile beobachten. Doch nichts geschah, weder waren Geräusche zu hören, noch konnte Ossendorp irgendeine Bewegung erkennen. Entweder der Verfolgte verhielt sich vollkommen ruhig, hatte sich vielleicht sogar zum Schlafen hingelegt, oder der Hochsitz war leer.

Nach zwanzig Minuten schlich Ossendorp so lautlos wie möglich in Richtung der Kanzel und fixierte während der gesamten Zeit die ihm zugewandte Öffnung, um eine Bewegung sofort zu bemerken. Erst jetzt fiel ihm auf, dass die Leiter, die einmal auf die gut acht Meter hohe Kanzel geführt hatte, kaum noch Sprossen hatte. Sofort entspannte er sich, denn damit war klar, dass dort oben niemand sein konnte. Merkwürdig fand er nur, dass die Kanzel noch einen sehr stabilen und fast neuwertigen Eindruck auf ihn machte. Dazu passte diese verrottete Leiter nicht, und außerdem war es der erste Hochsitz in Wischmanns Revier, der nicht in Ordnung war. Alle anderen befanden sich in einem auffällig gepflegten Zustand. Unweigerlich drängte sich ihm der Gedanke auf, dass hier jemand absichtlich diesen Hochstand unzugänglich gemacht hatte. Doch welchen Grund konnte es dafür geben?

Als Ossendorp sich weiter der Kanzel näherte, bemerkte er auf der sich davor erstreckenden Lichtung etwas Dunkles, das er zunächst für einen weiteren Grabungsversuch des Unbekannten hielt. Doch nach ein paar weiteren Schritten war klar, dass es etwas anderes sein musste. Fast sah es aus wie ein erlegtes Stück Wild. Ossendorp wurde mulmig. Vorsichtig spähte er nach allen Seiten und lauschte noch einmal angestrengt nach ungewöhnlichen Geräuschen, doch nichts. Irgend etwas stimmte da nicht. Zögernd ging er weiter auf das dunkle Etwas zu, konnte aber immer noch nicht identifizieren, was es war.

Als er unmittelbar davor stand, wurde er plötzlich blass. Unweigerlich wich er drei Schritte zurück, denn ohne Zweifel lag vor ihm eine Leiche. Dass dieser Mensch nicht mehr lebte, war offensichtlich. Die vollkommen verrenkte Lage ließ darauf schließen, dass er sich alles Mögliche gebrochen haben musste, einschließlich seines Genicks.

Als Ossendorp sich von dem ersten Schock erholt hatte, trat er ganz nah an den grausigen Fund. Das Gesicht war nicht zu erkennen, aber an der Statur war eindeutig abzulesen, dass es sich um einen Mann handelte, und da er genau unter der großen Eiche neben dem Hochsitz lag, war Ossendorps erste Vermutung, dass er vom Baum gefallen sein musste. Sofort kam ihm sein letzter Gedanke in den Sinn. Vielleicht fand der Mann die morsche Leiter an dem sonst intakten Hochsitz ebenfalls merkwürdig, wurde neugierig und kletterte die Eiche hinauf, um auf diesem Weg in die Kanzel zu gelangen. Wenn es sich um den gesuchten Unbekannten handelte, wäre diese Theorie gar nicht so abwegig, denn es konnte gut sein, dass er dort oben ein Versteck vermutete.

Da Ossendorp die Leiche auf keinen Fall berühren wollte, um keine Spuren zu verwischen, beschränkte er sich darauf, die Schuhsohlen des Toten unter die Lupe zu nehmen. Er war keineswegs überrascht, dass es sich um das passende Profil zu den Abdrücken handelte, die er an den Grabungen vorgefunden hatte. Es gab kaum einen Zweifel, hier lag derjenige, der die rätselhaften Löcher ausgehoben hatte. Die Frage war nur, warum lag er hier und war tot? Warum kletterte er überhaupt den Baum hinauf und war er tatsächlich einfach abgestürzt oder hatte jemand nachgeholfen? Sollte es wirklich so einfach sein? Führte ein so rätselhaftes Verhalten zu solch einem banalen Ende? Die Aufklärung musste natürlich den Spezialisten der Polizei überlassen werden, die sich nun mit Sicherheit für die Vorkommnisse im Wald interessieren würden. Noch ein wenig nachdenklich wählte Ossendorp auf seinem Handy die Nummer der FloraFarm.

An einem dunklen Ort.

Verzweifelt hielt sie mit aller Anstrengung die Luft an, um ihrer unerträglichen Qual selbst ein Ende zu setzen, doch immer wieder rang sie automatisch nach Atem, wenn sich der Sauerstoff in ihren Lungen dem Ende neigte. Warum war es nicht möglich, einfach keine Luft mehr zu holen? Warum konnte sie sich nicht auf diesem Weg erlösen? Sie konnte nicht mehr und wollte auch nicht mehr. Jeder Wille zu leben war aus ihr gewichen. Zu unerträglich war der Durst, war das dauernde Zittern und dieses unmenschliche Schwarz um sie herum. Die Kälte war inzwischen so unerträglich, dass sie ihre Glieder kaum noch spürte. Sie merkte, dass ihre Körpertemperatur absank. Alles in ihr war nur noch Schmerz, aber das Unerträglichste von allem war, dass sie die Hoffnung verloren hatte. Sagte man nicht, die Hoffnung stirbt zuletzt?

Immer wieder stellte sie sich vor, wie es sein würde, wenn man vom Leben zum Tod befördert wurde, ob es danach noch etwas gebe. Merkwürdige Gedanken schlichen sich in ihren

Kopf. Die Welt würde sich einfach weiter drehen, alles würde so weitergehen wie bisher, vollkommen egal, ob sie da war oder nicht. Nur dreizehn Jahre lebte sie auf dieser Welt und egal, wie lange die Erde noch existieren würde, sie würde niemals wiederkommen. »Niemals«, dieses Wort bekam plötzlich eine ganz andere Dimension. Niemals würde sie wieder auf diese Welt kommen, auch wenn alles ewig weiterginge. Sie hatte plötzlich eine schwache Ahnung von der Bedeutung der Unendlichkeit und ein bisher nicht gekanntes Gefühl eroberte ihr Inneres. In ihr hatte die Unendlichkeit auch eine Farbe, sie war tiefschwarz. Nur ganz am Ende, das so weit weg schien wie nichts anderes, was sie jemals gesehen hatte, schien es, als wäre ein heller Schimmer zu erkennen. Aber der Weg dorthin war unendlich weit und schwarz. War das etwa der Tod? Sollte das alles gewesen sein?

Keine Unendlichkeit entfernt.

Während Ossendorp auf die Polizei wartete, die Heinrich Wischmann sofort alarmiert hatte, versuchte er, sich weiter einen Reim auf die Vorkommnisse zu machen. Doch er kam immer wieder zu dem Schluss, dass er keine Erklärung fand. Der Unbekannte schien etwas gesucht zu haben, was auch immer es war, und kam dabei auf unglückliche Weise ums Leben. Noch immer stand er vor dem Toten, und als er sich weit über ihn beugte, um vielleicht doch etwas von seinem Gesicht erkennen zu können, entdeckte er einen klein zusammengefalteten Zettel, der halb unter der Jacke des Mannes im Gras lag. Ihm war bewusst, dass er den Zettel besser nicht berühren sollte, doch er konnte einfach nicht widerstehen und hob ihn vorsichtig auf, nachdem er sich seine Lederhandschuhe übergestreift hatte.

Der Zettel war vom feuchten Gras ziemlich durchnässt, darum faltete er ihn vorsichtig auseinander. Überrascht stellte er fest, dass es sich allem Anschein nach um eine Art Liebesbrief handelte, allerdings mit sehr kurzem Inhalt:

Hi Nils,
Ich finde dich total süß und cool!
Ich bin total in dich verknallt.
Meine Handynummer ist: 0177/93950274
Ich wohne in Fallingbostel. Meine Adresse ist:
Jenny Kumpnagel
Haselweg 7a
Fallingbostel
PS: Der Brief soll geheim bleiben!

Der gesamte Text war von selbst gemalten, roten Herzen umrahmt, die von der Feuchtigkeit allerdings inzwischen recht verschwommen waren. Ossendorp fragte sich, was ein erwachsener Mann mit so einem Brief zu schaffen hatte, der ganz eindeutig von einem Mädchen im Pubertätsalter stammte. Der Tote vor ihm konnte doch unmöglich Nils sein, aber wie kam er dann an einen Brief, der wahrscheinlich nicht für ihn bestimmt war? Und was noch interessanter war, warum trug er ihn bei sich? Ossendorp war sich sicher, dass er dem Mann bei seinem Sturz aus einer der Jackentaschen gefallen sein musste.

Vorsichtig faltete er ihn wieder zusammen und schob ihn genau an die Stelle zurück, wo er ihn gefunden hatte. Dieser Brief gab neue Rätsel auf, und Ossendorp konnte sich absolut keinen Reim darauf machen, wie alles zusammenpasste.

Auch die Kriminalkommissarin, die sich als Frau Teunert vorstellte, hatte keine Erklärung für die Vorkommnisse und schon gar nicht für den seltsamen Brief, tat ihn jedoch als zunächst nicht so wichtig ab. Nach eingehenden Untersuchungen der Spurensicherung und nachdem Ossendorp der Kommissarin, die extra mit einem Stab von Helfern aus Hannover gerufen worden war, zweimal das Warum und Wieso erzählen musste, kam die Kripo zu dem gleichen Schluss wie er.

»Natürlich müssen wir noch die endgültigen Ergebnisse der Obduktion abwarten und vor allem müssen wir den Toten identifizieren, da er keine Papiere bei sich hat«, stellte die Kommissarin in professionellem Ton fest, »aber es ist ziemlich offensichtlich, dass kein Fremdverschulden vorliegt.«

»Mit anderen Worten, der ist einfach vom Baum gefallen?«, fragte Gesine Wischmann, die mit ihrem Vater ebenfalls zum Ort des Geschehens gekommen war und von Frau Teunert befragt wurde.

»So sieht es aus«, antwortete die Kommissarin trocken.

»Und der seltsame Brief?«, fragte Ossendorp.

»Kann ich mir im Moment auch nicht erklären, aber ehrlich gesagt, sehe ich auch keinen Zusammenhang mit der Buddelei, die der Mann hier veranstaltet hat. Wenn wir mit seinen Fingerabdrücken kein Glück haben, werden wir das Mädchen noch fragen, wer Nils ist. Würde mich wegen des offensichtlichen Altersunterschieds zwar wundern, aber vielleicht handelt es sich tatsächlich um den Toten. Dann kann diese Jenny uns sicher auch seinen vollen Namen nennen.«

Nachdem die Spurensicherung ihre Arbeit beendet hatte und die Leiche abtransportiert war, verabschiedete sich auch die Kripo, für die der Fall scheinbar bereits abgeschlossen schien. Alles war plötzlich, als wäre nie etwas gewesen. Der Wind strich durch die Wipfel und fast hätte man vergessen können, dass hier eben noch ein Toter lag.

»Auf den Schreck müssen wir erst mal was Hochprozentiges trinken«, schlug Heinrich Wischmann vor. Damit war Ossendorp vollkommen einverstanden und gemeinsam gingen sie wortlos zur Farm zurück.

Erst nach dem zweiten Schnaps fanden sie ihre Sprache wieder und suchten nun verzweifelt nach einer Erklärung für diese immer noch rätselhafte Geschichte. So richtig mochte sich niemand von ihnen damit abfinden, die Zusammenhänge nicht entschlüsseln zu können, aber wahrscheinlich blieb ihnen nichts weiter übrig, als es so hinzunehmen. Da schließlich auch die Kripo keine weiteren Anstrengungen unternehmen wollte, Licht in die Sache zu bringen, weil kein Verbrechen vorlag, fanden sie sich endlich damit ab. Sie würden wohl nie erfahren, was der Tote eigentlich gesucht hatte.

Unzufrieden starrten sie auf den Grund ihrer Gläser, als das entfernt zu hörende, aufgeregte Klingeln des Bürotelefons sie aus ihrem Frust herausholte.

»Ich gehe schon«, sagte Gesine Wischmann und eilte in ihr

Büro, das um diese Uhrzeit längst verwaist war. Erst nach gut zehn Minuten kam sie wieder und schon von weitem konnten ihr Vater und Ossendorp ihre Aufregung spüren.

»Was ist denn passiert?«, rief ihr Vater.

»Das glaubt ihr nicht!«, platzte sie völlig aufgelöst heraus. »Das war die Kripo, sie haben doch noch bei dem Mädchen, das den Brief geschrieben hat, angerufen, weil Frau Teunert irgendwie keine Ruhe hatte und nicht auf das Ergebnis der Fingerabdrücke warten wollte.«

»Und?«, fragte Ossendorp neugierig.

»Das Mädchen ist entführt worden!«, antwortete sie.

»Und das hat die Polizei etwa nicht gewusst?«, fragte Heinrich Wischmann jetzt auch aufgeregt.

»Nein, die Eltern haben sich scheinbar aus Angst an die Anweisung des Entführers gehalten, nicht die Polizei einzuschalten und wollten das allein durchziehen. Doch als Frau Teunert nach Jenny fragte, haben sie es wohl nicht mehr ausgehalten und alles erzählt. Ihre Tochter ist seit Samstag verschwunden und der Entführer hat sich nur einmal gemeldet. Das war vor zwei Tagen.«

»Und dieser Nils?«, fragte Ossendorp.

»Den haben sie auch schon ausfindig gemacht. Der kannte Jenny jedoch gar nicht richtig und hat den Brief, den sie ihm wohl irgendwie unbemerkt in seine Schultasche gesteckt hat, einfach weggeworfen. Die Kripo vermutet, dass der Entführer diesen Brief gefunden hat und erst dadurch auf die Idee mit der Entführung gekommen ist. Schließlich war Jenny ja dumm genug, ihre vollständige Adresse anzugeben, aber wer kann schon mit so was rechnen?«

»Und die glauben, dass die Entführung einfach nur durch diesen Zufall passiert ist?«, fragte ihr Vater ungläubig.

»Genau, und es ist ziemlich sicher, dass der Tote aus dem Wald der Entführer ist, denn inzwischen ist er identifiziert. Ein mehrfach Vorbestrafter, der schon viele Jahre wegen irgendwelcher Gewaltdelikte im Gefängnis verbracht hat, unter anderem auch wegen Vergewaltigung und Raubüberfall.«

»Aber das würde ja bedeuten, dass dieses Mädchen irgendwo versteckt ist und niemand weiß wo, weil ihr Entführer tot ist«, stellte Ossendorp erschreckt fest.

»Genau, und deshalb sind zwei Hundertschaften Polizei mit Hunden und allem Drum und Dran hierher unterwegs. Es geht jetzt um jede Minute. Wer weiß, wie lange das Mädchen noch überleben kann, falls sie überhaupt noch am Leben ist. Sie wollen den gesamten Wald auf den Kopf stellen und wir sollen möglichst auch helfen, sollen ihnen Hinweise auf mögliche Verstecke geben.«

»Aber das kann Tage dauern«, bemerkte Heinrich Wischmann fassungslos, »wo sollen wir denn anfangen?«

»Vielleicht erklärt das die Grabungsstellen«, dachte Gesine laut.

»Du meinst, er hat sie schon getötet und begraben?«, fragte ihr Vater.

»Vielleicht, aber möglich ist auch, dass er einen richtigen Erdbunker gebaut hat und Jenny tatsächlich noch lebt«, fuhr sie fort.

»Lebendig begraben«, brachte Ossendorp zum Ausdruck, was alle dachten.

Nachdem die Polizei eingetroffen war, kam Hektik auf. Weil man das Schlimmste befürchtete, wurde der Wald auch die ganze Nacht mit hellen Suchscheinwerfern durchkämmt. Spürhunde hielten eifrig ihre trainierten Nasen am Boden, doch bis zum Mittag des nächsten Tages blieben alle Bemühungen ergebnislos. Frustriert und hilflos scharten sich die vielen Polizisten um die Einsatzfahrzeuge, um sich in einer kurzen Pause zu stärken.

»Herr Ossendorp!«, kam Kommissarin Teunert auf ihn zu, »Sie sind doch sozusagen ein richtiger Waldmensch und können in der Wildnis allerhand, was andere nicht können. Ich habe die Bitte, dass Sie sich noch einmal konzentriert zu den Stellen begeben, an denen der Entführer ganz sicher war. Vielleicht können Sie ja noch Spuren entdecken, die auf irgendetwas schließen lassen, auch wenn jetzt hunderte Polizisten alles niedergetreten haben. Vielleicht kommen Sie ja auf eine Idee, oder was weiß ich. Sie waren doch beim Militär, wie haben sie dort Verstecke angelegt? Vielleicht müssen Sie sich fragen, wo Sie Jenny versteckt hätten.«

»Aber …«, wollte er einwenden.

»Ich weiß sonst nicht mehr weiter. Wir können diesen riesen Wald noch einmal und noch einmal durchsuchen und Jenny stirbt hier inzwischen irgendwo. Uns bleibt keine Zeit, bitte denken Sie nach, vielleicht kann uns Ihre Erfahrung helfen.«

»Natürlich helfe ich, lassen Sie mir den Wald eine Stunde für mich, aber ich kann nichts versprechen. Wenn er wirklich einen stabilen Erdbunker gegraben hat und den Aushub weit verteilt hat, finden wir die richtige Stelle nie. Ich versuche mein Glück, vielleicht fällt mir etwas ein.«

Überzeugt, dass ihm tatsächlich etwas einfallen würde, war er nicht, aber manchmal war es auch einfach Glück, das einem zur richtigen Zeit zur Hilfe kam. Also zog er los, zunächst ziellos, doch dann entschloss er sich, den Fundort der Leiche aufzusuchen, allerdings ohne eine Vorstellung, wozu das dienlich sein könnte. Auf dem Weg dorthin überlegte er krampfhaft, woran er erkennen müsste, an welcher Stelle der Entführer einen Erdbunker gebaut hatte. In der Nähe müssten eigentlich frisch abgesägte, dünne Bäume zu finden sein, denn schließlich musste so eine Grube stabil abgedeckt werden, damit man wieder eine Schicht Waldboden darüberschütten konnte. Nur so war es möglich, die Stelle wieder unauffällig herzurichten. Den überflüssigen Aushub konnte man an verschiedenen Stellen verteilen. Das war eine reine Fleißarbeit, aber die abgesägten Baumstümpfe konnte der Täter höchstens mit etwas Erde tarnen, damit sie nicht hell leuchteten.

Doch eigentlich hätte so eine Stelle bei der vorangegangenen Suche längst auffallen müssen. Vielleicht war es falsch, sich auf ein Erdloch zu versteifen, nur weil der Entführer an verschiedenen Stellen gegraben hatte. Doch alle Hochsitze waren natürlich längst kontrolliert und was blieb sonst noch? Ossendorp war ratlos und trotzdem wurde er das Gefühl nicht los, irgendetwas übersehen zu haben. Immer wieder wurde seine Konzentration von dem Gedanken unterbrochen, dass Jenny vielleicht ganz in der Nähe, in diesem Moment, mit dem Tode rang und ihm fiel nichts ein. Vielleicht war das Mädchen an einem ganz anderen Ort versteckt, aber weshalb hatte sich der Täter dann hier aufgehalten? Nein, sie musste hier irgendwo sein, aber warum gab es keine offensichtlichen Spuren?

Inzwischen ging er ohne konkretes Ziel in Richtung Hauptweg, aber auch hier war außer einem mannshohen Stapel gesägter Bäume nichts zu entdecken. Die auf zirka zwei Meter Länge geschnittenen Stämme rochen stark nach Kiefer und in alter Gewohnheit hielt Ossendorp seine Nase dicht an die Schnittstellen, um mehr von diesem herrlichen Duft einzusaugen. Schon wollte ihn das schlechte Gewissen von seinem Tun abbringen, als er plötzlich bemerkte, dass etwas anders war als sonst, wenn er an den Holzstapeln roch, die häufig an Wegrändern bis zu ihrem Abtransport lagerten. Doch was war anders? Abschätzend ging er drei Schritte zurück, um den Holzstapel von neuem eingehend zu betrachten. Dann war mit einem Mal alles klar. Laut schrie er: »Hierher! Alle hierher, ich habe sie gefunden!«

Als er sicher war, dass ihn einige der Polizisten gehört hatten und sofort ihre Kollegen alarmierten, kletterte er auf den Holzstapel und fing mit aller Kraft an, die obersten Stämme herunterzuwuchten. Die ersten Beamten, die bei ihm eintrafen, sahen ihn fragend an, bis er ihnen zurief: »Sie ist hier drunter! Die Baumstämme müssen abgetragen werden!«

Sofort sprangen die Männer ebenfalls auf den Stapel und beförderten einen Stamm nach dem anderen zu Boden. Schließlich trauten sie ihren Augen nicht, als sich unter ihnen ein Hohlraum auftat, der knapp einen Meter breit und zwei Meter lang war. Eilig entfernten sie auch noch die letzten Stämme, um die gesamte Öffnung freizulegen. Erst jetzt entdeckten sie das am Boden liegende, zusammengeschnürte, leblose Mädchen. Unverzüglich sprangen zwei Polizisten hinunter und befreiten Jenny von ihren Fesseln, um sie dann nach oben zu stemmen, wo sie von ihren Kollegen in Empfang genommen wurde. Das Mädchen gab kein Lebenszeichen von sich.

Inzwischen war auch der bereitstehende Krankenwagen bei ihnen eingetroffen und der Notarzt ließ Jenny sofort auf die Trage legen, um sie zu untersuchen: »Sie lebt!«, rief er freudig. »Sie muss schnellstens in die Klinik, aber sie lebt!«

Die Männer arbeiteten schnell und noch bevor Ossendorp wieder von dem Holzstoß heruntergeklettert war, entfernte sich der Krankenwagen mit laut aufbrüllender Sirene.

Inzwischen waren auch die Wischmanns und Kommissarin Teunert eingetroffen und sie fragte Ossendorp anerkennend: »Wie sind Sie darauf bloß gekommen?«

Immer noch sichtlich mitgenommen von den letzten, sehr aufregenden Minuten antwortete er: »Der Stapel war absolut blickdicht. Normalerweise sieht man an vielen Stellen Licht von der anderen Seite durchschimmern, weil die Stämme natürlich nie exakt aufeinander liegen, aber hier ist es dunkel, weil der Entführer die Innenseiten mit einer schwarzen Folie verkleidet hat.«

Um seine Aussage zu bekräftigen, zeigte er auf die Seitenwände, durch die man, selbst nachdem das Gefängnis oben geöffnet war, nicht hindurchsehen konnte.

»Dann ist mir plötzlich eingefallen, dass wir früher in der Armee auf ähnliche Weise unsere Beobachtungsverstecke gebaut haben. Wenn man nicht gezielt danach sucht, sind die praktisch nicht zu entdecken.«

»Wie wir selbst feststellen konnten«, ergänzte die Kommissarin.

»Der Entführer brauchte lediglich einige Stämme zu kürzen«, fuhr Ossendorp fort, »sie als Seitenwände wieder aufeinander zu stapeln und alles mit langen Hölzern oben abzudecken. Ein perfektes Versteck.«

»Aber er hätte immer einige große Stämme bewegen müssen, um in den Hohlraum zu gelangen, zum Beispiel um das Mädchen zu versorgen«, bemerkte Heinrich Wischmann.

»Falls er das überhaupt vorhatte«, sagte Frau Teunert seufzend.

Alle sahen sich fassungslos an und Wischmanns Tochter fragte erschrocken: »Sie meinen, der hatte gar nicht vor, das Mädchen dort jemals wieder herauszuholen?«

Niemand antwortete, weil bei der Vorstellung an so viel Grausamkeit jedem die Worte fehlten.

Ein paar Tage später meldete sich die Kommissarin noch einmal, um zu berichten, dass es Jenny den Umständen entsprechend gut ginge und sie die Sache ohne körperliche Schäden überstehen würde.

Zu dem Entführer wusste sie zu berichten, dass er scheinbar tatsächlich den Gerüchten oder sogar einem Tipp des damaligen Bankräubers nachgehen wollte und auf der Suche nach der angeblich vergrabenen Beute war. Der Fund des Briefes, den Jenny an ihren Schwarm geschrieben hatte und den dieser achtlos fortwarf, war reiner Zufall. Wahrscheinlich war der Täter erst durch diesen Umstand auf die Idee der Entführung gekommen. Also eine unglückliche Verkettung von Umständen und eine verschmähte Jugendliebe waren es, die einem Mädchen fast das Leben gekostet hätten.

Der Schrei der Alraune

Von Birgit H. Hölscher

Ich habe es lange genug ausgehalten. Niemand ist lange genug Enkel, um irgendwann in ein Stadium der Milde und Barmherzigkeit gegenüber den tattrigen, umnachteten und egozentrischen Großeltern zu gelangen. Und ich bin bereits siebenundzwanzig! Ich kann nicht mehr warten. Oma ist fällig!

Ich hab da diesen Freund. Na ja, Freund ist übertrieben. Ist so ein Typ, der in der Pinte abhängt, in der meine Dartmannschaft trainiert. Kurt. Nicht das deutsche, biedere Kurt, sondern das amerikanisch ausgesprochene *Kurt,* wie *Kurt Russell.* Der Typ aus ›Die Klapperschlange‹. Also: Kurt ist so was wie ein Satanist, na zumindest ein Grufti oder wie auch immer man diese totenbleichen, schwarz gefärbten Seltsamtuer nennt. Er praktiziert schwarze Magie und nimmt regelmäßig an schwarzen Messen teil – behauptet er wenigstens. Einmal hat er mich mitgeschleift zu einer Zusammenkunft seines Zirkels. Viel albernes Getue, unverständliches Gelaber, und zum Schluss hat jemand irgendein Kraut angezündet und seltsame Bewegungen dazu gemacht. Aber mit Kräutern und Substanzen kennt Kurt sich auf jeden Fall bestens aus. Ist irgendwas mit Bio-, Chemo- oder sonstwas technischer Assistent im städtischen Krankenhaus. Glaubt man gar nicht, wenn man ihn so sieht. Ein Grufti im Krankenhaus. Also, von Kurt hab ich den Tipp mit dem Mandragora. Im Volksmund auch Alraune genannt. Eine Pflanze, deren Wurzel dem Menschen ähnelt. Als Zauberwurzel seit alters her begehrt und ziemlich unerschwinglich. Kurt hat komische Geschichten auf Lager. Zum Beispiel sollte man die Mandragorawurzel nie selbst aus der Erde ziehen, denn sie stößt dabei einen furchtbaren Schrei aus, der jeden, der ihn hört, auf der Stelle wahnsinnig macht. Also bindet man einen Strick um die Pflanze und das andere Ende einem schwarzen Hund um den Hals. Dann bringt man sich in Sicherheit, verstopft sich die Ohren und ruft das Tier zu sich. Wenn es angesprungen kommt, reißt es dabei die Alraune aus dem Boden. Der Hund stirbt dabei natürlich, aber den Preis ist es wert. Ich mag sowieso keine Tiere. Als Kurt das erzählt hat, ist mir schon ein wenig flau geworden. Er hat so eine Art, dass es einen wirklich gruseln kann. Aber was die phara…, pharma…, na die Wirkung von Substanzen auf den menschlichen Körper anbelangt, ist er Fachmann.

»Mandragora«, hat er mir versichert, »ist ein wahres Teufelszeug. Die Potenz der Pflanze erkennst du allein daran, dass sie – in alten Zeiten – bevorzugt an Richtplätzen unter Galgen gedieh, gezeugt von der jeweils letzten Ejakulation der Gehenkten während ihres Todeskampfes. Deshalb nennt man sie auch Galgenmännchen oder Henkerswurzel. In geringer Dosierung ist sie so was wie ein Wahrheitsserum, man kann Leute damit gefügig machen. Aber sie dient auch der Zubereitung von Liebestränken und Hexensalben, schwache Dosen lösen Halluzinationen aus. Überdosierung führt unweigerlich zum Tod durch Atemlähmung. *Hot stuff*, Alter.« Er grinst. »Wenn du was davon brauchst, sag mir Bescheid.« Ab und zu versorgt er mich mit ein paar bunten Pillen für den Hausgebrauch. Einmal hat er sogar echtes Opium im Angebot gehabt.

Mit dieser Mandragora-Geschichte ist meine unterschwellige Absicht, mich meiner bekloppten und glücklicherweise steinreichen Oma zu entledigen, zu einem mehr oder weniger ausgereiften Plan gewachsen. Kurt hat nämlich erwähnt, dass es andere Pflanzen gibt, die der Alraune ähneln – beispielsweise der asiatische Ginseng. Dieses Kraut, auf das meine Oma schwört. Zum Erhalt ihrer Geisteskräfte, wie sie immer tönt, wenn sie ihren Ginsengsaft einnimmt, das Schnapsglas mit der trüben Brühe an die Lippen hebt und mir dabei zuprostet.

Bei der nächsten Gelegenheit befrage ich Kurt unter vier Augen, auf dem Klo unserer Stammpinte, wie die Chancen stünden, Mandragora in die Finger zu bekommen.

»Nicht einfach«, raunt er und zutzelt an seinem Ziegenbart. »Aber auch nicht unmöglich. Zu wann brauchst du es?«

Die Bahnfahrt ist die Hölle. Horden von vergnügungsbereiten Rentnern scheinen sich verabredet zu haben, gerade heute in die Lüneburger Heide zu fahren. Vor, neben und hinter mir und meiner Oma plappert es unentwegt Belanglosigkeiten, als gelte es, gegen die fortschreitende Alterssenilität anzuquatschen. Das Wetter, der Service der Bahn, die lieben Enkelkinder. Alles wird in epischer Breite durchgekaut und keiner der Anwesenden kommt ungeschoren davon, jeder wird gnadenlos ins Gespräch einbezogen. Ich rette mich nur dadurch, dass ich mich schlafend stelle. Beim Thema *Enkelkinder* ist meine relative Ruhe jedoch vorbei.

»Mein Enkel hier ist immer für eine Überraschung gut«, brüstet sich Oma vor den uns gegenüber sitzenden Greisen. »Manchmal denke ich ja, er müsse sich mit mir alter Frau langweilen.«

Wie wahr, wie wahr.

»Und dann wieder lädt er mich, wie zum Beispiel heute, zu einem Ausflug ein.«

Die beiden alten Zausel heucheln Interesse.

»Ja«, fährt Oma fort. »Wir besuchen nämlich Deutschlands einzige Ginsengfarm. Damit machst du mir wirklich eine große Freude, Benni.« Sie tätschelt mein Knie – ist keine Sekunde auf meine *Übermüdeter-junger-Mann-hält-ein-Nickerchen-Show* hereingefallen. Ich grunze irgend etwas.

»Na, es soll ja auch nicht zu deinem Schaden sein, wenn du dich ab und zu um mich kümmerst«, neckt sie. Dann wendet sie sich wieder den Zauseln zu.

»Er ist nämlich mein einziger Enkel. Meine Tochter hat keine weiteren Kinder mehr bekommen.« Sie verstummt einen Moment, wohl bei dem Gedanken an den Tod meiner Eltern bei dem Autounfall damals. Wenig später beginnt eine bruchstückhafte, ziellos hin und her springende Diskussion über unsere vergreisende, zunehmend kinderlose Gesellschaft und die unterschiedlichen Gründe für diese Entwicklung. Ich könnte ihnen einen stichhaltigen Grund nennen: Wer keine Kinder in die Welt setzt, verhindert zumindest das Leiden von Enkeln an den schier ewig lebenden, quasi untoten Großeltern. Ich entschuldige mich und verbringe den Rest der Fahrt auf dem Gang.

Oma ist quälend guter Laune. Sie gibt mir ständig kleine Knuffe in die Seite und geht keiner noch so geringen Chance zu einem munteren Schwatz mit anderen Leuten aus dem Weg. Zum Glück nähern wir uns dem Ende unseres Ausflugsprogramms auf der Ginsengfarm. Ich habe die Darbietung eines heimischen Folklorevereins erduldet, eine weitere, ebenso obskure Vorführung einer Gruppe alter Herren auf Kinderfahrrädern, habe mindestens schon sechs Tassen Kaffee und drei Stück Kuchen verzehrt und auch die Führung durch die Ginseng-Gärten haben wir hinter uns – wirklich interessant, dass Leute eine so aufwendige, kaum lukrativ wirkende Art des Geldverdienens wählen. Sechs Jahre muss die olle Knolle wachsen, bis sich die Ernte lohnt. Dazu verträgt die Ginsengpflanze keine Sonne, muss unter langen Plastikbahnen gehätschelt werden. Und nach der Ernte lässt sich erst Jahrzehnte später wieder Ginseng auf den Feldern anpflanzen – so lange dauert es, bis sich der Boden regeneriert hat. Selbst wenn ich einen Hang zur Landwirtschaft hätte – was nicht der Fall ist – wäre der Ginsenganbau nichts für mich. Als Omas Universalerbe habe ich eine so schnöde Art des Geldverdienens aber auch gar nicht nötig. Und das bleierne BWL-Studium, auf dessen Abschluss Oma mich seit Jahren drängt, kann ich, wenn mein Plan klappt, auch bald schmeißen. Dann werde ich mich ganz auf das konzentrieren, was mich wirklich interessiert: schnelle Wagen und scharfe Weiber. Mangels der nötigen Liquidität fehlen mir in beiden Bereichen bisher umfassendere Erfahrungen. Die ich jedoch rasant nachzuholen beabsichtige. Man lebt nur einmal!

Jetzt muss ich nur noch Omas Begeisterung für die Ginsengfarm in den Erwerb einer dieser Wurzeln münden lassen, die man hier im Shop kaufen kann. Bisher nimmt sie Ginseng ja als Saft aus der Apotheke ein. Und als allererstes muss ich sie von diesen quatschenden Idioten loseisen, mit denen wir hier in der Bauerndiele am Cafétisch hocken und die, über die Kuchenteller hinweg, mit Oma über die mannigfaltigen Wirkungen des Ginsengs fachsimpeln.

»Ja, Benni. Gleich«, wimmelt Oma mich ab und kichert über eine Bemerkung der Labertussi auf der anderen Tischseite.

»Also, ich bin ja auch nicht von gestern«, schneidet sie dann auf. Ich winde mich vor Peinlichkeit, obwohl mir völlig egal sein kann, was die beiden Nullvisagen über Oma und mich denken.

»Seit diesem Volkshochschulkursus surfe ich regelmäßig im Internet.« Sie quittiert die erstaunten Rufe mit einem zufriedenen Lächeln.

»Sie müssen sich vorstellen: Das ist wie eine riesige Bibliothek des menschlichen Wissens, die ihnen jederzeit auf Tastendruck bereitsteht.«

Ja, ja, und zu Silvester gießen wir Blei. Ich kann ihre Standardthemen und Floskeln, derer ich seit Jahren Zeuge werde, nicht mehr hören.

Sie parliert noch eine Weile weiter über ihr aus dem Internet gezogenes Wissen über die Qualitäten des Ginsengs und der aus ihm gewonnenen Produkte.

»Wissen Sie, ich sage ja immer: Eine gute Vorbereitung ist die Voraussetzung für gutes Gelingen. Und der heutige Tag ist wirklich ein Erfolg, Benni.« Sie tätschelt meine Hand und versetzt mir schon wieder einen dieser bescheuerten Knuffe. Dann brechen wir endlich auf.

»Nein, noch ein Stück Kuchen passt wirklich nicht mehr hinein. Obwohl er wirklich sehr lecker schmeckt. Das muss wohl am Ginseng liegen. Hahaha.« Die beiden Torfgesichter heben zum Abschied ihre Kaffeetassen.

Ich schwöre, wenn Oma noch eine Minute länger geblieben wäre, hätte ich sie auf der Stelle, ohne Rücksicht auf meinen ausgeklügelten, genialen, fantastischen Plan, hier, mitten im Ginseng-Café, erwürgt. Doch als würde sie etwas von meinen Zornfantasien ahnen, verabschiedet sie sich endgültig von den Tischnachbarn und lässt sich von mir zu den Tiegeln, Päckchen und Flaschen mit den Ginsengpräparaten führen.

Der Rest ist simpel. Ich überrede Oma mit dem ganzen mir zur Verfügung stehenden Enkel-Charme, von ihrem Ginsengsaft auf die Wurzelkau-Methode umzusteigen.

»Das ist etwas für die Menschen, die das Ursprüngliche mögen, Omi.« Ich studiere in ihrem Beisein den Prospekt.

»Du nimmst jeden Tag ein erbsengroßes Stück in den Mund, klemmst es dir unter die Zunge und lässt es dort zergehen. Das ist doch genau das Richtige für dich. Du hast doch immer gemeint, der Alkohol im Ginsengsaft bekäme dir nicht.« Sie ist nicht nur eine gnadenlose Langweilerin, sondern auch eine eingeschworene Antialkoholikerin.

»Lass mal sehen, Junge.« Sie greift nach der Broschüre, lässt sich dann alles von einer Mitarbeiterin der Ginsengfarm noch einmal erklären, probiert ein Stück von der Wurzel – »Igitt, ist das bitter!« – und entscheidet sich schließlich doch für eine Halbjahresration Ginsengwurzeln. Während sich die Verkaufsverhandlungen hinziehen, studiere ich weiter die im Heft beschriebenen Vorzüge einer Ginsengkur. Bei einem Punkt werde ich aufmerksam.

Wie wirkt Ginseng auf die Fortpflanzungsfähigkeit?

Ginseng galt jahrtausendelang und gilt auch heute noch als Aphrodisiakum: Er soll die Manneskraft stärken und die Fruchtbarkeit erhöhen. Tatsächlich hilft Ginseng bei sexuellen Problemen: Ginseng macht belastbarer, entspannt, stimuliert und tonisiert den ganzen Körper. Über das Hormonsystem nimmt Ginseng Einfluss auf die Samenproduktion in den Hoden. Bei Gesunden wie bei Kranken wird die Samenzahl pro Milliliter deutlich erhöht, ebenso steigt die Beweglichkeit der Samenzellen.

Meine Handflächen beginnen, trotz des kühlen Herbstwetters zu schwitzen. Vor meinem inneren Auge entstehen Szenen zügelloser, stundenlanger Ekstase, nie versiegender Potenz und begeisterter Hingabe meiner wollüstigen und willigen Gespielinnen. Omas schrilles Lachen über einen Scherz der Ginsengverkäuferin reißt mich zurück in die Realität.

Vielleicht sollte ich es auf einen Versuch ankommen lassen. Mein letztes, dahin gehendes Erlebnis mit der holden Weiblichkeit lässt sich nämlich nur mit viel guten Willens nicht als Desaster bezeichnen. Die Tussi hat doch tatsächlich nach einer Weile gemeint: »Mach dir nichts draus, das haben die meisten Männer ab und zu.« Darauf habe ich sie sofort rausgeworfen.

Wenn Oma heute, wie meist auf unseren Ausflügen, in Spendierlaune ist, werde ich das nutzen. Als sie mich wenig später erwartungsgemäß auffordert, mir auch etwas auszusuchen – »Vielleicht eine Gesichtscreme?« – überrasche ich sie.

»Du, ich glaube, ich probiere auch einmal so eine Ginsengkur. Aber ich nehme lieber den Saft. Du weißt ja, ich habe so empfindliches Zahnfleisch.«

Omi ist beglückt, mir eine Freude machen zu können und zu einer vernünftigen, gesunden Lebensweise ihres Enkels beitragen zu können. In ihren Augen rauche und trinke ich viel zu viel, bekomme zu wenig Schlaf und esse nicht genug Gemüse. Mit allem hat sie ziemlich Recht.

Am Ende des Tages trage ich die Tüte mit unserem Ginsengeinkauf ins Haus und nachdem Oma sich verabschiedet hat – »Ich bin hundemüde, Benni. Vergiss nicht, das Licht auszumachen, wenn du ins Bett gehst« –, schleiche ich aus meinem Zimmer im ersten Stock wieder hinunter und präpariere Omas Wurzeleinkauf. Die Mandragorawurzel unterscheidet sich kaum von ihrer Ginsengschwester. Ich schnitze noch ein wenig an ihr herum, bis sie genau so groß ist wie die Wurzel von der Ginsengfarm – Omi kann sowieso nicht mehr gut gucken –, lege sie dann in die Verpackung und stopfe den überflüssigen Ginseng, zurück auf meinem Zimmer, tief in die Schublade mit meiner Unterwäsche. Wenn die Mandragora ihr Werk erfüllt hat, werde ich an ihre Stelle den Ginseng an seinen Platz in

Omis Küchenschrank legen, und niemand wird die unschuldige Knolle mit Omis so plötzlichem, vermeintlichem Herztod in Verbindung bringen.

Um zehn Uhr am nächsten Morgen hält es mich, ganz im Gegensatz zu meiner sonstigen Gewohnheit, bis in die Puppen zu schlafen, keine Minute mehr im Bett. Hat Omi schon ihre letale Dosis intus? Mein Herz klopft spürbar, als ich über die Stufen nach unten schleiche. Im Haus ist alles still, nur die Standuhr im Flur tickt die Sekunden ab. Was ist, wenn sie noch lebt, sich in Krämpfen auf dem Boden windet, mich mit aufgerissenen Augen anstarrt und eine zitternde Hand nach mir ausstreckt? Das packe ich nicht. Mir wird ganz flau im Magen. Da weht mir Kaffeeduft entgegen. Aufgestanden ist sie also schon. Devot, wie sie gegenüber jeglicher Autorität ist, nimmt sie ihren Ginseng, wie im Beipackzettel empfohlen, immer morgens ein. Ich muss also damit rechnen, dass sie in diesem Moment dort hinter der Tür zum Esszimmer auf dem Perserteppich liegt.

Na los, Alter. Du hast das so ausbaldowert. Kneifen ist jetzt nicht mehr. Im Zeitlupentempo setze ich einen Fuß vor den anderen. Nichts ist zu hören, außer den Vögeln, die draußen vor der Terrassentür ihren üblichen Morgenradau veranstalten.

Und wenn ich einfach das Haus verlasse und erst am Nachmittag zurückkomme? Den Leichenfund Lila, Omis afrikanischem 400-€-Putzteufel überlasse? Blödsinn, ich muss doch so schnell wie möglich die Mandragorawurzel verschwinden lassen und durch den harmlosen Ginseng ersetzen. Also los. Mit angehaltenem Atem passiere ich den Durchgang zum Esszimmer, wende mich nach rechts und bleibe so abrupt stehen, als hätte man mir die Schuhsohlen ans Parkett genagelt.

»Guten Morgen, Benni. Du bist aber früh auf. Willst du Kaffee?« Oma, putzmunter und wie aus dem Ei gepellt, strahlt mich an. Ich schaffe es, irgendeine Antwort zu stammeln und mich auf den Frühstückstisch zuzubewegen. Oma scheint meinen sicherlich völlig entgeisterten Gesichtsausdruck nicht zu bemerken, schiebt mir den Brötchenkorb zu und plappert über das Wetter. Ich sinke auf einen Stuhl und atme langsam aus. Wieso ist die alte Schrapnelle noch am Leben? Mein Blick sucht den Tisch ab. Keine Wurzel, keine Spur des falschen Ginsengs ist zu sehen.

Irgendwie überstehe ich das Frühstück und schaffe es, das Gespräch auf unseren gestrigen Ausflug und auf die sagenhaften Wirkungen des Ginsengs zu lenken.

»Hast du denn deine Wurzel schon ausprobiert, Omi?«, sondiere ich zuckersüß.

»Ach, ich habe doch noch den Rest von meinem Ginsengsaft. Den werde ich erst einmal aufbrauchen.« Sie stutzt für einen Moment. »Oder willst du ihn einnehmen? Dann brauchst du deine gestern gekaufte Flasche noch nicht anzubrechen, und ich fange gleich heute mit meiner Wurzelkur an.« Schon wackelt sie in die Küche und kommt mit der kleinen braunen Flasche zurück, die ungefähr noch halb voll ist. Na bitte, entwickelt sich doch alles nach Plan. Und ich kann der Polizei gegenüber sogar behaupten, ich hätte vom gleichen Ginsengsaft genuckelt wie die Verblichene.

Die Wände des Esszimmers neigen sich aufeinander zu, der Kronleuchter stürzt auf mich herab, Omis Stimme ist zu einem Quietschen wie von einer Türangel verzerrt.

»Ist dir nicht gut, Junge?«

Ich schnappe nach Luft, reiße am Kragen meines Hemds. Gleichzeitig scheint sich um mich herum alles zu verlangsamen. Das Zimmer wirkt wie ein Tunnel, ein langer, düsterer Schlauch, der mich einsaugen wird. An dessen Ende nun Omas Gesicht wie die Scheibe eines Mondes vor mir auftaucht.

»Weißt du, ich habe mir gleich gedacht, dass etwas nicht stimmt. Erst schwatzt du mir diese Wurzel auf der Ginsengfarm förmlich auf, dann sieht sie heute morgen anders aus als gestern.«

Ich versuche, meine Hand vom Hemdkragen zu lösen. Vergeblich. Es muss irgendwas im Ginsengsaft gewesen sein. Etwas anderes habe ich noch gar nicht zu mir genommen. Omas Stimme schrillt weiter.

»Da hab ich schnell mal ins Internet geschaut und Interessantes gefunden.« Es raschelt, und sie wedelt mit mehreren weißen, dicht bedruckten Blättern vor meiner Nase. Mein Arm ist inzwischen völlig verkrampft. Auch in den Beinen verstärkt sich das Ziehen in der Muskulatur, so als hätte ich gerade einen 1.000-Meter-Lauf absolviert. Ich kann nicht einmal mehr einen Fuß vom Boden heben. Doch das will ich eigentlich auch gar nicht. Mich überkommt eine bodenlose Lethargie. Alles ist so gleichgültig.

»Und ein Besuch bei meinem Apotheker gleich heute früh, hat mir die Gewissheit darüber gegeben, was da in meinem Küchenschrank lag. Wusstest du, dass Alraune, besser gesagt *Mandragora officinarum,* unter anderem Scopolamin enthält, das für einen Zustand der Willenlosigkeit und Apathie sorgt, der mit der Hypnose vergleichbar ist? Unter seinem Einfluss löst sich jeder innere Widerstand auf. Das Schwitzen, Pulsrasen und die Muskelverkrampfungen, die du jetzt vermutlich spürst, rühren allerdings von dem zweiten Inhaltsstoff her, dem Hyoscyamin, dessen Wirksamkeit doppelt so stark ist, wie die des besser bekannten Atropins. Du siehst: Internetsurfen bildet.«

Ihr Lachen kreischt in meinen Gehörgängen. Ich bin unfähig, auch nur einen Finger zu rühren und sterbe beinahe vor Angst. Was hat sie vor? Wie die Maus in den Fängen der Katze rühre ich mich nicht, stelle mich tot. In der Tat kann ich inzwischen auch keinen Muskel mehr rühren. Ihre Gesichtszüge verschwimmen vor mir, und ich versuche vergeblich, meine Augen zu schließen. Wäre dies alles doch nur ein böser Traum! So etwas wie ein schlechter Trip, den man mit ein wenig Valium wieder in den Griff bekommt. Omis Gesicht verschiebt sich in meinem Gesichtsfeld nach rechts, zieht wie eine Girlande hunderte von bunten Streifen hinter sich durch die Luft. Ich habe einen klaren Moment und erinnere mich: Das müssen die Halluzinationen sein, von denen Kurt gesprochen hat. »Ich gehe jedoch davon aus«, tönt Omas Höllenstimme weiter, »dass es dir in meinem Fall um die tödliche Wirkung einer Überdosis Mandragora gegangen ist, nicht wahr?« Sie schnippt mit den Fingern vor meinem Gesicht.

»Ist es nicht so, Benni? Du brauchst nur mit dem Kopf zu nicken.«

Es kostet mich so viel Kraft, als wöge mein Schädel Tonnen, aber ich bewege ihn einen Zentimeter auf und wieder ab. Omi nickt zufrieden.

»Braver Junge, immer schön die Wahrheit sagen.« Wieder schneidet sich ihr Kichern in meine Hirnwindungen.

»Ich habe das vorausgesehen. Schon lange. Eine so perfide Methode habe ich dir allerdings gar nicht zugetraut. Stammt die Idee tatsächlich von dir?« Es kostet mich noch mehr Kraft und Konzentration als vorher, aber ich schaffe es noch einmal, zu nicken.

»Wenn du nur so viel Kreativität und Energie in dein Studium gesteckt hättest«, bedauert Omi kopfschüttelnd. Ihre Hand mit der braunen Glasflasche taucht vor mir auf. Ich verliere mich in der Betrachtung ihrer Fingernägel, deren Rot pulsiert wie ein schlagendes Herz.

»Tu mir einen Gefallen und befreie deine alte Großmutter von ihrem gewissenlosen, verabscheuungswürdigen Tölpel von Enkel.«

Sie drückt mir die Flaschenöffnung an die Lippen.

»Keine Bange, Benni. Ich habe genug von deiner Mandragorawurzel hineingerieben. Es wird sehr schnell vorbei sein.«

Ich öffne gehorsam den Mund, staune dabei über die sich vielfältig schlängelnden Neonstreifen, die von Omas Brillantring ausstrahlen und beginne, den dickflüssigen Saft zu schlucken, bis die Flasche leer ist.

Erst wird mir der Brustkorb eng, dann wird es schwarz um mich herum. Ich höre nur noch dieses Geräusch, das aus der Ferne auf mich einbrandet, wie Wellen an einen Strand. Es wird immer lauter, während ich nach Luft ringe, während ich falle und dabei meinen Körper nicht mehr spüre. Und als ich aufgebe, als mir alles entgleitet, da weiß ich plötzlich, was ich da höre: Es ist der Schrei der Alraune.

Lass mich nachdenken

Von Gunter Gerlach

»Komm runter.« Sonne steht unten am Zaun, rüttelt mit beiden Händen an den Holzlatten. Von oben wirkt er dicker, aufgeblasen.

Ich stehe auf der Leiter. Die Regenrinne ist wieder mal undicht.

»Lass das sein«, rufe ich. Der Zaun ist auch morsch.

»Ich hab was für uns«, ruft Sonne. Er hebt einen Schlüsselbund in die Höhe und klappert damit.

Beim letzten Regen kam es wie ein Bullenstrahl aus der Regenrinne. Aber jetzt finde ich das Loch nicht. Die Rinne liegt voller Laub vom letzten Jahr.

Ich klettere runter. Sonne kaut auf etwas, und er reicht mir den Schlüsselbund. Drei Schlüssel.

»Was isst du da?«, frage ich.

»Ist doch egal.«

Am Schlüsselbund hängt eine Adresse. Walsrode heißt der Ort.

»Wo ist denn das?«

»Ist doch egal«, sagt Sonne. »Guck mal den einen Schlüssel da, das ist ein Safeschlüssel. Und wo ein Safe ist, ist auch Geld.« Er klopft sich mit dem Finger gegen den Kopf. »Ist doch klar.«

Sonne kommt von Sohnemann. Sonnemann, sagt seine Mutter zu ihm. Bei der wohnt er noch. Mit über vierzig. Vielleicht liegt es daran, dass er sich schnell mal verletzt und seine Mutter immer Pflaster im Haus hat.

Sonne erzählt mir, dass er die Schlüssel auf dem Postamt gefunden hat. Er kaut immer noch auf etwas herum.

»Was kaust du da?«, frage ich.

»Mein Geheimnis«, sagt er. »Ist super fürs Gehirn.«

Wir fahren zu Langer. Ohne Langer machen wir nichts. Mit Langer wirken wir seriös.

Langer ist nicht zu Hause. Wir finden ihn an Uschis Imbiss. Wenn jemand von uns dreien nicht zu Hause ist, steht er garantiert bei Uschi am Imbiss.

Langer sieht aus, als käme er aus einem klassischen Konzert. Er trägt einen dunklen Anzug mit weinroter Fliege. Er verbeugt sich leicht, als er uns sieht. In seinem Aufzug könnte er auch der Dirigent bei dem Konzert gewesen sein.

»Hatte ein Date«, erklärt er. »Tolle Frau, kommt aus Delitzsch. Zieht vielleicht bei mir ein.«

Er gibt Anzeigen auf, um Frauen seine Wohnung zu zeigen. Er glaubt, dadurch eine Partnerin zu finden. Die Wohnung sei der Leim, behauptet er immer. Aber es klappt nie. Nicht mal als Untermieter wollen die zu ihm. Ich glaube, es liegt an seiner Gesichtsfarbe. Käse, dänischer Schnittkäse.

»Was kaust du da?« Uschis vor Missgunst krummer Zeigefinger deutet auf Sonne.

»Currywurst ist es nicht«, sagt Sonne und streckt die Brust raus. Bei Uschi hat er eh keine Chance. Dann zeigt er Langer den Schlüsselbund. Langer weiß sofort, wo Walsrode liegt. Da hat er mal eine tolle Frau kennen gelernt. Er sieht zur Uhr. »Das schaffen wir noch. Sind wir sogar zur Tagesschau wieder zurück.«

Auch unterwegs auf der Autobahn will Sonne nicht sagen, was er da ständig kaut. »Mist«, sagt er plötzlich. »Was ist, wenn jemand zu Hause ist?«

Es stimmt. Wir sind alle davon ausgegangen, dass wir in ein leeres Haus kommen, den Safe ausräumen und sofort wieder davonfahren.

»Wenn wir warten müssen, schaffen wir es nicht rechtzeitig zurück«, sagt Langer. An der nächsten Raststätte telefoniert er und sagt eine Verabredung ab.

Auch Sonne ruft seine Mutter an, sie soll nicht mit dem Abendessen warten.

»Was seid ihr denn für Gangster?«, frage ich. Ich wohne allein im Resthof meiner Eltern, aber die sind schon lange tot. Und ich füttere nur jedes Jahr ein Schwein durch. Da macht es keinen Sinn, anzurufen. Obwohl ich das Gefühl habe, das Schwein redet manchmal mit mir. Aber ans Telefon geht es nicht.

Wir sind tatsächlich richtige Gangster. Und gar nicht so schlecht. Wir haben sogar schon mal eine Bank überfallen. Aber das Geld aus der Bank ist gleich bei der Flucht draufgegangen.

»Du kannst froh sein, dass mir das noch eingefallen ist.« Sonne sieht mich mit herabgezogenen Mundwinkeln an. »Und das liegt an dem, was ich kaue. Hilft dem Denken auf die Beine.« Er lässt seinen Kopf wippen.

»Zeig mal deine Zunge«, sagt Langer. Sonne presst die Lippen aufeinander. »Bleibt mein Geheimnis«, sagt er aus schmallippigem Mund.

Auf der Weiterfahrt verrät Sonne dann doch, was er regelmäßig aus der Jackentasche holt und in den Mund steckt. Es sind Stücke einer getrockneten Ginsengwurzel.

»Überdosis«, erklärt er. »Wegen der Sofortwirkung.«

Ich habe schon mal davon gehört. Und Langer kannte mal eine Frau, die cremte sich damit ein. Oder sie machte so etwas Ähnliches damit. Er weiß es nicht genau. Sonne erzählt, dass er es einem Typen abgekauft habe, den er von früher kennt. Mit früher meint er meist das Gefängnis. Da war er mal drin. Ein Zeuge hatte ihn bei einer Schlägerei verwechselt. Er kam wieder frei. Wir beneiden ihn ein bisschen um den Knast.

»Ihr kennt den auch«, sagt er. »Der steht oft auf der Titelseite der Zeitungen. Wenn einer mit Banküberfällen Geld macht, dann der.«

Wahrscheinlich würde Sonne jetzt noch mehr aus seiner Gefängniszeit erzählen, da drinnen muss es toll sein. Aber in diesem Moment erreichen wir das Autobahndreieck Walsrode. Jetzt müssen wir aufpassen, um die Adresse zu finden.

Wir kommen an einem Hinweisschild zu einer Farm vorbei, auf der es Ginseng gibt. Ich dachte, das gäbe es nur in Asien.

»Was für ein Zufall«, sagt Langer. Er lacht und sagt, da sei Sonne ja genau richtig. Sonne schüttelt den Kopf und brummt. Dabei ist sein Ginseng alle. Wir haben so lange gedrängelt, bis er jedem von uns was abgegeben hat. Es schmeckt ein bisschen bitter. Ich glaube, es wirkt, denn mir kommt der Verdacht, Schlüssel und Ginseng gehören zusammen.

»Sag mal, Sonne«, ich ziehe die Worte lang, damit es unverdächtig klingt. »Den Ginseng hast du doch von dem Typen gekauft, der dir auch den Schlüssel verkauft hat?«

Sonne presst die Lippen zusammen.

»Halt mal an«, sagt Langer. Sonne fährt rechts ran. Langer hält ihm die Faust unter die Nase.

»Beruhigt euch«, sagt Sonne. »Es war so: Er hatte selbst keine Zeit, nach Walsrode zu fahren, deshalb hat er mir den Schlüssel gegeben. Versteht ihr, er war doch auf der Flucht. Deshalb hat er mir den Safe überlassen. Sollte ich das ausschlagen?«

Wir kurven durch die Dörfer, die zu Walsrode gehören.

»Die Adresse gibt es nicht«, sagt Langer.

»Wie viel hast du für den Schlüssel bezahlt?«, frage ich.

»Nur dreihundert.« Sonne knirscht mit den Zähnen. Er schwitzt auf der Stirn.

»Und es war ein guter Kumpel von früher?«, fragt Langer.

Sonne nickt. »Er wollte Tausend dafür.«

»Tausend, ist das nicht viel zu wenig?«, fragt Langer.

»Ich hab ihn runtergehandelt auf die Hälfte. Und weil wir uns von früher kannten, hat er dann noch Rabatt gegeben. Auf die alten Zeiten. Außerdem hatte er das Geld nicht nötig. Er hat mir seine Reisetasche gezeigt. Voller Scheine.«

Langer sammelt Spucke im Mund. »Lass mich raten«, sagt er. »Dreihundert, mehr hattest du auch gar nicht?«

Sonne nickt.

Langers Augen werden schmal. Irgendetwas sammelt sich in ihm. Es färbt seine Haut dunkelgelb. Alter Holländischer Gouda. Dann spuckt er ein Schimpfwort nach dem anderen aus. Sonne schrumpft hinter dem Steuer.

»Halt!«, unterbreche ich. »Da ist es.«

Es gibt das Haus wirklich. Es ist groß, brüstet sich vor lauter Reichtum. Es steht am Rande einer Siedlung und hat ein Gesicht. Strenge Fenster blicken auf uns herab und der Eingang bleckt die Zähne mit seinen Säulen.

Wir fahren an der Villa vorbei, wenden und kommen langsam zurück. Wir parken davor. Langer hat die passende Kleidung an, falls jemand zu Hause ist. Er steigt aus, glättet seinen Anzug mit den Händen, zupft sich die Fliege gerade und geht zum Eingang. Er klingelt. Es öffnet niemand.

Wir fahren die Gegend ab, um den Wagen etwas entfernt zu parken und einen Weg durchs Gelände zu finden. Dann nähern wir uns der Villa von hinten. Sonne sticht sich beim Überklettern eines Zaunes einen Dorn in den Daumen.

Die Villa hat einen großen Garten mit Swimmingpool. Sonne und Langer warten auf der Terrasse. Ich schleiche nach vorn. Die Schlüssel passen. Schnell ziehe ich die Tür wieder hinter mir zu und lausche einen Augenblick. Alles ist ruhig. Ich sehe mich nach Alarmanlagen um. Aber da ist nichts, jedenfalls nichts, was man sehen kann. Ich gehe direkt nach hinten und öffne die Schiebetür zur Terrasse.

»Los! Und nichts anfassen, nur den Safe suchen«, zischt Langer. »Wahrscheinlich ist er in eine Wand eingebaut.«

Er hat ein paar weiße Handschuhe dabei. Für sich selbst nimmt er den rechten. Ich kriege den linken. Sonne kriegt keinen. »Nimm den Ellenbogen«, sagt Langer zu ihm, »wenn du eine Tür öffnen willst. Handschuhe sind nur was für Dumme und Vergessliche.« Er senkt den Kopf und sieht mich unter seinen Augenbrauen an. Ich überlege, was ich auf meinem Weg schon alles angefasst habe. Dann gehe ich zurück und poliere die Türgriffe. Die anderen machen sich auf die Suche. Sonne geht in den ersten Stock. Bald stößt er einen Pfiff aus. Er kommt zum

Treppenabsatz gelaufen, stolpert an einer Teppichkante und schlägt lang hin. Ich springe die Treppe hinauf. Langsam setzt sich Sonne auf, probiert seine Gelenke. Dann zieht er ein Hosenbein hoch. Das Knie ist aufgeschürft und blutet.

»Sonnemann, was ist?«, frage ich. »Brauchst du ein Pflaster?«

»Der Safe ist im Schlafzimmer«, stöhnt er.

Im Schlafzimmer ist alles rot. Rote Möbel, rote Gardinen, ein großes rotes Himmelbett mit Bergen von roten Kissen. Sonne humpelt hinter mir her. Der Safe ist wie in einem Film hinter dem Bild einer nackten Frau versteckt.

Der Safeschlüssel passt. Langer kommt langsam die Treppe herauf. »Ihr braucht den Safe nicht zu öffnen«, ruft er laut. »Es ist nichts mehr drin. Aber dafür liegt eine Leiche in der Küche.«

Langer hat sich aufs Bett gelegt, die Kissen um sich dekoriert, die Hände auf dem Bauch gefaltet und die Augen geschlossen. Er sieht tot aus, wie aufgebahrt. Seine Gesichtshaut ist Harzer Käse. Ein bisschen riecht er auch so.

Sonne leiht sich den weißen Handschuh von mir, dann untersucht er das Innere des Safes. Er klopft die Metallwände nach Hohlräumen und verborgenen Mechanismen ab. Aber da ist nichts.

»Dein alter Freund hat dich reingelegt«, sagt Langer ohne die Augen zu öffnen. »Er hat die Frau da unten umgebracht und das Geld mitgenommen. Und wir sind jetzt diejenigen, die die Spuren hinterlassen. Schöne Bescherung.«

Sonne laufen Schweißperlen aus dem Haaransatz.

Ich will mich in den anderen Räumen etwas umschauen. Vielleicht gibt es noch ein paar Wertsachen.

»Und du fasst nichts an«, faucht Langer hinter mir her.

Ich bleibe auf dem Treppenabsatz stehen. Von unten kommen Geräusche. Jemand stöhnt.

Die »tote« Frau hat sich aufgerichtet, sitzt auf dem Fußboden und lehnt mit dem Rücken an einem Küchenschrank.

»Wer seid ihr?«, fragt sie.

»Wir kamen gerade vorbei. Die Tür stand weit offen«, sage ich.

Sie stöhnt, reibt sich den blutigen Kopf. Sie betrachtet ihre

Hände und flucht. »Der Kerl hat mich niedergeschlagen. Dieser elende Schurke.« Sie richtet sich ganz auf, hält sich an der Spüle fest, greift nach einem Handtuch und wischt sich das Blut von den Händen und aus dem Gesicht.

»Wie lange habe ich hier gelegen?«, fragt sie. Sie sieht uns an. Wir heben die Schultern.

»Wir sind nur zufällig am Haus vorbeigekommen«, wiederholt Sonne. Er humpelt zu einem Stuhl und betrachtet noch einmal sein Knie.

»Und dann ist uns die offene Tür merkwürdig vorgekommen«, ergänzt Langer. Er verbeugt sich. »Wir sind nur Touristen.«

»Auf der Suche nach der Ginsengfarm«, sage ich. »Sie wissen ja, es hilft beim Denken.«

Die Frau sieht mich an. Das Blut im Gesicht geht nicht ab. Es ist schon angetrocknet. »Dieses verdammte Schwein«, sagt sie, »wollte mich linken. Und schlägt mich nieder. Dachte wohl, ich bin tot, was?«

»Sollen wir die Polizei rufen?«, fragt Langer.

»Spinnt ihr?« Sie runzelt die Stirn. »Was ist mit dem Safe?«

»Leer«, sagt Sonne. Langer sieht ihn strafend an.

»Dieses Schwein«, sagt sie. »Die ganze Beute wollte er für sich.«

Langer steht an der Badezimmertür und saugt die Luft ein. »Die ist doch nett«, sagt er. »Die nehmen wir mit. Der zeige ich mal meine Wohnung. Das wird sie beeindrucken.«

»Dein Kumpel von früher«, sage ich zu Sonne, »der raubt den Safe aus, will nicht teilen und versucht deshalb auch noch, seine Partnerin umzubringen und dir verkauft er dann den Schlüssel. Ist ja super. Der ist wirklich einer von den ganz Großen.«

»Halt's Maul«, sagt Sonne. »Ich muss nachdenken.«

»Ach, worüber?«

»Wie wir Gewinn aus der ganzen Sache ziehen.«

»Ist doch klar. Wir suchen deinen Kumpel, nehmen ihm das Geld weg. Das teilen wir beide unter uns. Langer kriegt dafür die Frau.«

Die Frau streckt den Kopf aus der Badezimmertür. Sie ist nackt. Ihre Haare sind nass. »Wischt ihr bitte schon mal das Blut in der Küche auf. Ich bin gleich so weit.«

Sonne fährt direkt zu der Ginsengfarm. Er braucht Nachschub. Es gibt ein Café. Die Frau geht aufs Klo. Sonne humpelt noch immer. Er kauft den Ginseng diesmal in Pillenform. Am Tisch nimmt er gleich vier Stück auf einmal.

»Überdosis«, sagt er. »Ich glaube nämlich, ich habe da eine Idee.«

Wir trinken Kaffee. Sonne denkt und reibt sich das Knie. Die Frau kommt nicht zurück.

»Ich muss mal raus«, sage ich. Ich gehe bis zum Parkplatz und sehe gerade noch, wie die Frau zu einem dicken Mann in einen offenen Sportwagen steigt. Sie winkt mir und grinst, als wäre sie ein Bild auf einem Geldschein.

»Sie ist weg«, sage ich, als ich zurückkomme.

»Ich verstehe das nicht«, sagt Langer. »Ich biete ihr alles, was ihr fehlt, aber sie will nicht mal die Wohnung sehen. Verstehst du das?«

Sein Gesicht ist wieder heller, hat etwa die Farbe von Schweizer Emmentaler.

»Die war doch nur hinter dem Geld her«, sage ich. »Du kannst froh sein, dass sie weg ist.«

»Funktioniert«, sagt Sonne. Er tippt mit dem Zeigefinger auf die Ginsengpackung. »Ich glaube, ich hab es jetzt. Ihr kennt doch Edu vom Schlüsseldienst im Einkaufszentrum?«

Wir nicken. Sonne legt den Schlüsselbund auf den Tisch. »Sagen wir mal, Edu macht uns fünfzig Stück davon. Bei der Menge, denke ich mal, zehn Euro pro Schlüsselbund. Mehr kann er nicht nehmen. Und wir, wir verkaufen jedes für Tausend. Begreift ihr? Nur fünfzig Stück, die haben wir doch problemlos in einer Woche verkauft. Macht zusammen Fünfzigtausend. – Na, was sagt ihr dazu? Wir werden reich.«

Go Ginseng!

Von Renate Müller-Piper

Die beiden Männer stehen vor der stark beschädigten Haustür.

»Wir gehen der Sache nach, klar. Versuchter Einbruch. Sachbeschädigung.« Der Ortspolizist sieht den FloraFarm-Bauern Heinrich Wischmann bedauernd an, zuckt die Achseln. »Aber ob dabei etwas rauskommt? Musst froh sein, dass der Kerl früh genug gestört wurde. Von Hermann.« Der Beamte bückt sich und krault den riesigen schwarzen Hofhund Hermann ausgiebig.

»Tschüs denn! Und denk dran, dass solche Typen vielleicht wiederkommen. Wir werden in den nächsten Tagen bei dir öfter mal eine Runde drehen«, verabschiedet sich der Gesetzeshüter Minuten später und steigt in seinen VW-Dienstwagen.

Wischmann fährt sich ärgerlich durch sein volles weißes Haar, gibt sich dann einen Ruck und steuert auf sein Büro zu, in dem seine beiden Söhne und seine Tochter ihn zu einer Besprechung erwarten.

»Mehr Werbung, Fritz? Noch mehr?« Ginsengbauer Wischmann blickt seinen Erstgeborenen über den breiten eichenen Schreibtisch hinweg fragend an. Dann langt er hinter sich in eins der Regale, schwenkt eine papierne Tragetasche, die *Das Ginsengfeeling* verheißt. Mit suggestiven bunten Bildern wird dem Ginsengkunden *Das Höchste der Gefühle* versprochen: Selbstvertrauen, Begeisterung, Stärke, Lebenslust, Neugier. In die Tragetasche lässt Heinrich das für seinen Ginseng werbende T-Shirt fallen und den grasgrünen Kugelschreiber. Dazu Werbeflyer und einige der aufwendigen Ginsengbroschüren, die über Wischmanns FloraFarm informieren, den Helkenhof in der norddeutschen Heidelandschaft, wo mit Erfolg Ginseng angebaut und direkt vertrieben wird. Wo den hungrigen Gast bodenständige Esskultur erwartet.

»Reicht das nicht erst mal, Fritz?«

»Wer den Leuten was verkaufen will, kann gar nicht genug trommeln, Vater«, lacht Fritz.

»Lass hören«, meint Heinrich Wischmann und legt bedächtig vor sich auf die Schreibplatte, was seiner Ansicht nach womöglich werbemäßig ausreicht.

Fritz schlägt gut gelaunt seine langen Beine übereinander und rutscht noch etwas tiefer in seinen hochlehnigen Stuhl.

»Du hast natürlich Recht, Vater, wir waren in Sachen Werbung nicht untätig. Denken wir nur daran, dass unserer lokalen Zeitung, dem Spiegel und der FAZ unsere Ginseng-Gärten ausführliche Artikel und immer wieder Fotos wert waren! Die im Ginseng-Café ausliegenden und viel beachteten Gästebücher erzählen werbend von begeisterten Kunden und unsere Fotowände im Raum daneben auch.«

Fritz' Schwester Gesine streicht ihre langen weizenblonden Haare aus dem Gesicht, ergänzt: »Vaters heimliche Ginsengrecherchen in Korea, seine Anbauexperimente hier auf unserem Hof und alles über die Heilkraft des Ginsengs – das bot den Journalisten kleine Sensationen. Sensationen sind deren täglich Brot.«

»War ein Segen für unseren Ginsengverkauf, prima Werbung«, schmunzelt Heinrich Wischmann. »Aber nun mal los, Fritz! Neue Ideen? Dabei vergessen wir erst mal den Ärger mit dem verdammten Einbrecher!«

»Neue Ideen? Ich halte mir am besten die Ohren zu!«, faucht Jan, der Zweitgeborene, da und schießt feindselige Blicke in die Runde. »Wir kommen immer weiter ab vom *Leben auf dem Bauernhof*, unserem *Helkenhof*, dem ihr sogar seinen alten Namen genommen habt. *FloraFarm* heißt er nun! Leben wir in Amerika? Mit eurer Experimentiererei und immer neuen Einfällen geht außerdem unser ganzes Vermögen womöglich den Bach runter!« Jan steht abrupt auf. »Meinen Segen kriegt ihr nicht! Aber darauf pfeift ihr ja sowieso!«

Als er die Tür hinter sich zugeschlagen hat, sehen sich Vater, Bruder und Schwester achselzuckend an.

»Der mal wieder. Wer nicht will, der hat schon!«, grinst Fritz. »Wir sitzen jetzt auf unserem prächtigen Ginsengschiff, und das muss Fahrt machen.«

»Manchmal habe ich Angst vor Jan. Der ist ja völlig verbiestert! Und sein bester Freund Richard Möller ist kein Umgang für ihn. Den haben wir nicht umsonst gefeuert und wegen seiner Klauerei angezeigt«, seufzt Gesine. »Jans Lebensziel war und ist ein richtiger traditioneller Bauernhof, so schwierig dessen Bewirtschaftung auch heute ist. Hätte er Geld, würde er morgen einen erwerben!«

Nach einer knappen Stunde, bei etlichen Tassen tiefschwarzen Kaffees, hat der beredte Fritz seinen zögernden Vater und seine sanfte Schwester von der brandneuen Werbeidee überzeugt, nämlich für folgende öffentliche Ausschreibung in den Medien:

Werbende Worte für Ginseng!

Finden Sie den Slogan für Wischmanns FloraFarm!

***

Sechs Wochen später hat eine firmeninterne Jury aus 96 Einsendungen den knappen, suggestiven und leicht internationalen Vorschlag des hannoverschen Privatgelehrten James Schmidt ausgewählt: GO GINSENG!

Der etwa 158 cm große, zartgliedrige Fünfzigjährige genießt die Ehrung während eines Presseempfangs in dem Ginseng-Café offensichtlich. Geduldig hält er den geflochtenen Präsentkorb voller Ginsengwurzeln, -kapseln und -kosmetika mit beiden Händen in die Kameras. Ja, dieser Tag ist ein großer Tag für ihn, nicht nur der Ehrung wegen! Vom ersten Augenblick seiner Begegnung mit Gesine an hängt sein Lächeln an ihr, er verliert sie nicht aus den Augen, die liebreizende Heidekönigin des vorletzten Jahres.

***

Am Morgen nach der Siegerehrung brummt der Hof wie ein Bienenkorb: Busse aus Fallingbostel und Großhansdorf spucken quirlige Schüler aus, die auf dem Ginsengpfad wandeln wollen, viel lieber als Schulbänke drücken. Gesines sachkundige Brüder übernehmen die Führungen über den Hof und zu den Ginseng-Gärten.

Gesine hockt im Büro über Papieren. Ohne aufzusehen, ruft sie ›Herein!‹, als es an der Tür klopft.

Auf ein diskretes Räuspern hin hebt sie den Kopf und blickt James Schmidt direkt in die grauen Äuglein.

»Eine unschuldige Blume – fürs Erste«, sagt er feierlich, legt eine langstielige weiße Lilie quer über Gesines Aktenberg und setzt sich geziert auf die Kante eines Stuhles. Er faltet die Hände, lächelt erwartungsvoll. »Wann wird mein GO GINSENG! auf allen Werbematerialien prangen?«

Gesine dreht ihren silbernen Kugelschreiber zwischen den Fingern. »Guten Morgen, Herr Schmidt! Sie fühlen sich offensichtlich wohl auf der FloraFarm?«

»Ja«, sagt James leise. »Und Sie wissen, warum.«

Gesine stutzt. Dann informiert sie sachlich: »Natürlich kommt Ihr GO GINSENG! so schnell wie möglich zum Einsatz – wir verbrauchen nur vorher unseren alten Werbevorrat, der reicht noch etwa vier Wochen.«

»Zu lange. Viel zu lange!« James räuspert sich. »Schon in den nächsten Tagen sollten neu gestaltete Flyer ausliegen. Und ein breites Spruchband gehört zwischen die hohen Eichen am Hofeingang. Hoch oben über den Findling mit der Inschrift *Helkenhof 1438*. Wissen Sie einen würdigeren Platz für unser neues Logo GO GINSENG!?«

GO GINSENG! nimmt unser Preisträger selbst allzu wörtlich, wundert Gesine Wischmann sich seit dem Tag der Siegerehrung immer häufiger. Auch am zweiten Dienstag nach diesem Termin kann sie nicht ungehindert von ihrem Wohnhaus, hinten auf dem Hofgelände, zu ihrem Büro im Haupthaus gelangen. In seinem feinen, nebelgrauen Cordanzug, eine strahlende Irisblüte im Knopfloch, baut James sich mit einer riesigen Packung feinster Zartbitter-Pralinen vor ihr auf. Gesine hebt abwehrend die Hände.

»Sie decken mich zu mit Geschenken, Herr Schmidt. Bücher, Blumen, Likör ...«

»Läppische Aufmerksamkeiten!«, winkt James ab. »Trüge ich eine Krone, ich würde Ihnen mein Königreich zu Füßen legen.«

Gesine lächelt nachsichtig. »Diese Pralinen sind das letzte Geschenk, versprochen?« Als sie nach zwei Stunden den Singkreis Lindwedel zu einer Führung im Hof begrüßt, traut Gesine ihren Augen nicht. Da hinten, wie eingeklemmt zwischen zwei stattlichen bärtigen Sängern, steht kerzengerade James Schmidt. Verlassen wie ein kleiner Junge, der seine Mutter im Menschengewühl verloren hat.

»Haben Sie die Führung über unser Gelände nicht schon viermal hinter sich, Herr Schmidt?«, fragt Gesine später amüsiert und verwundert.

»Mag sein«, erwidert der leichthin und zupft an seiner irisfarbenen Fliege. »Manches kann man nicht oft genug wiederholen. Ich habe noch einige Fragen an Sie, zum Ginsenganbau. Andererseits bin ich fündig geworden bei Ginsengforschungen in der Fachliteratur... Meine Ginsenggläubigkeit wächst übrigens, seit wir die wohltuende Wirkung der Kapseln spüren – meine Mutter und ich.«

Gesine horcht auf, nimmt unbefangen Schmidts Arm.

»Besprechen wir das bei einem Glas Pfälzer im Büro?«

»Es redet sich angenehmer bei einem Spaziergang durch die Idylle hier«, schlägt James dagegen vor.

»Okay. Aber: Idylle? Stimmt nur teilweise. Auch zu uns finden zwielichtige Gestalten und glauben, hier sei allerhand zu holen. Gestern Nacht hörte unser Hund gar nicht auf zu bellen. Schon vor ein paar Wochen hat er einen Bösewicht vertrieben, der sich die Haustür vorgenommen hatte.« Gesine seufzt. »Die Polizei hat keine Spur vom Täter. Wir werden um eine Alarmanlage und eine Videoüberwachung auf dem Hofgelände nicht herumkommen, fürchte ich.« »Richtig! Richtig!« James nickt. Und er sucht Gesines Blick, klappt das Revers seines Jacketts auf und zeigt eine runde, selbst gefertigte Plakette:

GO GINSENG! Mohnrote Schrift auf grünem Grund.

***

»Sie suchen meine Tochter? Die ist für zwei Tage in Göttingen. Sie müssen mit mir vorlieb nehmen.« Heinrich Wischmann, auf dem Weg zu seinen Ginseng-Gärten, sieht freundlich auf den kleinen Mann hinunter, der wenige Tage darauf aus seinem schwarzen BMW Oldtimer geklettert ist und sich suchend auf dem Hof umsieht.

James zieht befremdet die Augenbrauen hoch, schließt die Finger fester um einen prächtigen Strauß weißer Lilien. »Wirklich?«

Der Ginsengbauer lächelt milde. »Warum sollte ich Sie anlügen?«

James errötet, räuspert sich. »Pardon. Pardon. Natürlich glaube ich Ihnen. Aber Ihre Tochter hat mir nichts von einer Reise erzählt. Kein Wörtchen.«

»Sollte sie das denn? Hatten Sie einen Termin?«, erkundigt Wischmann sich erstaunt.

»Einen Termin?«, fragt der kleine Mann gedehnt. »Den brauche ich nicht. Sicher hat sie vergessen, sich mit mir abzusprechen. Ich muss sie aber heute sehen. Wo ist sie in Göttingen zu erreichen?«

***

Stimmengewirr. Gelächter. Sektkorken knallen nach der knappen, kompetenten Eröffnungsrede des smarten Kunstkritikers. Gut besucht ist die aktuelle Ausstellung in der Göttinger Galerie Apex.

Vor einem ihrer collagierten Aquarelle posiert die Künstlerin: schwarzsilbernes Samtkleid, hagebuttenrote Lippen und Fingernägel. Langsam zieht sie durch eine lange Zigarettenspitze an ihrer Camel. Ihr lasziver Blick schweift über die sich drängende Schicki-Micki-Gesellschaft und bleibt an dem kleinsten Mann des Abends hängen, der sie mit unverhohlener Abneigung mustert und jetzt direkt auf sie zustrebt. Die Malerin will sich zur Seite hin retten, rempelt dabei unsanft ihre Nachbarin Gesine Wischmann an, die sich von ihrem Gesprächspartner löst, den Kopf wendet. Als sie James Schmidt genau in die hypnotisierenden Augen sieht, verschlägt es ihr glatt die Sprache. Gesine muss sich ein Kichern verkneifen. Sie wundert sich. Müsste sie nicht vielmehr erstaunt sein, wenn James sich einige Tage unsichtbar machte? Was soll sie von dem Winzling halten? Jeder Frau gefällt es, umschwärmt zu werden, klar. Aber es kommt entscheidend darauf an, von wem. Er tut ihr im Grunde nur Leid. Und außerdem: Den Werbestar des eigenen Produktes sollte man nicht demontieren. Wenn es sich irgendwie vermeiden lässt.

Mit wichtiger Miene nimmt James ihren Arm, die beiden bilden eine Symbiose, der Gesine erst Viertelstunden später ohne Aufsehen entkommt, als er sich – endlich! – verabschiedet. »Bis übermorgen, meine Liebe. Morgen werden wir uns leider nicht sehen können, bitte nicht traurig sein! Meine Mutter braucht mich morgen. Wir treffen uns also auf der FloraFarm. Wichtiges ist zu besprechen. Halb privat, halb geschäftlich.«

»GO GINSENG!?«, fragt Gesine stirnrunzelnd und tippt mit dem rechten Zeigefinger auf seine Plakette, die heute ganz offen James' Revers ziert.

»Auch. Aber nicht nur«, verkündet er wichtigtuerisch.

***

»Ich bin bereit, die GO GINSENG!-Werbung vorzufinanzieren. Die Sache verpufft sonst«, schlägt James Schmidt am übernächsten Tag der Juniorchefin vor. »Und ich biete Ihnen an, einige Führungen zu übernehmen, so oft wie nötig. Ich gehöre ja dazu.«

Gesine hebt abwehrend die Hände. »Punkt eins ist abgelehnt. Die neuen Werbeprospekte werden übrigens in sechs Tagen vorliegen.«

James' Augen leuchten.

»Über Punkt zwei können wir reden«, fährt Gesine fort. »Mein Bruder Jan fällt nämlich ganz plötzlich aus. Er ist ..., er steht im Moment nicht zur Verfügung. Wir sind unterbesetzt.«

»Gut, gut.« James strahlt.

»Nichts ist gut, gar nichts!« sagt Gesine plötzlich scharf. »Es ist nämlich nicht nur Jan verschwunden, sondern auch Hermann. Hermann ist *mein* Hund und sein Zuhause ist hier. Er ist mein treuester Freund.«

»Nein«, flüstert James. »Sie wissen doch, dass Ihr treuester Freund jetzt gerade neben Ihnen steht: Jamie. Ihr Jamie. Immer an Ihrer Seite.«

James zieht einen engbeschriebenen Bogen weißen Papiers aus seiner schmalen Aktentasche. »Nun zu Punkt drei.«

»Ja?«, fragt Gesine und ärgert sich, dass sie über Hermann gesprochen hat, der James so offensichtlich nichts bedeutet.

»Ja?«, fragt sie noch einmal und fühlt eine ansteigende Welle der Ungeduld, des Unbehagens über sich zusammenschlagen.

»Punkt drei betrifft meine abendliche Feier am 4. August. Die lege ich in Ihre wunderbaren Hände.« James reckt sich über Gesines Schreibtisch, streicht zärtlich über ihre Fingerspitzen. Hastig zieht sie ihre Hände zurück und fragt kühl: »Wie viele Personen? Was darf es kosten? Bestimmte Wünsche?«

James reicht ihr den Bogen Papier, der alle Auskünfte gibt.

Beim Abschied legt er sein Köpfchen schief auf die rechte Schulter. »Es wird Zeit, dass Sie mich endlich Jamie nennen, meine Liebe. Und ich habe für Sie den wunderbarsten Namen der Welt ausgesucht, den verrate ich aber erst, wenn es an der Zeit ist. Bald.«

Gesine lacht dünn. »Warum sparen Sie sich solche Witze nicht?«

***

Auf das prächtigste ist die große, hohe Scheune auf der Flora-Farm am Abend des 4. August ausgestattet. Weiße Damasttischtücher auf fünf runden Tischen in der Mitte des Raumes, der ein Vielfaches an Mobiliar fassen kann, auf dem James gleichwohl für seine Feier besteht. Kosten? Spielen keine Rolle.

Flackernde Kerzen in hohen Bronzeleuchtern. Funkelnde Silberbestecke. Erlesenes Porzellan für 20 Personen. Irisblüten in flachen Glasschälchen. Und die Speisekarte an jedem Platz.

Festscheune auf der FloraFarm
Abendliche Speisefolge:

Klare Hühnersuppe ›Gesine‹

Heidschnucke an grünen Bohnen
Heidekartoffeln im Rosmarinmantel

Blauer Traum:
Heidelbeeren
Vanilleeis
Halbgeschlagene Sahne
Eierlikör
Schokostreusel

Mocca und feines Gebäck

Ausgewählte Pfälzer Weine

***

Gesine, im seidenen, weißen Hosenanzug, neben sich den mit Jan gestern zurückgekehrten Hofhund, sieht auf ihre Armbanduhr. Zehn Minuten bis zum Beginn des festlichen Essens und noch ist keiner der 20 Stühle in der Scheune besetzt. Nur das für diesen Abend engagierte Haydn-Trio hat seine Plätze hoch über den Gästen, hinter der geöffneten Tür des seitlichen Heubodens, schon eingenommen und stimmt die Instrumente.

Die kommen wohl alle gemeinsam? Punkt 20 Uhr?, überlegt Gesine.

Da! James Schmidts BMW, gefolgt von einem kleinen Bus, fährt durch die Hofeinfahrt, unter dem neuen GO GINSENG!-Transparent hindurch.

Gesine atmet auf, gibt dem Personal Zeichen, den Empfangssekt zu reichen. James, in nachtblauem Frack, tritt, mit einer zierlichen, lächelnden alten Dame an der Hand, auf Gesine zu. »Mutter, das ist sie. Das ist Gesine.«

Die weißen Haarlöckchen der alten Dame zittern heftig und

drohen, sich zu lösen, als James' Mutter mit ungesteuerter Lebhaftigkeit auf die irritierte Gesine zugeht und ihre beiden Hände ergreift. »Wie ich mich freue! Wie ich mich freue!« Und mit dem listigen Blick eines ungezogenen Kindes zu James gewandt: »Diesmal freue ich mich wirklich!«

»Nachher, Mutter. Bitte!«, sagt James beschwörend, zieht die alte Dame fester an sich heran, reicht ihr und dann Gesine ein gefülltes Glas und begrüßt launig die anderen Gäste, die einen Kreis um den Gastgeber gebildet haben.

Gleich darauf zieht er die fortstrebende Gesine an seine rechte Seite. »Sie sind meine Tischdame, Gesine. Ich lasse Sie nicht los. Nie mehr. Die Serviererei? Klappt auch ohne Sie, mit dem eingespielten Team.«

Gesines Gedanken fahren Achterbahn. Wie soll sie sich verhalten? Ein letztes Mal spiele ich mit, entscheidet sie bei sich. Ein wirklich letztes Mal. Nach diesem Entschluss fällt ihr der sprichwörtliche Stein vom Herzen, sie fühlt sich leicht wie lange nicht. Heiter nimmt sie an James' Seite Platz. »Danke für die Einladung!«

Man speist vorzüglich, genießt Tischmusik und Gespräche.

Nach dem Hauptgang erhebt James sich, klopft mit einem Dessertlöffel an sein erhobenes Glas. Sichtlich bewegt schickt er selige Blicke in die Runde.

»Verehrte Gäste des heutigen, für mich so lebenswichtigen Abends! Lebenswichtig? Ja, denn wir feiern meine Verlobung mit Frau Gesine Wischmann, die Sie hier zu meiner Rechten sehen. Selten haben zwei Menschen so gut harmoniert wie wir beide, gehörten so eindeutig zusammen. Ein Glücksfall, den wir so schnell wie möglich mit unserem Ja vor dem Altar besiegeln wollen.«

James tritt noch dichter an Gesine heran. In diesem Moment reißt seine kleine, so zierliche Mutter eine silberbeschlagene Damenpistole aus ihrer Tasche. »Nein! Diese Frau hat dich nicht verdient, mein Kind! Sie muss weg!«, kreischt sie und feuert in Gesines Richtung, gerade als James sich unverhofft hastig der jungen Frau zuneigt und sie so vor den Kugeln schützt.

Auch sterbend bleibt er ganz liebevoller Gentleman.

Galaktischer Ginseng

Von Peter Gerdes

Der Griff nach der Karaffe ging ins Leere und brachte das Rotweinglas gefährlich ins Schwanken. Schnell fasste er zu, um den langstieligen Kelch vor dem Umstürzen zu bewahren und fegte dabei mit dem Ellbogen die Ouzogläschen vom Tisch. Zum Glück war der Teppichboden weich genug, so dass nichts zu Bruch ging. Und leer waren die dickwandigen Stamper sowieso schon gewesen.

So unauffällig wie möglich bückte er sich und klaubte die Gläschen auf. Eins, zwei und drei. Und vier. Nanu, so viele? Kein Wunder, dass das Muster auf seinem Gyrosteller so verschwommen aussah. Von Rotwein alleine konnte man schließlich nicht so betrunken werden.

»Na, so fröhlich heute?« Georgios war neben ihm aufgetaucht, wie aus dem Boden gewachsen, und begann abzuräumen. Verwundert stellte Stahnke fest, dass er über sein eigenes Witzchen buchstäblich Tränen gelacht hatte. Er griff nach seiner Serviette, um sich die Augen zu trocknen, ängstlich darauf bedacht, die frisch gefüllte Karaffe, die Georgios neben die halb leere gestellt hatte, nicht zu gefährden. Die dritte Karaffe des Abends, wenn er sich nicht irrte. Oder etwa auch schon die vierte?

»Wünschen Sie noch ein Dessert, Herr Hauptkommissar? Oder vielleicht einen Kaffee?«, fragte der Wirt, während er Stahnkes Glas nachfüllte. Hinter ihm huschte seine Nichte Elenni vorbei, zierlich, klein und wohlproportioniert, den puppenhaften Kopf umweht von einer dichten Wolke kohlschwarzer Haare. Fast ebenso schwarz waren ihre Augen, deren Blick Stahnke streifte und ihn lustvoll erschauern ließ.

»Nein, danke«, antwortete er. »Ich trinke nur noch den Wein aus, dann ist Schluss für heute. Bringen Sie ruhig gleich die Rechnung.«

Georgios musterte ihn mit besorgter Miene. »Geht es Ihnen nicht gut? Sie haben ja Schweiß auf der Stirn. Fieber vielleicht?«

»Ach wo.« Stahnke war froh, die Serviette in der Hand behalten zu haben und tupfte sich die Schweißperlen ab. »Einfach wieder mal zu viel gegessen. Ihr Essen ist einfach zu lecker und die Portionen sind viel zu groß. Deshalb komme ich ja so oft hierher.« Lachend klopfte er sich auf den stattlichen, tatsächlich prall gefüllten Bauch. Der Wirt des »Akropolis« erwiderte das Lachen mit professioneller Zufriedenheit und entfernte sich, wie immer mit eiligen Schritten.

Stahnkes Lachen verschwand ebenso schnell. Wenn der wüsste, dachte er. Wenn der das eines Tages rauskriegt, dann Gnade mir Gott. Egal welcher. Die Griechen haben ja eine Menge davon. Aber die werde ich dann auch wohl allesamt nötig haben.

Georgios mochte etwa so alt sein wie er selbst, so um die fünfzig, nur war der Grieche deutlich besser erhalten als der Ostfriese. Mit seiner schmalen, drahtigen Figur, seinem dunklen Teint, den markanten Gesichtszügen und der wallenden Haarpracht stellte er den zwar größeren und breitschultrigeren, aber eben auch fülligeren, rundgesichtigen und stoppelhaarigen Stahnke locker in den Schatten. Wie der Chef des beliebtesten Speiselokals der Leeraner Altstadt reagieren würde, wenn er erfuhr, dass sich ausgerechnet dieser Brocken von einem Stammgast an seine kaum halb so alte Nichte herangemacht hatte, mochte er sich gar nicht vorstellen.

Natürlich war es nur eine Spielerei gewesen. Eigentlich. Ein bisschen probieren, mühsam erworbenes Selbstbewusstsein ausspielen, Marktwert testen. Konnte ja keiner ahnen, dass die feurige kleine Elenni so sehr auf väterliche Teddytypen mit Waschbärbauch stand! Völlig überrascht hatte er registriert, wie die junge Frau auf seine tapsigen Flirtversuche ansprang. Na ja, und so stark, dass er der unverhofften Chance hätte widerstehen können, war er nun wieder nicht.

Und da hockte er nun, mitten im Zentrum des selbst angerichteten Kuddelmuddels, Aug' in Aug' mit süßer Verlockung und drohendem Verhängnis. Natürlich war es Wahnsinn, unter diesen Umständen hierher zu kommen, aber das entsprach nun einmal seiner langjährigen Gewohnheit, und jede abrupte Veränderung wäre noch auffälliger gewesen. Außerdem schmeckte das Essen hier wirklich verdammt gut. Vom Wein ganz zu schweigen.

Apropos, sein Weinglas war schon wieder leer, merkwürdig. Er schenkte sich aus der neuen Karaffe ein, nicht ohne das Glas sorgfältig am Fuß zu sichern. Vorsicht war besser, als noch mehr Chaos.

Chaos nämlich hatte er derzeit mehr als genug um sich herum, auch ohne Elenni und ihren treu sorgenden Onkel. Allein schon die Sache mit Backe reichte aus, um ihn zur Verzweiflung zu treiben.

Backe, eigentlich Beene Pottebakker, begleitete Stahnkes Polizeikarriere schon seit vielen Jahren. Allerdings nicht als Kollege, sondern als Kunde. »Er lässt bei uns arbeiten«, so hieß es im Jargon der Fachkommissariate I und II. Vor allem bei den Spezialisten für Körperverletzung und Drogenhandel tauchte Backe ebenso zuverlässig und ähnlich häufig auf wie Stahnke im »Akropolis«. Die Liste von Backes Vorstrafen näherte sich dem Format einer Tapetenrolle. Wenn man sie denn hätte rollen können.

Das aber war nur die eine Seite der Medaille. Oder der Dienstmarke, um im Bild zu bleiben.

Die andere war Backes unglaubliche Menschlichkeit. Jeder, der mehr als nur flüchtig mit dem gutmütigen Riesen zu tun gehabt hatte, lobte seine Aufrichtigkeit, seine Nachsicht und Hilfsbereitschaft. Im Grunde seines Wesens war Backe eine ehrliche Haut – ein Widerspruch, der nicht aufzulösen war. Einer wie Backe, der seine Seele so offen und verletzlich mit sich herumtrug, kam wohl nicht darum herum, sich einen massiven Drogenpanzer zuzulegen. Eine elefantenartige Konstitution half ihm, die körperlichen Folgen zahlloser Abstürze, Entzüge und Rückfälle zu ertragen. Die polizeilichen Folgen seiner Aktivitäten nahm er achselzuckend in Kauf. In der Drogenszene musste man sich nun einmal regelmäßig Geld beschaffen und hin und wieder auch jemandem eins auf die Mütze geben. Und dafür wurde man eben hin und wieder in den Bau gesteckt. Für Backe ein vollkommen normaler Kreislauf. Nichts Persönliches und kein Grund, sich mit den Beamten nicht bestens zu verstehen.

Seit gut einem Jahr stand der Hauptkommissar sogar tief in Backes Schuld. Ein durchgeknallter Messerstecher hatte Stahnkes damalige Freundin als Geisel genommen, und Backe hatte ihn außer Gefecht gesetzt. Mit Stahnkes eigener Dienstwaffe übrigens, die dieser zuvor verloren hatte. Darüber witzelten die Kollegen heute noch. Nicht auszudenken, wie die Sache hätte ausgehen können, wenn der Riese nicht zur Stelle gewesen wäre.

Diesmal aber war alles anders. Backe hatte es übertrieben, hatte seine enormen Körperkräfte unterschätzt und einen Dealer erschlagen, vor zwei Nächten, am Kreisverkehr unmittelbar vor dem Leeraner Bahnhof. Zwar leugnete er die Tat, die Sachlage aber war eindeutig. Keine große Herausforderung für den Ermittlungsleiter. Und der hieß natürlich ausgerechnet Stahnke.

Hastig stürzte der Hauptkommissar ein weiteres Glas Wein hinunter und füllte ebenso hastig nach. Ein paar blutrote Tropfen landeten auf dem weißen Tischtuch, drangen langsam in das gestärkte Gewebe ein und begannen, sich auszubreiten.

Der Ermordete, ein Kerl namens Gerald Koch, war in der Szene nur als »die Ratte« bekannt gewesen. Ein treffender Spitzname, denn dieser Koch pflegte den letzten Dreck zu verkaufen, billig gestreckten, mit Milchzucker oder Schuhcreme versetzten Stoff, was seinen Profit ins Maßlose steigerte. Besonders gerne dealte er vor Schulen, aber auch am Bahnhof war er regelmäßig anzutreffen. Und dort war er schon öfter mit Backe aneinander geraten.

So auch vorletzte Nacht. Es gab Zeugen. »Er hat die Ratte im Nacken gepackt und so geschüttelt, dass ich dachte, dem springen gleich sämtliche Knorpel raus«, hatte ein Berber ausgesagt. Lachend, denn Freunde hatte die Ratte nicht. Backe habe Gerald Koch dann vor sich hergetrieben, hieß es weiter, weg vom Bahnhofsvorplatz Richtung Kreisverkehr. Dann habe man die beiden aus den Augen verloren. Zurückgekommen sei Backe allein.

Die Ratte wurde wenig später von einer zufällig vorbeikommenden Funkstreife gefunden, am Rand des Kreisels, mit eingeschlagener Stirn. Der tödliche Schlag war seitlich von oben und mit großer Kraft ausgeführt worden – eindeutige Indizien. Wo Backe die Waffe gelassen hatte und was für ein Gegenstand es gewesen war, wussten sie noch nicht, da der Riese nicht kooperierte. Eigentlich untypisch für ihn, aber schließlich war auch die Tat selbst nicht normal.

Und jetzt wurde Backe die Rechnung präsentiert. Ausgerechnet von ihm.

»Die Rechnung, Herr Hauptkommissar.«

Stahnke schreckte aus seinen Gedanken auf. Georgios stellte das kleine Tablett mit der Rechnung und dem Abschiedsouzo vor ihn hin. Er zahlte, gab ein Trinkgeld, dessen Höhe von seinem schlechten Gewissen diktiert wurde, und griff nach dem Ouzo wie nach einem Rettungsring.

Der Wirt dankte strahlend, doch dann nahm sein Gesicht wieder einen besorgten Ausdruck an. »Also, ich weiß nicht, irgendwie sehen Sie mir doch etwas unpässlich aus. Werden Sie bloß nicht krank!«

»Kein Grund zur Sorge.« Wieder führte Stahnke die Serviette zur Stirn. »Ich nehme einfach ein paar von meinen Kapseln, dann geht's gleich wieder.«

Interessiert beugte sich Georgios vor, als Stahnke ein Päckchen aus seiner Tasche zog, einen Folienstreifen entnahm, zwei Kapseln in seine Handfläche drückte, sie sich in den Mund warf und mit etwas Wein nachspülte. Dann begann er, diebisch zu grinsen. »Aah, Ginseng! Das ist gut. Gut für ältere Herren wie uns, nicht wahr? Macht uns fit für die jungen Damen!« Anzüglich ließ er die Augenbrauen nach oben schnellen. Dann verabschiedete er sich eilig, denn das Lokal war immer noch rappelvoll und die Gäste klangen ungeduldig.

Wieder tupfte sich Stahnke die Stirn, die schweißnasser schien denn je. Erneut fuhr es ihm durch den Kopf: Wenn der wüsste!

Seine Serviette begann, sich bereits aufzulösen. Die Schrift unter der aufgedruckten griechischen Landkarte war eben noch zu erkennen. Ein Zitat des Philosophen Perikles: »Mit sichtbaren Zeichen üben wir wahrlich keine unbezeugte Macht den Heutigen und Künftigen zur Bewunderung und brauchen keinen Homeros mehr als Sänger unseres Lobes noch wer sonst mit schönen Worten fur den Augenblick entzückt – in der Wirklichkeit hält dann aber der Schein nicht der Wahrheit stand.«

Wie bitte?

»Ich verstehe meine Serviette nicht«, murmelte Stahnke vor sich hin. »Sie ist mir über. So weit ist es schon gekommen.«

Es wurde Zeit, eindeutig. Mühsam stemmte er sich von der Polsterbank hoch und zwängte seinen massigen Leib aus der engen Nische. Es war zwar noch etwas Wein übrig, aber den ließ er doch lieber stehen. Oder? Ach was. Schnell griff er zu und leerte das Glas im Stehen.

Elenni huschte vorbei, dampfende Grillteller in beiden Händen, und schickte ihm ein Abschiedslächeln herüber. Verschwörerisch ließ sie ihre Augenbrauen nach oben schnellen, genauso wie kurz zuvor ihr Onkel. Stahnke glaubte zu spüren, wie ihm der soeben getrunkene Wein umgehend und heiß aus allen Poren brach.

Raus hier, dachte er, am besten durch die Hintertür und über den Parkplatz, das war kürzer, nichts wie raus und ab nach Hause. Zur Ruhe kommen, ausschlafen und dann mal ein paar Dinge ins Reine bringen. Gleich morgen. Ja, morgen.

Erfrischende Kühle umfing ihn, als er hinaus ins Freie trat. Licht und Lärm, die hinter ihm her aus dem Restaurant drangen, wurden von der zufallenden Tür gekappt. Erleichtert atmete er tief durch. Es war ihm gar nicht aufgefallen, wie verbraucht die Luft im Lokal gewesen war. So etwas ging auf den Kreislauf. Vermutlich hatte er deshalb dieses Flimmern vor den Augen. Er schloss kurz die Lider, rubbelte sie mit den Fingerknöcheln, öffnete sie wieder. So.

Das Flimmern aber blieb. Es verstärkte sich sogar. Offenbar ging es von der blassgelb leuchtenden, langsam pulsierenden Kugel aus, die sich im hinteren Bereich des Restaurantparkplatzes befand. Normalerweise standen dort abends die Autos dicht an dicht, aber heute...

Heute auch. Stahnke sah sie ganz deutlich; jede einzelne Box war besetzt. Trotzdem stand diese pulsierende Kugel ebenfalls dort. Das heißt, sie stand eigentlich nicht, sie hing vielmehr ein paar Handbreit über dem Boden, genau da, wo auch die Autos standen. Aber nicht etwa auf ihnen drauf oder in ihnen drin, sondern... *auch*. Obwohl das physikalisch eigentlich gar nicht möglich war. Wirklichkeit? Oder Schein?

»Herr Stahnke?«

Gott sei Dank, wenigstens war er nicht alleine hier draußen mit diesem seltsamen Ding. Die leuchtende Kugel zerrte doch stärker an seinen Nerven, als er zugeben wollte, hatte ihm sogar schon ein kribbeliges Gefühl rund um seinen Bauchnabel verursacht. Da war er richtig froh, die Stimme eines anderen Menschen zu hören.

Obwohl – wirklich *gehört* hatte er die Stimme eigentlich nicht. Und eine richtige *Stimme* war es auch nicht gewesen, vielmehr schienen sich die Worte direkt in seinem Kopf gebildet zu haben, so als seien sie ihm auf die Großhirnrinde projiziert worden. Und ein anderer *Mensch* war weit und breit auch nicht zu sehen. Lediglich dieses merkwürdige Gebilde, das ihm gerade bis zum Nabel reichte und aussah, als sei es von der letzten Weihnachtsdekoration übrig geblieben.

»Hauptkommissar Stahnke?«

Im Bruchteil einer Sekunde erstarrte sein massiger Körper zu Eis. Die Weihnachtsdeko hatte gesprochen! Oder vielmehr nicht gesprochen, sondern – na ja, eben Worte gemacht. In *seinem* Kopf! Fleischige Worte, die innen an seinen Schädelknochen leuchteten wie flammende Suflakispieße. Und von Sekunde zu Sekunde leuchteten sie drängender.

»Ja doch«, knurrte Stahnke.

Das Ding da vor ihm war so dunkelgrün wie ein Adventskranz kurz vor Nikolaus und hatte die Form eines großen, auf der Spitze stehenden Tropfens. Das obere Drittel des Tropfens wies zahlreiche dunkelrote Auswüchse auf, die permanent ihre Form veränderten. Bis auf einen allerdings; der sah aus wie eine kleine rote Trompete und blieb konstant auf Stahnkes Nabel gerichtet.

Alles in allem ein erschreckender Anblick, aber wiederum gar nichts im Vergleich zu den beiden Gestalten, die den monströsen Tropfen rechts und links flankierten. War der Tropfen nur etwa halb so groß wie Stahnke, so überragten ihn die beiden Begleiter glatt um das Doppelte. Und ihre Form – nun, eine Form gab es eigentlich überhaupt nicht. Tiefrote Blasen mit dünnen weißen Streifen waberten dort um mehr gedachte als wahrnehmbare Senkrechten, ein Anblick, der teils an gehäutete Muskelpartien, teils an die Innereien von Lava-Lampen erinnerte.

Jetzt kribbelte es wieder in Stahnkes Nabelregion. »Es tut mir Leid, wenn ich Ihnen Ungelegenheiten bereite, aber ich muss Sie bitten, die Substanz herauszugeben«, verkündeten die flammenden Spieße in seinem Kopf.

»Welche Substanz?«, stammelte der Hauptkommissar. »Und wer sind Sie überhaupt? Oder was?«

»Verzeihung, ich vergaß«, kribbelte der Tropfen. »Mein Name ist Schulz. Hauptmulator Schulz, Ulriker. Und dies hier sind meine matmetischen Kollegen, Mulator Strabbelkaaks und Tronik Sszrraan.« Der Tropfen drehte sich ansatzweise nach beiden Seiten, woraufhin die wabernden Gestaltlosigkeiten recht und links von ihm blitzartig auf die Hälfte ihrer Größe zusammenschrumpften und sich zu schwarz leuchtenden Ovalen ballten. Danach blubberten sie in gewohnter Höhe und Farbe weiter. Nun ja, was hieß schon gewohnt?

»N'Abend«, grüßte Stahnke zurück.

»Alsdann, Herr Kollege«, fuhr der Tropfen fort. »Die Substanz bitte. Es eilt ein wenig.«

Merkwürdig, überlegte Stahnke. Verrückt geworden bin ich offenbar nicht, weder vorher noch jetzt, da ich doch allen Grund dazu hätte. Liegt vielleicht am Alkohol, der mich gerade genügend benebelt hat, um all dies hier zu ertragen, ohne tot umzufallen. Wie ein Dämpfungsfeld oder so etwas. Aber die Wirkung verfliegt offenbar rasch, sonst würde ich das jetzt ja nicht denken ...

»Die Substanz!« Das flammte nicht mehr drängend, sondern drohend. Aber kribbelte da nicht unterschwellig noch etwas anderes mit? So ein gewisser Unterton, einer, der Stahnke wohlvertraut war? Genau: Schuldbewusstsein! Was immer dieser Hauptmulator hier trieb, es war nicht ganz astrein.

»Bitte Substanz definieren«, gab Stahnke zurück.

Die Antwort kribbelte prompt: »Getrocknete Pflanzenwurzel in pulverisierter Form, Mikrokristalline Cellulose, Montanglycolwachs, Gelatine, Eisenoxidhydrat, Eisen-III-Oxid, Titandioxid, Natriumdodecylsulfat. 54 Einheiten.«

»Igitt! Das muss ein Irrtum sein. So etwas besitze ich nicht.« Vorsichtig bewegte Stahnke sich einen halben Schritt zurück.

Weiter kam er nicht. Das rechte Blubbermonster, dasjenige, das dieser Schulz mit »Tronik Sszrraan« vorgestellt hatte, löste sich plötzlich in nichts auf. Dafür spürte Stahnke im selben Augenblick eine gigantische, unverrückbare Masse in seinem Rücken. Keine Frage, wer oder was das war. Zu solch einem effizienten Assistenten konnte man den Hauptmulator nur beglückwünschen.

Schulz hatte sich nicht bewegt, seine Trompete aber war um einen halben Schritt länger geworden. »Lüge!«, kribbelte er empört. »Die Substanz befindet sich in Ihrer rechten Hosentasche. Geben Sie sie augenblicklich heraus. Widerstand ist zwecklos.«

Da Stahnke keinerlei Lust verspürte, entweder assimiliert oder aber püriert zu werden, gehorchte er und schob seine rechte Pranke in die Hosentasche. Aber was sollte da schon sein außer Schlüsselbund und Taschenmesser ... aber halt!

»Aha!«, kribbelte Schulz zufrieden. »Also doch.«

Langsam zog der Hauptkommissar die Schachtel heraus und hielt sie hoch. »Ginsengwurzelpulver in Kapselform«, las er vor. »Zur Stärkung und Kräftigung. Aktiviert und vitalisiert Körper und Geist.« Stahnke kniff die Augen zusammen: »Was wollen Sie denn damit?«

Wenn er jemals einen sich windenden Tropfen gesehen hatte, dann jetzt. »Wissen Sie, das ist so«, kribbelte der Dunkelgrüne. »Ich bin als ulrikischer Hauptmulator mitverantwortlich für den galaktischen Liniendienst, das heißt, ich ... wie soll ich das phanten ... also ich bin eine Art Kollege von Ihnen, ja? Im weitesten Sinne. Und nun habe ich in einiger Zeit – Sie würden natürlich sagen, vor einiger Zeit –, aber in Wirklichkeit – aber was ist schon wirklich –, egal, jedenfalls hat es geklappt. Man schlug mich für eine Ehrung vor und jetzt bin ich zur Schmelzung eingeteilt. Schon zur zweiten innerhalb eines einzigen Lebens! Tja, und nun weiß ich nicht, ob ich dazu auch in der Lage bin, verstehen Sie? Daher also, bitte!«

Stahnkes Hand krampfte sich noch ein bisschen fester um die Ginsengschachtel. »Schmelzung?«, stieß er hervor. »Erklären Sie das!« Vor seinem geistigen Auge sah er ganze Planeten samt kompletten fremden Zivilisationen in atomarem Höllenfeuer vergehen. Vielleicht auch eine gar nicht so fremde Zivilisation? Mitsamt der Erde? War das eine »Schmelzung«? Daran wollte er auf keinen Fall mitschuldig werden, ganz gleich, was ihn das kostete.

»Sie irren sich«, flammte es in seinem Kopf. Das Kribbeln rund um seinen Bauchnabel fühlte sich jetzt ganz anders an, irgendwie verständnisvoller, ja, versöhnlicher. Der Bursche hat gelauscht, durchzuckte es ihn. Verdammt.

Als Antwort stiebten kitzelige Kicherfunken auf. »Ja, ich gestehe«, phantete der Hauptmulator. »Wir Ulriker sind nun einmal nicht sehr diskret, wissen Sie. Was einer von uns weiß, das wissen alle. Nur vergessen wir manchmal, dass andere Wesen in diesem Punkt ... anders sind.«

Bestimmt wollte er »altmodisch« sagen, dachte Stahnke. Wofür hält der uns? Für Provinzler? Rückständige galaktische Hinterwäldler?

»In der Tat«, gab Schulz unumwunden zu. »Daher wissen Sie auch nicht, was eine Schmelzung ist. Ich werde es Ihnen erklären.«

Stahnke fühlte sich von den Füßen gerissen und in einen rasend rotierenden Strudel gesogen. Der Parkplatz, die Autos und das Restaurant waren plötzlich verschwunden, ebenso seine Heimatstadt und der ganze Planet Erde – und das war erst der Anfang. Als der Hauptkommissar endlich wieder Materie unter seinen Sohlen spürte, war ihm jedes Gefühl für Raum und Zeit abhanden gekommen.

Das Ding, auf dem er stand, erinnerte entfernt an die Tribüne eines Fußballstadions. Der Platz allerdings, den die Tribünen umstanden, war weder eckig noch grasbewachsen. Genau genommen war er überhaupt kein Platz, eher vielleicht ein Bündel von Linien, die... ja, was? »Viel zu viele Dimensionen«, murmelte Stahnke und konzentrierte sich lieber auf die Tribünen. Sie standen alle im rechten Winkel zueinander, also mussten es eigentlich vier sein. Er begann zu zählen, ausgehend von der Tribüne, auf der er stand. Bei dreiundsiebzig gab er es auf. Wirklichkeit, Wahrheit, Schein? Quatsch. So hatte das keinen Zweck.

Dann fiel ihm auf, dass der größte Unterschied zu einem irdischen Stadion weniger die Anzahl der Dimensionen als vielmehr die Stimmung auf den Rängen war. Die dicht gedrängt stehenden tropfenförmigen, verschiedenfarbigen Besucher nämlich zeigten keinerlei Aggressivität, sondern strahlten etwas Feierliches aus, etwas ungeheuer Schönes. Ob das der Schlüssel zum Verstehen war?

»Ja«, sagte der grüne Tropfen direkt neben ihm, und Stahnke wusste, dass das Schulz war. »Es ist Liebe.«

Dort unten auf der riesigen multidimensionalen Fläche, die natürlich nicht unten war, sondern – ach, hol's der Teufel, dort jedenfalls tauchte jetzt eine kleine tropfenförmige Gestalt auf. Sie bewegte sich langsam, und irgendwo dort, wohin sie sich bewegte (wo immer das auch war), erschien eine zweite Gestalt. Ein leises Summen ertönte von den Tribünen. Je mehr sich die beiden Tropfen einander näherten, desto stärker wurde dieses körperlose, dieses unglaublich geräuschlose Geräusch, bis es zu einem Brausen anschwoll, schöner als jede Musik, die Stahnke jemals gehört hatte.

»Wir Ulriker sind eigentlich unsterblich«, erläuterte Schulz derweil. »Relativ jedenfalls. Das heißt, hin und wieder stirbt schon einer von uns. Durch einen Unfall, beim Erstkontakt mit gewalttätigen Zivilisationen, durch bislang unbekannte Krankheiten. Nicht oft, aber es kommt vor. Und natürlich wollen wir unsere Gesamtzahl konstant halten, nicht wahr? Das will doch jede vernunftbegabte Art.«

Stahnke räusperte sich und versuchte, an nichts zu denken.

»Daher wird von Zeit zu Zeit solch eine Schmelzung angeordnet«, fuhr der Hauptmulator fort. »Zwei besonders verdiente Angehörige unserer Rasse werden dazu auserkoren, sich zunächst miteinander zu verbinden, also zu verschmelzen, um sich alsdann zu dreiteilen. Aus zwei Individuen werden drei. Einer mehr. Sie verstehen?«

»Verstehe«, murmelte Stahnke. Natürlich verstand er überhaupt nichts. Was sollte das hier sein – etwa Sex? Alle Jubeljahre nur, dafür vor aller Augen? Wo blieb denn da der …

»Spaß?«, phantete Schulz. »Wie kommen Sie in diesem Zusammenhang auf Spaß? Eine Schmelzung ist alles andere als das. Sie ist ein Opfer, ein Opfer für die Allgemeinheit, ein ziemlich schmerzhaftes obendrein. Nur die Liebe all unserer Mitgeschöpfe macht diesen Vorgang erträglich.«

Schulz schwieg einen Moment, und Stahnke hätte schwören können, ihn schlucken zu hören. Vielleicht aber bildete er sich das nur ein, ebenso wie das Schmelzungsstadion, das sich gerade wieder in einen dunklen Parkplatz verwandelt hatte.

»Manchmal aber reicht die Liebe alleine nicht aus«, fuhr Schulz fort. »Dann fehlt es einfach an der Kraft, die man braucht, um … verstehen Sie mich? Dann hat man ganz furchtbare Angst zu versagen und sucht nach Unterstützung.«

Jetzt war es Stahnke, der schluckte. »Ich verstehe Sie gut«, sagte er. Und er dachte: Nur zu gut. »Da, nehmen Sie.« Er reichte dem Ulriker das Päckchen mit den Ginsengkapseln. Fasziniert beobachtete er, wie es seiner Hand entschwebte und sich vor einem der dunkelroten Auswüchse des Hauptmulators in Luft aufzulösen schien.

»Danke!«, phantete Schulz. »Ich danke Ihnen herzlich! Obwohl ich so etwas wie ein Herz natürlich nicht habe. Aber das ist ja sowieso nur eine Metapher, nicht? Jedenfalls, wenn ich Ihnen im Gegenzug mal einen Gefallen tun kann – jederzeit!«

Einen Gefallen? Stahnke grinste bitter. Tja, den konnte er jetzt wirklich gut gebrauchen. Aber wie hätte ihm dieser Adventstropfen helfen sollen? Sicher, er konnte und wusste offenbar eine Menge. Aber konnte er Backes Schuld tilgen? Oder seine Dummheit mit Elenni ungeschehen machen?

In seinem Kopf erklang so etwas wie ein Räuspern. Richtig, Schulz war ja noch hier. Und seine Kribbeltrompete auch.

»Ebenfalls Schmelzungsprobleme, wie?«, phantete der Hauptmulator. »Wenigstens können Sie ja morgen in die nächste Drogenhandlung gehen und neue Wurzelstaubkapseln kaufen, im Gegensatz zu mir. Aber in der anderen Sache kann ich Ihnen vielleicht helfen.«

Wieder saugte es ihn an und wirbelte ihn herum. Stahnke staunte, wie schnell er sich an die unglaublichsten Vorgänge gewöhnen konnte. Diesmal aber ging es nicht quer durchs halbe Universum, nicht einmal aus der Stadt heraus. Stattdessen ging es zurück.

Zurück?

Er fand sich vor dem Leeraner Bahnhof wieder. Zwei Männer stritten sich in der Dunkelheit, ein kleiner und ein riesengroßer. Der Große packte den Kleinen im Genick und schüttelte ihn. Dann stieß er ihn vor sich her in Richtung Straße – und drehte sich um. Seelenruhig ging Backe zurück zum Bahnhof, lauthals beschimpft von einer quicklebendigen Ratte.

»Was ist das hier?«, fragte Stahnke leise. Er wagte nicht, sich zu rühren, denn er schwebte etliche Meter über dem Straßenpflaster. »Ein Paralleluniversum? Eins, in dem Backe nicht zum Mörder wird?«

»Keineswegs«, antwortete Schulz, der neben ihm schwebte, als sei dieser Zustand das Normalste auf der Welt (welcher Welt auch immer). »Ein nahe liegender Gedanke, aber nein, dies ist Ihr ganz gewohntes Kontinuum. Passen Sie auf.«

Ratte hatte sich müde geschimpft, wandte sich zum Gehen, schritt aus, schickte dabei eine letzte Beleidigung über die Schulter zurück in Richtung Bahnhof. So lief er beinahe in den Lieferwagen hinein, der ungewöhnlich spät und wohl deshalb sehr eilig um den Bahnhofskreisel herumpreschte. Im letzten Moment reagierte Ratte, blieb Zentimeter vor dem durchrauschenden Wagen stehen. Und wäre gewiss unverletzt geblieben, wenn der obere Teil der Ladung nicht um gut einen Meter übergestanden hätte. Eisenrohre. Eins davon traf Ratte aus der Drehbewegung heraus wuchtig an der Stirn.

»Paff!« Stahnke war zum Jubeln zumute, was er angesichts der toten Ratte zwar pietätlos, aber absolut verzeihlich fand. »Backe ist unschuldig! Hören Sie, Schulz?«

Aber Schulz war fort. Futsch, verschwunden. Und Stahnke hing mutterseelenallein meterhoch über dem Pflaster des Bahnhofskreisels.

In Panik schrie er auf, fuchtelte mit den Armen, verlor das Gleichgewicht, taumelte, fiel. Und schlug auf. Allerdings nicht auf dem Kreisel, sondern auf dem Parkplatz hinter dem »Akropolis«. Und sonderlich hart fühlte sich der Aufschlag auch nicht an.

»Liebster!« Das war Elenni. »Was ist mir dir? Bist du verletzt?« Sie warf sich über ihn, schloss ihn in ihre Arme, küsste ihn heiß und süß und voller Inbrunst. Schlagartig fühlte sich Stahnke aller Probleme ledig. Und absolut schmelzungsbereit, notfalls auch vor Publikum. Was für ein kurioser Gedanke!

Dann merkte er, dass es tatsächlich einen Zuschauer gab: Georgios. Nie zuvor war Stahnke so bewusst geworden, was es hieß, sich zu früh gefreut zu haben.

Die Freundin

Von Monika Buttler

Ginseng tut gut. Das ist bekannt. Gesa allerdings ist das asiatische Heilmittel überhaupt nicht bekommen.

Dabei wollten wir uns nur erholen. Auf der FloraFarm in Walsrode. »Wellness auf die fernöstliche Art – das ist für Journalistinnen mit Burn-out-Syndrom genau das Richtige«, hatte ich zu ihr gesagt. »Ein Cleopatra-Bad mit duftenden Ölen, eine Vierhand-Massage für die Problemzonen, die leichte aromatische Ginsengküche ...« Ich war richtig ins Schwärmen gekommen.

»Kannst du ja alles machen«, hatte sie genölt. »Aber bitte ohne mich. Ich geh lieber in der Heide spazieren. Das ist entschieden preiswerter.«

»Und dann die Gärten, wo diese Ginsengpflanzen gezüchtet werden. Die kann man besichtigen. Da tun wir noch was für unsere Bildung«, begeisterte ich mich. »Außerdem könntest du darüber schreiben.«

Damit hatte ich sie. Gesa hat bereits sehr erfolgreich über einen Klobrillen-Sammler, eine Salzteig-Künstlerin und eine »Miss Husum« berichtet.

Ich weiß nicht, warum ich noch immer mit ihr befreundet bin. Das heißt, ›befreundet‹ ist das falsche Wort: Wir hassen uns. Starker Tobak, werden Sie jetzt sagen, warum das denn? Nun, Gesa hat eine überdurchschnittliche Neidproblematik. Ich gebe ein paar Beispiele: Ich habe einen Ehemann, während Gesas Mann davongelaufen ist. Obwohl sie doch eine Zweitausbildung als Familientherapeutin hat. Oder: Ich habe ein Auto, kann es sogar bedienen und habe im Gruftie-Alter von 52 den Führerschein gemacht, während Gesa dreimal durch die Prüfung gefallen ist. Aber vielleicht war das ganz gut für sie, sie ist ja Alkoholikerin. »Wir sind doch keine Weinhandlung«, sagt mein Mann immer, wenn sie vor unserer Tür steht und eine Flasche verlangt. Dann bin ich auch noch Akademikerin. Wenn sie das Foto auf der Konsole sieht, ich mit Magisterhut, dann flippt sie jedes Mal aus. Sie hat nämlich nicht mal Abitur. Schließlich, damit will ich es bewenden lassen, obwohl ich noch weitere Punkte anführen könnte: Ich bin schlank! Passe noch immer in meine Jugendgröße 38, während sie bereits ein nicht mehr registriertes Format Marke Zeltkleid ausfüllt.

»Du siehst aus wie Helga Feddersen«, sagte sie neulich. Gut, meine Zähne sind nicht ganz regelmäßig, aber sonst ... Ich hatte das todsichere Gefühl, dass es als Beleidigung gemeint war. Leider bin ich ein defensiver Typ, mir fehlt die Schlagfertigkeit. So fiel es mir erst hinterher ein, dass sie wie Bärbel Höhn, die Umweltministerin von Nordrhein-Westfalen, aussieht. Warum machst du nicht Schluss mit ihr?, fragt mich jeder. Tja, entweder bin ich zu schwach, oder es liegt daran, dass wir beide in der Initiative »Schützt die Straßenbäume« sind. Eine Zweckgemeinschaft, wenn Sie verstehen, was ich meine.

***

Jedenfalls fuhren wir nach Walsrode. In meinem noch immer blitzneuen Auto, lavendelfarben, Fließheck, die Marke tut hier nichts zur Sache, ging's über die Autobahn. Als Beifahrerin hielt sie sich ziemlich zurück, nur einmal, als ich zügig überholte, ließ sie einen durchdringenden Schrei los, so dass ich das Steuer verriss und fast mit einem Kleinlaster Bekanntschaft machte. Ansonsten kamen wir wohlbehalten an und mieteten uns in der Pension »Heidschnucke« ein.

Da hielt es uns aber nicht lange. Sogleich kam unsere journalistische Neugier durch – immerhin etwas Gemeinsames –, und wir gingen hinüber zur FloraFarm. Das Garten-Café zog uns als erstes an. Rosenspaliere, Sonnenschirme, die wie gelbe Segel das Grün belebten – ein idyllischer Ort, der mich angenehm einstimmte.

»Gibt's hier keine Sahnetorten?«, maulte Gesa.

»Nein, hier sind Sesamschnitten angesagt. Da können wir sofort mit unserem Gesundheitsprogramm beginnen – hmm, schmeckt gut, probier doch mal.«

Meine gute Laune schien auf Gesa eher nervend zu wirken. Sie trank den Kaffee aus und erhob sich. »Ich geh jetzt erstmal los. Heideluft schnuppern.« Sie trabte, den dicken Hals nach vorn gereckt, zu einem Wanderweg hinüber. Soll sie doch Schäfchen suchen, dachte ich. Oder die Kiefern begucken. Mir war es nur recht.

Ich sah gerade versonnen in die Gegend, als mich stürmisches Geschrei aufweckte. »Da bist du ja!«, tönte es dreistimmig. Meine Freundinnen. Das war kein Zufall, sondern – ich sag's Ihnen unter vier Ohren – eine abgekartete Verabredung. Die drei brauchten Ginseng so dringend wie ich und wollten dann, versehen mit neuer Energie, meiner hassgeliebten Gesa eins draufgeben. Sie sprachen von »Denkzettel«, es könne »auch mehr« draus werden, alles mir zuliebe, da ich selbst ja so weichlich sei, unfähig, mal ordentlich zurückzuschlagen.

»Wie geht es euch?«, rief ich etwas zu laut. »Merkt ihr schon was vom Ginsengfeeling?«

»Pscht!« Die drei legten den Finger an die Lippen und zeigten auf einen entfernten Wiesenhügel. Aha, Lagebesprechung. Wir kauerten uns ins Gras.

»Mir geht es blendend! Ich kann mich jetzt noch besser konzentrieren.« Die stämmige Corinne mit der Jungenfrisur kaute ausdauernd auf einem Wurzelstück herum. »Ich nehm lieber die Wurzel als die Kapseln, ich finde, das ist authentischer.« Als Zen-Expertin muss sie es wissen: Seit Corinne den stressigen

PR-Job hat, ist sie Buddhistin und hat inzwischen die Schwarze Feder im Bogenschießen erreicht.

»Dann triffst du jetzt zielgenau«, stellte ich fest.

»Natürlich. Wie versprochen hab ich mein Pfeil- und-Bogen-Set dabei.«

Ich drehte mich zu Marlies. »Und du?« Meine kleine spitznasige Freundin mit den graublonden Krissel-Löckchen erschien mir größer als sonst.

»Ich fühle mich richtig stark. Ich hab gleich die 200er-Packung genommen, damit meine Abwehr auch zu Hause funktioniert.« Dazu muss man erklären, dass in ihrem Eigenheim im Grünen Ehemann Witold das Sagen hat. Warum eigentlich? Immerhin hat Marlies ihr Bügel-Diplom. Und sie hält den Garten in Schuss. Eine Gärtnerin aus Leidenschaft.

»Hast du alles mit?«, fragte ich gedämpft.

»Ja, klar. Samen vom Roten Fingerhut, von der Engelstrompete und vom Rizinusbaum. Die Samen könnte ich auch in eine Ginsengkapsel tun, ich weiß inzwischen, wie das geht.«

»Gut«, lobte ich. »Und wie ist dein Feeling, Ramona?«

»Einfach toll. Meine Hormone schwirren nur so.« Ich sag's lieber gleich: Ramona gehört zu jenen kurvigen Krankenschwestern, die sich mit Ärzten auf frei gewordene Patientenbetten werfen. Mit einer Heirat hat es leider noch nicht geklappt. »Ich war im Ferkelstall und hab da einen ganz phantastischen Typen kennen gelernt, vielleicht wird das was Festes ...«

»Wo, bitte??«, fragte ich.

»Im ehemaligen Schweinestall. Da werden jetzt Vorträge gehalten.« Ramona dehnte sich genießerisch.

»Aha. Und sonst? Was hast du mitgebracht?« Meine Stimme wurde wieder leiser.

»Ich wollte es chemisch angehen. Die Auswahl im Krankenhaus ist ja riesig. Jedenfalls hab ich ein Tütchen mit elefantenstarken Mitteln dabei.«

»Aber nur mal ordentlich piesacken«, bat ich. »Nicht gleich so finale Lösungen.«

»Natürlich. Nur ein bisschen verätzen.« Ramona schob lasziv ihren prallen Busen nach vorn. »Ich dachte an den Magen-Darm-Trakt ...«

»Gut, dann sind wir gerüstet.« Ich wunderte mich über meinen neuen führungssicheren Ton. Dabei hatte ich noch gar keinen Ginseng genommen. Wahrscheinlich ein psychologisches Phänomen. Erwartungshaltung und so. »Wenn Gesa wieder auftaucht, werde ich euch mit ihr bekannt machen. Dann geht alles leichter. Vertrauensbildende Maßnahmen, ihr versteht.«

Wir erhoben uns und schüttelten das Gras ab. Jetzt stand erstmal »Zeit zur freien Verfügung« auf dem Plan, um das vielfältige Angebot der FloraFarm vom Kochkurs bis zum Ponyreiten voll auszuschöpfen. Ramona strich sich noch immer mit einem Halm über die Wange. »Ich hab ein Rendezvous«, flüsterte sie verschwörerisch.

***

Seltsam, dass Gesa noch nicht zurück war, dachte ich. Egal, ich würde nicht länger warten. Ich ging hinüber zu einem großen Fachwerkhaus, neben dem sich die Skulptur einer riesigen Wurzel reckte. Hier waren die Verkaufsräume der FloraFarm, während die Plantage draußen auf den Feldern lag. In der »Bauerndeel« des Hauses deckte ich mich mit diversen Ginsengprodukten ein: ein Gläschen Marmelade, ein Schnaps für den Liebsten daheim und eine große Packung Kapseln. Die Wurzelvariante probierte ich gleich aus und steckte mir ein Stückchen in den Mund.

Plötzlich stand Gesa neben mir.

»Na, genug Heidschnucken gezählt?« In seltenen Momenten kann ich sogar ironisch sein.

»Ach was, ich hab schon die Führung durch die Gärten mitgemacht. Meinen Bericht in den Laptop getippt und nach Hamburg durchgegeben.« Sie fixierte mich, als wolle sie das Schauspiel eines dramatischen Zusammenbruchs erleben.

Gut, ich spürte einen Stich, registrierte auch, dass ich mir meinen eigenen Ginsengartikel jetzt erstmal abschminken konnte. Aber das war's auch schon. Ich kaute cool meine Wurzel weiter.

»Du siehst schlecht aus«, bemerkte ich. »Der Stress ist dir ins Gesicht geschrieben. Willst du nicht eine Packung Kapseln kaufen? Ich würde dir die große empfehlen.«

Bald würde sie noch schlechter aussehen. Wenn erstmal mein Rächer-Trio sein Werk begann …

»Ich sag dir doch, ich nehm das Zeug nicht.«

»Na gut, dann nicht.« Ich las in dem Tagesprogramm. »Mensch, hier tobt das Dorfleben. Remmidemmi in allen Scheunen. ›Senioren-Steptanz‹, ›Flohmarkt für Groß und Klein‹ und hier – sogar eine Wahrsagerin. ›Madame Elena verrät Ihnen Ihr Schicksal‹. Eine Kartenlegerin. Da geh ich jetzt hin. Kommst du mit?«

Gesa wirkte nicht sehr animiert. »Okay, ich komme mit«, sagte sie muffig.

Madame Elena residierte unter einem Baldachin in einer Scheunenecke, auf einem Holztisch fächerte sie die Karten auf. Sie war Ende fünfzig, ihren halslosen Kopf umrahmte eine tiefschwarz gefärbte, ballonartige Sprayfrisur, ein kunstseidenes Gewand mit Goldpailletten verhüllte die dickliche Figur. Mit ihrem dämonischen Make-up sah sie aus, als sei sie aus Transsylvanien angereist. Endlich waren wir dran.

»Zu zweit?«, fragte sie in breitem Hamburgisch.

»Ja, bitte. Wir haben keine Geheimnisse voreinander«, behauptete ich.

Madame Elena sah mich prüfend an. »Heben Sie ab.«

Sie legte die Karten aus und hüpfte mit den Fingern darüber. Ihr Gesicht hellte sich auf. »Ein Mann, sehr dicht in ihrer Nähe. Beständiges Liebesglück.« Ich lächelte dankbar. »Beruf: Es geht stetig bergauf. Im Juli: Ein Vorgesetzter fördert Sie.« Ich begann zu strahlen. »Gesundhei …« Ich wurde etwas unruhig. »Leichte Probleme mit den Bronchien, die aber in den nächsten Wochen verschwinden werden.« Dank Ginseng! Ich atmete auf und legte die zehn Euro hin.

Die Wahrsagerin blickte nun aufmerksam in Gesas mürrisches Gesicht. Sie tippte schnell die Karten an, schüttelte den Kopf und begann noch einmal. »Ich sehe zwei Männer in Ihrer Nähe.« Gesa schaute schlagartig freundlicher, man konnte sie sogar sympathisch finden. »Liebesglück winkt, doch es lauert Gefahr. Ich sehe einen Schatten …«

Die Züge meiner Feind-Freundin fielen zusammen. »Ich hab hier einen Mann kennen gelernt«, zischelte sie mir ins Ohr. Ich war sprachlos und betrachtete sie, als sähe ich sie zum ersten Mal: Dreifach-Kinn, Tränensäcke ... nein, das konnte doch nicht wahr sein.

»Ihre Karriere«, dozierte Madame weiter, »bekommt Aufschwung, Sie sind auf der Überholspur.« Sie sprang ein paar Karten weiter. »Doch leider, leider hält die Gesundheit nicht stand. Eine Krise bahnt sich an.«

»Eine Krise?«, schrie Gesa.

»Wir reifen an Krisen«, erwiderte Madame Elena unbewegt. Dann huschte ein Lächeln über ihr Gesicht. »Tun Sie Ihrem Körper und Ihrer Seele etwas Gutes.«

Gesa warf ihr den Geldschein hin und rannte hinaus. Draußen beschimpfte sie mich ausgiebig. »Blöde Idee, so einen Quatsch mitzumachen.« Ich gab mich friedfertig, denn ich wollte was über den frisch geangelten Typen hören. Aber Gesa ließ sich nichts entlocken.

»Sei vorsichtig«, mahnte ich.

»Wieso, was soll denn passieren?«

Interessant fand ich, dass Gesa mich dann zum Ginseng-Shop in die »Bauerndeel« zog und dort eine Großpackung Kapseln kaufte.

***

In der Nacht weckte mich gellendes Geheule auf. Sirenenalarm! Ich warf mich in den hauseigenen Saunamantel und raste hinunter in den Frühstücksraum. Meine Rächerinnen in spe waren schon versammelt. Corinne, Marlies und Ramona, wie ich in weißes Frottee gehüllt.

»Seid ihr zu weit gegangen?«, flüsterte ich. »Habt ihr Gesa in einer Nacht-und-Nebel-Aktion um die Ecke ...«

Die drei hoben abwehrend die Hände.

Ich sah Corinne scharf an. »Ihr habt also noch gar nichts unternommen!«

»Tut mir Leid, Renate. Aber ich war mental noch auf mein voriges Karma fixiert.«

»Man wird hier so ruhig und ausgeglichen«, bemerkte Marlies. Das sollte wohl eine Entschuldigung sein.

»Ich wollte ja.« Ramona machte einen Schmollmund. »Aber dann hat mich der Herr von gestern eingeladen.«

»Ihr seid mir ja eine tolle Truppe«, schnaubte ich. Dabei beließ ich es, denn jetzt standen andere Dinge an. Wo war Gesa? In ihrem Zimmer jedenfalls nicht. Und was bedeutete der Alarm? Wir traten im Mondlicht vor die Tür. Am Ende des Ginsengpfads, direkt an den Feldern, drängten sich mit flackernden Lichtern Polizei- und Rettungswagen zusammen.

»Und wenn wir uns anziehen und hingehen?«, fragte Marlies. In ihrem Hausfrauendasein passierte nicht viel.

»Die lassen uns nicht durch«, meinte Corinne.

»Dann gehen wir wieder hinein und bestellen Sekt«, entschied Ramona.

Tatsächlich servierte uns die Wirtin einen Mitternachtssekt. Sie war genauso unruhig wie wir und trank gleich mit. Endlich ging das Telefon. Die Wirtin presste den Hörer ans Ohr, wir sahen, wie sich ihre Miene rapide verdüsterte.

»Ihre Bekannte, Frau Euler, wurde ins Krankenhaus gebracht. Sie wurde durch eine Mistgabel schwer verletzt, ist aber außer Lebensgefahr.«

Gesa in den Fängen eines Mörders! Und nun im Krankenhaus! Hätte sie doch auf Madame Elena gehört. Zu dumm, dass wir jetzt ins Bett gehen mussten.

Wir blieben den nächsten Tag noch in der »Heidschnucke«. Corinne, Marlies, Ramona und ich. Nein, Frau Euler könne noch keinen Besuch empfangen, teilte mir die Klinik mit. Einen Tag lang mussten wir uns mit Gerüchten begnügen. Dann kam der »Walsroder Express« heraus und klärte uns auf:

DUNKLE ELEMENTE

»Bei einem nächtlichen Rendezvous unter den Schattendächern der Ginsenganlagen der Firma FloraFarm wurde die 52-jährige Gesa E. schwer verletzt. Die Hamburger Journalistin recherchierte für einen Artikel über das ›Gold aus der Heide‹ und lernte bei dieser Gelegenheit den Anlageberater Peter F. kennen. Während sich das Paar zwischen den Ginsengpflanzen näher kam, überraschte es einen ungebetenen Gast: Der Kaufmann Erwin B. war gerade dabei, das wertvolle Saatgut der Firma FloraFarm zu stehlen, um damit, wie er später gestand, einen Konkurrenzhandel zu eröffnen. Gesa E. trat ihm beherzt entgegen, woraufhin Erwin B. in Panik zu einer Mistgabel griff und die Journalistin damit erheblich verletzte. Mit Peter F. gelang der Polizei ein weiterer Fang: Der angebliche Anlageberater ist ein lange gesuchter Heiratsschwindler.«

***

Ich packte meinen Koffer und verließ die »Heidschnucke«. Noch einmal schaute ich zu dem Ginsenghof und der dekorativen Wunderwurzel hinüber. Ich würde wiederkommen. Aber dann, um mich wirklich zu erholen. Die Kosmetiklinie »Balance« hatte ich auch noch nicht probiert … Denn, ob Zicken-Zoff oder nicht: Ginseng tut gut.

Bockhorner Treiben

Von Martina Bick

In Schneverdingen stiegen die meisten Fahrgäste aus. Eine ganze Horde mittelalter Herren in Sporthemden und Shorts bugsierte ihre Fahrräder aus dem Zug. Zuletzt wurde der Fahrradanhänger mit der Bierkiste aus dem Abteil gehievt. Der fröhliche Teil des Vatertags konnte beginnen. Vier junge Russen in einer Sitzgruppe schräg vor Marie und Tomkin blieben hocken und stellten ihr Kofferradio lauter. Sitzen blieben auch die beiden alten Damen auf der anderen Seite des Gangs, deren Gespräche Marie seit Hamburg-Harburg mit anhörte: Betrachtungen über Erziehungsfragen von Nachbarsjungen (»Bei MIR kann er ruhig klingeln, ich habe immer etwas Süßes für ihn da.«), Wetterprognosen (»Nein, MORGEN soll es kühler werden, nicht heute.«), Kleiderfragen und Beziehungsrituale (»Tut mir Leid, dass du nun so früh aufstehen musstest wegen unseres Ausflugs.« – »Was tut dir denn daran Leid? Es ist doch kein Problem, früh aufzustehen?« – »Nun, ich weiß doch, dass du gern lange schläfst, aber ...« – »Seit wann schlafe ich gern lange? Ich habe noch nie gern lange geschlafen!«) und so weiter. Beide trugen beige Stoffhosen und farblich passende Lederschuhe. Die eine hatte ein rosafarbenes Flanelljackett angezogen, die andere das gleiche Jackett in Türkis. Darunter trugen sie weiße Rollkragenpullover. Die eisgrauen Locken waren mit Sicherheit vom selben Friseur onduliert. Beide hatten an der linken Hand je einen goldenen Ring am kleinen und am Ringfinger aufgesteckt. Am rechten Ringfinger trug die »Rosafarbene« einen schlichten Goldring, der ein Ehering sein konnte, die »Türkisfarbene« dagegen einen schmalen Goldring mit Brillant. Am linken Handgelenk hatten beide goldene Armbanduhren umgelegt, am rechten glitzerten schmale goldene Armbänder. Sie hatten natürlich beide eine lederne Handtasche quer über die Schulter geschnallt und außerdem dunkelblaue, frisch gebügelte Stoffbeutel dabei, die so schlaff auf den Sitzen neben ihnen lagen, dass sich darin höchstens ein Päckchen Tempotücher befinden konnte.

Von Zeit zu Zeit sah Marie zu Tomkin, um zu prüfen, ob er ebenfalls dem Geplänkel zuhörte. Aber Tomkin schlief. Er war am Vorabend aus London gekommen, völlig überarbeitet und übermüdet von nächtelanger Arbeit an einem abzugebenden Manuskript. Tomkin war Schriftsteller und hatte niemals Feierabend. Im Gegensatz zu Marie, der es als Kriminalkommissarin da viel besser erging: Dienst war Dienst und Feierabend war Feierabend. Manchmal jedenfalls.

Vor den Fenstern der gemächlich durch die Landschaft zuckelnden Regionalbahn zogen aufgeplusterte schneeweiße Wolkenberge über einen stahlblauen, viel versprechenden Himmelfahrtshimmel. Ein kräftiger Nordostwind pustete sie vor sich her wie kleine weiße Segel auf einer glatten, unendlichen See. Ihre Schatten huschten über satte Frühjahrsweiden, gelbgrüne Rapsfelder, aufgelaufene Saaten in heller, sandiger Heideerde. Nur die Wintergetreide standen schon hoch aber noch grün und unreif auf den Feldern. Zwei Kraniche fischten in einem Moorstück. Dann hielt der Zug in Soltau. Als er nach einer langen Pause wieder anfuhr, weckte Marie ihren Begleiter.

Bockhorn war ein kleines Örtchen, sechs Kilometer südlich von Fallingbostel am Südrand der Lüneburger Heide gelegen.

»Der hat sich nicht ins Bockshorn jagen lassen, dieser Bauer«, sagte Tomkin, als sie mit ihren Rädern durch das Dorf schoben, dessen Zufahrtsstraßen von den Besucherinnen und Besuchern des alljährlichen Ginsengfestes der FloraFarm, Deutschlands einziger Ginsengfarm und Arzneimittelproduktion, verstopft waren. »Weißt du, woher das Sprichwort kommt?«

Marie schüttelte den Kopf. Tomkin war der Experte für deutsche Sprichwörter und Redewendungen.

»Jemand, der sich etwas zu Schulden kommen lassen hatte, das nicht gerichtlich verfolgt werden konnte, wie zum Beispiel ein Verstoß gegen das Brauchtum, gegen die Dorfsitten und -gewohnheiten, den hat man früher in ein Ziegenfell gezwängt und durchs Dorf getrieben.«

»Und darum ist einer, der sich nicht ins Bockshorn jagen lässt…«

»…einer, der sich nicht Bange machen ließ. Den man nicht erwischen konnte. Das passt doch gut für einen Bauern, der seinen Hof dadurch rettet, dass er sich klammheimlich die gut gehüteten, kostbaren Ginsengsaaten besorgt, auf deren Ausfuhr in Korea die Todesstrafe steht, um damit mitten in Deutschland eine gut florierende Ginsenganpflanzung aufzuziehen und damit auch noch das Handelsmonopol irgendeiner Schweizer Firma für den Ginsenghandel in ganz Europa aufzubrechen.«

»Klingt schlau«, murmelte Marie und versuchte, ihr Fahrrad neben Tomkins anzuschließen, ohne dabei andere Räder umzustoßen. »Hoffentlich haben sich die Koreaner und die Schweizer auf Dauer erfolgreich ins Bockshorn jagen lassen.«

Ganz Norddeutschland schien an diesem Sonntag in Bockhorn unterwegs zu sein. Dabei war Marie nach einem ruhigen Fahrradausflug aufs Land zumute gewesen. Aber nun waren sie einmal hier. Auf dem Helkenhof drängelten sich die Leute zwischen den Ständen eines Kunsthanderwerkermarkts, begleitet von Livemusik, Theatervorführungen und jeder Menge Informationen über das geheimnisvolle alte asiatische Heil- und Stärkungsmittel.

»Komisch«, meinte Tomkin, während er ein kleines Stückchen getrockneter Ginsengwurzel von einer Backentasche in die andere schob. »Ich weiß nicht, ob ich das jeden Tag im Mund haben möchte. Aber vielleicht gewöhnt man sich daran.«

Marie hielt sich tapfer in der ersten Reihe zwischen den Schau- und Kauflustigen an der Theke des Ginsengstands. Es gab die Heilwurzel auch in Kapseln, von denen man zwei Stück täglich einnehmen sollte, einhundert Tage lang im Jahr, um zum Beispiel seine Konzentrations- und Gedächtnisleistung zu stärken. Ein teurer Spaß. Aber die Leute griffen eifrig zu, bezahlt wurde später. Da Ginseng erst nach einigen Wochen seine ausgleichende, das Immunsystem stärkende Wirkung entfaltete, durfte man die Präparate erst mal mit nach Hause nehmen, die Rechnung kam dann irgendwann per Post.

»Willst du nicht auch probieren?«, fragte Tomkin und bot Marie in der geöffneten Hand ein Häufchen gehackselter Ginsengwurzeln an. »Du könntest es brauchen.«

»Was hast du an meiner Gedächtnisleistung zu bemängeln? Bislang habe ich dich immer noch wieder erkannt. Ich brauche jetzt erst mal etwas zu essen.«

Tomkin grinste schief, um sein Wurzelstückchen nicht aus der Backe zu verlieren und ließ den Ginseng in seiner Hosentasche verschwinden. Sie drängelten sich über die große Diele hinaus auf den Vorplatz, wo zwischen den Kunsthandwerkerständen eine Würstchenbude und ein Biertresen aufgebaut waren. Marie bestellte sich eine dicke Bratwurst. Während sie im Stehen aß, fiel ihr Blick auf zwei alte Damen mit eisgrauem Haar, jede mit einem Kaffeebecher in der Hand, die die voll besetzten Stuhlgruppen nach einem freien Platz absuchten. Die eine trug ein rosafarbenes Jackett, die andere ein türkises. Die »Türkisfarbene« hatte einen Teller mit einem Riesenstück Torte in der Hand.

»Baisertorte«, murmelte Tomkin und sah sich um. »Die muss ich auch haben. Soll ich dir Kaffee mitbringen?«

In dem Augenblick setzte die Band ein. Marie schüttelte den Kopf und stellte sich am Biertresen an.

Es war Viertel nach zwei, registrierte Marie gewohnheitsmäßig, als zum ersten Mal die Durchsage gemacht wurde, ein möglicherweise anwesender Arzt möge bitte rasch ins Büro der FloraFarm kommen. Ein Gast habe einen Schwächeanfall erlitten.

»Kein Wunder«, murmelte Tomkin und schob zum wiederholten Male gehäckselte Ginsengwurzeln in die Backentaschen. »Es ist so schwül hier. Mir ist auch ganz schummrig.«

Marie fand es eher zu kühl und schlug einen kleinen Spaziergang zu den Ginsengfeldern vor. Angefangen bei der großen Ginsengwurzel liefen sie von einer Schautafel zur nächsten und erfuhren so ganz genau, woher die kostbare Pflanze stammte, wie sie wirkte und wie sie hierher nach Bockhorn gekommen war. Am Ende nahmen sie wie viele andere Besucher Platz unter den dunklen Sonnenschutzplanen, die das Schaufeld mit den unscheinbaren grünen Pflanzen mit der kostbaren Wurzel vor direkter Sonneneinstrahlung schützten. »Selbst die Ärzte hier im Krankenhaus nehmen unseren Ginseng«, erklärte Frau Bredemeier ihren Zuhörern. Alle Mitarbeiter der Farm trugen weiße T-Shirts mit dem grünen Aufdruck der FloraFarm und ein Namensschild auf der Brust. »Ich weiß das. Und ich selbst nehme es auch täglich. Alles, was man dem Körper Gutes tun kann, das soll man auch tun, finden wir. Ob man nun die Wurzelstückchen nimmt oder die Kapseln, das ist jedem selbst überlassen. Hauptsache, man nimmt den Ginseng regelmäßig. Der Körper dankt es einem.«

»Ich glaube, mir ist schlecht«, flüsterte Tomkin und erhob sich plötzlich schwankend.

Marie sah ihn besorgt an. Tomkin hatte Schweißperlen auf der Stirn und war blass. Er schluckte trocken.

»Mein Gott, siehst du elend aus!« Marie sprang auf und stützte ihn, ehe er umkippen konnte. Im gleichen Moment erhob sich ein anderer Zuhörer, taumelte und stürzte rückwärts über die Bank. Ein paar Leute halfen ihm, wieder auf die Beine zu kommen.

Marie führte Tomkin aus dem umzäunten Zuhörerareal auf die Wiese. Die weißen Wattewolken hatten sich zu einer dichten, grauen Decke zusammengeschoben. Direkt über ihnen kreiste ein Rettungshubschrauber. Er landete mit ohrenbetäubendem Lärm auf dem Gowfplatz auf der anderen Seite des Weges. Der Luftzug fegte den Gästen in die Haare.

Tomkin sackte neben Marie ins Gras und wollte nicht wieder aufstehen.

»So ist es gut, so ist es besser«, murmelte er. »Lass mich bitte einen Augenblick liegen. Mir ist so schlecht.«

Tomkin hatte ununterbrochen Ginsengwurzeln gekaut, das war ihm bestimmt nicht bekommen. Auch natürliche Heilmittel sind Drogen und müssen sorgsam dosiert werden, dachte Marie und zog ihre Jacke aus. Sie hockte sich neben ihm nieder und schob sie ihm unter den Kopf. Vielleicht hatte er auch eine Unverträglichkeit für Ginseng? Und dies war eine allergische Reaktion, ein Schock?

»Ich gehe einen Arzt holen. Bleib schön hier liegen, ja?«

Tomkin hielt einen Augenblick Maries Hand fest. Seine Finger waren eiskalt und klamm. »Ich glaube, mit dem Ginseng ist irgend etwas nicht in Ordnung. Wie gut, dass du nichts davon genommen hast«, murmelte er. »Ich gehe nie im Leben wieder asiatisch essen.«

Auf dem Hofplatz hatten ein paar ältere Herren mit bunt geschmückten Fahrrädern und Wimpeln Aufstellung eingenommen. Das Fahrradballett Nienhagen, erläuterte jemand per Lautsprecher. Anschließend sollten die Stepp-Senioren aus Hannover auftreten. Die Gäste hatten sich mit Bier und Schnäpsen in großer Runde um die Darsteller versammelt.

Marie verschaffte sich zielstrebig Durchlass und suchte die Menge ab nach jemandem im grün-weißen T-Shirt. Aber alle Mitarbeiter der Farm schienen auf einmal wie vom Erdboden verschluckt zu sein. Auf der Diele saßen ein paar gebrechlichere Gäste. Sie lauschten den Ansagen, mit denen das Fahrradballett moderiert wurde und klatschten Beifall. Marie gelangte über ein Treppenhaus in den ersten Stock. Vom Ende des Gangs her hörte sie leise Stimmen. Zögernd ging sie über den Flur. Neben einem gut bestückten Waffenschrank lehnte ein robuster Herr mit dichtem weißen Schopf im Türrahmen eines Zimmers, aus dem die Stimmen drangen. Sein Gesicht kam ihr vage bekannt vor.

»Ich suche einen Arzt. Mein Freund hat den Ginseng nicht vertragen und liegt mit einem Kreislaufkollaps draußen auf der Wiese.«

Der Mann drehte sich zu ihr herum. Er hatte die Arme unter der Brust gekreuzt und versperrte mit seinem breiten Kreuz den Blick durch die Tür. »Von Ginseng bekommt man keinen Kreislaufkollaps«, sagte er. »Wie kommen Sie denn hierher?«

Marie hatte Gesichter noch nie gut zuordnen können. Aber dann fiel ihr ein, wo sie diesen Mann schon mal gesehen hatte: Im Prospekt der FloraFarm. Vor ihr stand leibhaftig der Ginsengbauer.

»Es geht ihm jedenfalls schlecht und er braucht dringend einen Arzt«, sagte sie. Dass Tomkin Unmengen seiner teuren Ginsengwurzeln gekaut hatte, die heute zum Probieren ausnahmsweise in kleinen Portionen verschenkt wurden, brauchte sie dem Hausherrn ja nicht gerade auf die Nase zu binden.

Ein Schrei aus dem Erdgeschoss riss Marie herum. Zusammen mit dem Bauern stürzte sie die Treppe hinab. Im Gegenlicht des Dieleneingangs konnte sie die Person nicht gleich erkennen. Sie sah nur jemanden mit den Armen fuchteln und um Hilfe rufen. Es war die alte Dame im rosafarbenen Jackett. Neben ihr an einem der weißen Plastiktische war jemand zusammengebrochen. Ein Kopf mit eisgrauen, ondulierten Locken wurde umrahmt von Armen, die in den Ärmeln eines türkisen Jacketts steckten. Das Gesicht lag auf der Tischplatte, und als Marie es vorsichtig zu sich drehte, sah sie, dass die alte Dame tot war.

Es dauerte lange, bis die Kripo aus Hannover anrückte und Hof und Gelände weiträumig absperren ließ. Das Personal der FloraFarm hatte in der Zwischenzeit alle Hände voll zu tun, um von überall her Stühle heranzuschaffen, damit die Menschen sich hinsetzen konnten. Biertresen und Ess-Stände stellten das Geschäft ein und fingen an, aufzuräumen. Die Band baute ihre Anlage ab und wartete auf den gepackten Kisten. Eine ungute, bedrohliche Stimmung lag in der Luft. Kein lautes Wort fiel. Um die Tote herum hatte sich ein Kreis gebildet, eine Art Schutzwall. Die »Rosafarbene«, wie Marie sie für sich nannte – es hatte sich inzwischen herausgestellt, dass sie die Schwester der Verstorbenen war –, saß starr wie unter Schock neben der Toten.

Marie hatte für sich und Tomkin Stühle beschafft. Tomkin war noch immer sehr blass und kämpfte gegen die Übelkeit, aber er war über den Berg. Wie ihm ging es noch zwei anderen jüngeren Männern. Auch sie hatte der rätselhafte Kreislaufkollaps erwischt. Vier ältere Leute – zwei Männer und zwei Frauen – waren ins Krankenhaus gebracht worden. Weitere Krankheitsfälle waren bisher nicht aufgetreten. Niemand nahm mehr irgend etwas zu sich. Am Ginsengstand konnte man seine Einkäufe zurückgeben, obwohl die Mitarbeiter der Farm nicht müde wurden zu versichern, dass die Arzneimittelprodukte wie immer einwandfrei wären und die Unglücksfälle auf keinen Fall etwas mit dem Ginseng zu tun haben könnten.

»Wir kaufen seit Jahren unsere Ginsengprodukte hier auf der Farm ein, und uns ist noch nie etwas passiert«, erklärte eine Dame, die neben Tomkin saß. Ihr Mann nickte stumm. »Wer weiß, was die Leute gegessen und getrunken haben, wovon ihnen schlecht geworden ist. Und die alte Dame hatte doch bestimmt einen Schlaganfall.«

»Bestimmt«, wiederholte Marie und beobachtete ein junges Mädchen im hautengen T-Shirt der FloraFarm, das mit zwei Hundewelpen auf dem Arm aus der Diele trat. Sie bemerkte Maries Blick und machte eine abweisende Miene. Dann lief sie durch den Garten in Richtung Dorf davon, die jungen Hunde gegen ihre Brust gedrückt.

»Vermutlich eine Vergiftung«, diagnostizierte der Polizeiarzt nach einer kurzen Untersuchung der Toten. »Warten wir den Laborbericht ab.«

»Vielleicht will jemand den Ginsengmarkt in Deutschland erobern«, schlug einer der Kollegen aus Hannover vor, nachdem die Tatbestände aufgenommen worden waren. »Womöglich ist das ganze Zeug hier vergiftet.«

»Dafür haben zu viele davon probiert«, sagte ein anderer. »Aber irgendwo habe ich auch mal gelesen, dass Ginseng früher in Gold aufgewogen wurde. Da könnte schon jemand auf die Idee kommen, sich auch eine goldene Nase verdienen zu wollen.«

Eine mit der Pressearbeit beauftragte Mitarbeiterin der FloraFarm schüttelte den Kopf. »So einfach ist das nicht. In dieser Farm stecken jahrzehntelange Arbeit und sehr hohe Investitionskosten. So schnell baut man Ginseng nicht an. Die

Pflanzen müssen sechs Jahre wachsen, ehe man das erste Mal die Wurzeln ernten kann. Die Anerkennung nach dem deutschen Arzneimittelrecht ist langwierig und sehr schwierig. Nein, das ist nichts für Leute, die das schnelle Geld verdienen wollen. Wir haben keine Konkurrenten.«

»Aber vielleicht haben Sie Feinde.«

Die Frau zuckte die Achseln. »Nicht, dass ich wüsste.«

»Die schlimmsten Feinde sind die, die sich nicht zu erkennen geben«, sagte Marie, die schweigend zugehört hatte. Sie legte Tomkin einen Arm um die Schultern. »Können wir jetzt nach Hause fahren? Die Räder bleiben hier. Ich hole sie im Laufe der Woche ab. Zug fahren kannst du doch, oder?«

Eine Woche später, Tomkin war längst genesen und wieder heil und gesund in London angekommen, machte Marie sich mit einem geliehenen VW-Bus auf den Weg in die Heide, um ihre Räder abzuholen. Es war später Nachmittag, als sie auf den Helkenhof zufuhr, dessen schöner weißer Fachwerkgiebel schon von weitem durch die Bäume schimmerte. Der Ginsengfall – so hatte die Presse die Angelegenheit genannt – kam nicht recht voran. Die alte Dame im türkisen Jackett war an einer schweren Arsenvergiftung gestorben. Arsen war auch im Körper der anderen Erkrankten festgestellt worden, wenn auch nur in sehr geringen Mengen. Auch Tomkin hatte Spuren des giftigen Halbmetalls im Körper gehabt. Wie es dahin gekommen war, hatte bislang noch nicht geklärt werden können. Manche der Betroffenen hatten getrocknete Ginsengwurzel probiert, genau wie Tomkin. Manche hatten ein Würstchen gegessen, Bier getrunken, andere Kaffee oder Tee. Alle hatten ein Stück Baisertorte gegessen. Davon jedoch war in der Küche kein winziges Restchen mehr vorhanden gewesen. Alle Torten waren aufgegessen, das Geschirr gespült, die Mülleimer entleert. Auf der ganzen Farm hatte sich weit und breit nicht die Spur von Arsen angefunden.

Trotz ausführlicher Richtigstellungen hielt sich hartnäckig das Gerücht, die Ginsengprodukte seien vergiftet gewesen. Der Umsatz des Postversandhandels ging schlagartig zurück. Es hagelte Briefe, E-Mails und Anrufe mit Anfragen, wie und wann man die vor kurzem gekauften Produkte zurückgeben könne. Die Pressefrau der FloraFarm schwankte zwischen Aufregung, Ärger und Resignation, als sie Marie begrüßte. »Da erlaubt sich jemand einen ganz bösen Scherz, glauben wir.«

»Nicht sehr lustig, wenn jemand dadurch zu Tode kommt«, meinte Marie und sah plötzlich das Mädchen mit den Hundewelpen aus der Scheune treten. Es blinzelte in der Helligkeit und setzte die jungen Hunde auf der Erde ab.

»Corinna«, rief die Pressefrau. »Du sollst doch die Hunde nicht in der Scheune spielen lassen, solange sie nicht stubenrein sind. Wer macht denn den Dreck nachher weg?« An Marie gewandt erklärte sie: »Das ist unsere Praktikantin, sie arbeitet in der Küche. Sie hatte eine Hündin, die hier auf dem Hof ihre Jungen bekommen hat. Leider ist das Tier bei der Jagd erschossen worden. Seitdem lässt Corinna die Welpen nicht mehr aus den Augen.«

»Und wer hat den Hund erschossen?«

»Keine Ahnung«, die Pressefrau zuckte die Achseln. »Da stand kein Name dran. Hunde dürfen zur Jagdzeit halt nicht ohne Leine in den Wald.«

Marie dachte an den Waffenschrank im ersten Stock des Haupthauses. Ob der Ginsengbauer ein guter Schütze war? Vielleicht war seine Praktikantin genauso unnachgiebig wie er und ließ sich nicht ins Bockshorn jagen?

Während die Pressefrau zurück ins Haus eilte, schlenderte Marie zur Scheune, worin sich ihre Fahrräder befanden. Vor der großen Schiebetür drehte sie sich um und beobachtete die Hundewelpen, die sich gegenseitig in die Beine bissen, übereinander sprangen und stolperten und über den Boden kugelten. Es waren hübsche Tiere, reinrassige Setter. Corinna musterte Marie mit ihrem feindseligen Blick.

»Guten Tag«, sagte Marie und versuchte, mit einem Lächeln zu parieren. »Wollen Sie nicht ein paar Schritte mit mir auf dem Ginsengpfad wandern?«

»Ich habe keine Zeit.«

»Was haben Sie denn heute vor? Wieder Schneckengift zerbröseln und in die Baisertorte streuen für neue Besucher? Machen Sie jetzt so weiter oder genügt Ihnen Ihre Rache schon?«

»Ich weiß nicht, wovon Sie reden.«

»Haben Sie das Gift eigentlich in die Sahne getan oder haben Sie die Erdbeeren damit eingezuckert? Ach nein, es war ja vermutlich nur eine einzige Torte, die vergiftet wurde. Dann haben Sie es wohl direkt auf den Tortenboden gestreut. Stimmt's?«

Corinna nahm einen der Welpen am Genick hoch und kniete sich auf den Boden, damit der zweite ihr direkt auf den Arm springen konnte. Beide leckten dem Mädchen das Gesicht ab und hörten nicht auf zu fiepen.

»Sie wollen nicht mit mir sprechen, okay. Dabei will ich ja nur wissen, wie die Sache abgelaufen ist. Und vor allem, warum. Reine Neugier. Keine gute Eigenschaft für eine Kriminalbeamtin, ich weiß. Man soll sich lieber an die Tatsachen halten. Aber dann muss man manchmal sehr viel Geduld haben, bis man die Täter gefasst hat. Kriegen tun wir sie allerdings immer.«

Corinna erhob sich wieder, blieb aber vor Marie stehen. Ihre Augen waren starr auf den Autoschlüssel gerichtet, den Marie noch immer in der Hand hielt.

»Mir ist zum Beispiel nicht klar, woher Sie sich sicher waren, wer Ihre Hündin erschossen hat. Vielleicht ist es gar nicht der Ginsengbauer gewesen?«

Die Mundwinkel des Mädchens zuckten. Die Hunde beruhigten sich und machten es sich auf ihren Armen bequem.

»Er hat es mir ja selbst gesagt.«

»Und darum musste eine unschuldige alte Dame sterben?«

»Die ist nicht an meiner Torte gestorben«, sagte Corinna. »Die wäre sowieso gestorben.«

»Ach ja? Wie kommen Sie darauf?«

»Sie können mir gar nichts beweisen. Und Sie wissen auch gar nichts. Überhaupt keine Ahnung haben Sie. Mischka war erst zwei Jahre alt, als sie ermordet wurde. Sie hatte gerade zum ersten Mal Junge bekommen. Die beiden wären auch fast gestorben, weil sie nicht trinken wollten, drei Tage lang. Und dann habe ich sie mit einer Flasche aufgepäppelt.«

Das Mädchen war ein Fall für den Psychiater, nicht für den Richter, dachte Marie und legte ihr eine Hand auf den Arm. »Und das Schneckengift?«, fragte sie leise. »Wie war es nun damit?«

»Es war kein Schneckengift. Ich habe ein bisschen von dem Enthaarungsmittel genommen, das da drin in der Scheune lag. Man braucht es für Tierpräparationen, glaube ich. Es war aber nur noch ganz wenig davon da. Ich habe es mit dem Eiweiß zusammen geschlagen, für die Baiserhaube einer der Torten. Den Leuten sollte nur ein bisschen schlecht werden. Damit sie sich beschweren und so.«

»So«, sagte Marie und registrierte erleichtert dieses sichere Gefühl von innerer Klarheit, das sich immer einstellte, wenn sie einen Fall gelöst hatte. Der Rest lag auf der Hand. Sie hatte zwar kein Funkgerät in dem geliehenen Wagen, aber ausnahmsweise einmal ihr Handy dabei. Und es war sogar aufgeladen.

Zwei Stunden später schon konnte die Harburger Kripo die Dame mit dem rosafarbenen Jackett in Haft nehmen. In ihrer Wohnung in der Marienstraße fand sich noch alles genauso an wie zu Lebzeiten der Schwester. Während sie selbst täglich eine halbe Stunde ein Stückchen getrockneter Ginsengwurzel in der Backentasche zu bewegen pflegte, hatte ihre Schwester Ginsengkapseln bevorzugt. Eine angebrochene Hunderter-Packung stand auf der Anrichte neben einem eingetrockneten Wasserglas. Die labortechnische Untersuchung der Kapseln ergab, dass sie sämtlich geöffnet und mit einer nicht unerheblichen – aber allein nicht tödlichen – Dosis Arsenik in Form von Bleiarsenat, wie es früher in Weinanbaugebieten zur Schädlingsbekämpfung eingesetzt wurde, angereichert worden war. Die tägliche Einnahme garantierte ständige, quälende Krankheitssymptome und möglicherweise eine tödliche Krebserkrankung.

Die rosafarbene Schwester war geständig. Sie sei wirklich erstaunt gewesen über das plötzliche Ableben ihrer Schwester, sagte sie aus. Sie selbst hätte ihr keine so rasche Erlösung zugebilligt. Über ihre Motive wollte sie vorerst keine Auskunft geben. Als man sie in ihre Zelle brachte, machte sie einen eher nachdenklichen Eindruck.

Rio muss warten

Von August Gödecke

Ralf Siegel lief nervös in seiner Zelle der Justizvollzugsanstalt Hannover hin und her, immer vier Schritte vor und vier zurück. Endlich war es soweit: Haftprüfungstermin in einer Stunde!

Gestern war er noch davon ausgegangen, dass der Richter ihn auf freien Fuß setzen würde. Aber jetzt schien er nicht mehr so sicher, denn die Staatsanwaltschaft hatte einen ihm unbekannten Zeugen geladen. Angeblich wollte ein Mann beobachtet haben, wie er und sein alter Kumpel Heino Kellner den Geldtransporter ausraubten.

Siegel schüttelte zum wiederholten Mal den Kopf, dachte angestrengt nach und ließ die Geschehnisse des Überfalls noch einmal vor seinen Augen ablaufen: Heino und er hatten den Geldtransporter fünf Wochen nicht aus den Augen gelassen und waren hinter ihm hergefahren, um die genauen Routen und Fahrzeiten zu erkunden. Dabei hatten sie peinlichst darauf geachtet, von den Fahrern nicht gesehen zu werden. Anfangs hatten sie Schwierigkeiten, in den Routen des Geldtransporters ein System zu erkennen, weil die Fahrer aus Sicherheitsgründen häufig die Wegstrecken wechselten. So nahm der Wagen hin und wieder den Weg über die Bundesstraße 209 nach Walsrode oder fuhr bei Fallingbostel direkt auf die Autobahn, aber letztlich lief doch alles nach einem bestimmten Schema ab; bereits nach sieben Tagen waren sie dahinter gekommen.

Obwohl nach menschlichem Ermessen nach diesen umfangreichen und professionellen Vorbereitungen nichts mehr schief gehen konnte, warteten sie sicherheitshalber noch zwei Wochen, beobachteten weiterhin den Transporter und legten danach Zeit und Ort des Überfalls fest.

Ja, und dann kam der langersehnte Tag, ein Freitag im November! An diesem regnerischen Nachmittag waren er und sein Kumpel Heino dem Geldtransporter über eine Stunde gefolgt. Mit Genugtuung hatten sie festgestellt, dass der Fahrer die von ihnen vermutete Strecke fuhr und sich auch peinlich genau an den Zeitplan hielt.

Wie verabredet, begannen sie mit ihren Vorbereitungen, als der schwere Transporter hinter Fallingbostel in Richtung Walsrode von der Bundesstraße 209 links nach Düshorn abbog.

Erwartungsgemäß lief die Aktion wie ein Uhrwerk ab. Während Ralf Siegel den Polo einige hundert Meter hinter dem vorausfahrenden Geldtransporter auf der rechten Fahrbahnseite auslaufen ließ, sprang Heino blitzschnell aus dem noch fahrenden Wagen, zerrte aus einem Gebüsch ein Umleitungsschild und stellte es mitten auf die Straße. Mit dieser Aktion wollten sie sich den Rücken freihalten und den eventuell folgenden Verkehr über Walsrode leiten. Eine wahrscheinlich überflüssige Vorkehrung, denn es waren ohnehin weit und breit keine Scheinwerfer zu sehen. Aber man konnte ja nie wissen.

Danach überholten sie ohne große Schwierigkeiten den langsam dahinfahrenden Geldtransporter und stoppten ihn kurz vor dem Umspannwerk mit einer Panzerfaust aus der Volksarmee.

Angesichts der Stahl brechenden Waffe leisteten die Fahrer nicht den geringsten Widerstand. Ralf Siegel zerstörte das Funkgerät und Heino Kellner nahm den beiden Männern die Handys ab. Danach lotsten sie den schweren Transporter ohne

Hektik nach rechts in einen betonierten Feldweg, fuhren eine Strecke von genau fünfhundert Metern in Richtung Walsrode und raubten den Wagen hinter einem kleinen Waldstück aus. Der Überfall dauerte nur wenige Minuten, es war dunkel und die Straße menschenleer.

Wie erwartet, konnte sich die Beute sehen lassen: vierhunderttausend Euro, Einnahmen aus Kaufhäusern in Soltau und Fallingbostel, und alles in gebrauchten und nicht registrierten Scheinen.

Pech war nur, dass die Polizei bereits einen Tag nach dem Überfall bei Heino Kellner in Fallingbostel auftauchte und ihn sofort mitnahm, als sie im Gefrierfach seines Kühlschrankes die Hälfte des erbeuteten Geldes fand.

Als die Polizei kurze Zeit später auch bei Ralf Siegel und seiner Lebensgefährtin Marion Hauser in Walsrode mit einem Durchsuchungsbefehl erschien, hatte er, obwohl er innerlich kochte, nur gegrinst und mit Unschuldsmiene zugesehen, wie sie ihre Bude auf den Kopf stellte. Im Nachhinein konnte er sich nur beglückwünschen, dass er bei seinen Raubzügen immer äußerst vorsichtig war und das Diebesgut nie mit nach Hause nahm.

Obwohl die Polizei bei ihm nichts fand, wurde er, trotz heftiger Proteste seines Anwalts, auf Veranlassung der Staatsanwaltschaft wegen dringenden Tatverdachts vorläufig festgenommen.

Da sie während des Überfalls Strumpfmasken trugen, konnten Fahrer und Begleitperson keine brauchbaren Täterbeschreibungen abgeben. Auch eine zufällig vorbeikommende Person hätte sie nicht beschreiben können, da sie die Masken erst Minuten später abnahmen, als sie sich auf der Hauptstraße zwischen Düshorn und der nach Fallingbostel führenden Bundesstraße 209 befanden. Da sie vorsorglich auch die Kennzeichen ihres Autos verändert hatten, konnte er sich daher beim besten Willen nicht vorstellen, was der von der Staatsanwaltschaft geladene Zeuge gesehen haben wollte.

Ralf Siegel setzte sich an den kleinen Holztisch, nahm sein Gesicht in beide Hände und zischte: »Wenn ich nur wüsste, wer mich erkannt haben will und bei den Bullen verpfiffen hat.«

Aber er kam nicht mehr dazu, weiter darüber nachzudenken, denn gerade öffnete sich knarrend die schwere Zellentür und ein Justizvollzugsbeamter sagte: »Herr Siegel, die beiden Herren hier haben den Auftrag, Sie zum Haftprüfungstermin zu bringen.«

Siegel nickte, stand auf und folgte den beiden uniformierten Polizeibeamten.

Zum Teufel, wer war der Zeuge, den die Staatsanwaltschaft da plötzlich ins Spiel brachte?

***

Für die attraktive, aber noch sehr junge und unerfahrene Staatsanwältin Dr. Claudia Wallner war es der erste Haftprüfungstermin ihrer juristischen Laufbahn.

Sie erläuterte mit wohlklingender Stimme dem ergrauten Haftrichter, dass der vorläufig festgenommene Ralf Siegel der zweite Mann bei dem Überfall auf den Geldtransporter gewesen sei und eine männliche Person dieses ziemlich sicher auch bestätigen könne. Bei dem Zeugen handele es sich um einen Mitarbeiter des Staatsforstes Walsrode, und dieser Mann sei, wie schon gesagt, ziemlich sicher, Ralf Siegel in der Nähe des zurückgelassenen Geldtransporters gesehen zu haben. Erschwerend käme zudem hinzu, dass Siegel schon einmal vor einigen Jahren zusammen mit seinem Kumpel Heino Kellner die Kreissparkasse Fallingbostel in Walsrode in der Moorstraße überfallen habe und…

Siegels Anwalt fiel der Staatsanwältin ins Wort, lachte kurz auf und packte demonstrativ seine Akten zusammen.

»Entschuldigung, Frau Kollegin, ich unterbreche Sie nur ungern, aber wenn das alles ist, was die Staatsanwaltschaft zu bieten hat, nehme ich Herrn Siegel gleich mit nach Hause, denn die Tatsache, dass mein Mandant schon einmal eine Straftat mit Herrn Kellner begangen hat, lässt keine Schlussfolgerungen auf das hier zur Verhandlung stehende Verbrechen zu. Und die Aussage Ihres Zeugen, er habe Herrn Siegel ›ziemlich sicher‹ gesehen, bedeutet doch ganz einfach, dass der Zeuge ›unsicher‹ ist. Nach alledem ist es unverantwortlich und mit den Gesetzen unseres Landes nicht zu vereinbaren, Herrn Siegel noch weiterhin in Untersuchungshaft zu lassen. Glauben Sie mir, Frau Kollegin, Herr Siegel ist seit seiner letzten Straftat, für die er ja ausgiebig büßen musste, ein gesetzestreuer Bürger. Er hat sich nichts mehr zu Schulden kommen lassen. Folglich kann man ihm auch nicht den Überfall auf den Geldtransporter anlasten, mit dem er nichts, aber auch gar nichts zu tun hat. Für eine Beteiligung an dieser Tat gibt es daher nicht den Ansatz eines Beweises.«

Mit einem Blick auf den Haftrichter kam er zum Schluss seiner Ausführungen: »Schließlich leben wir immer noch in einem Rechtsstaat, und wo kommen wir denn da hin, wenn i…«

Der ergraute Haftrichter schüttelte leicht den Kopf, warf der Staatsanwältin einen vorwurfsvollen Blick zu und setzte Ralf Siegel unverzüglich auf freien Fuß.

***

Als Ralf Siegel in der Justizvollzugsanstalt Hannover die Formalitäten erledigt hatte, kam ein tiefer Seufzer aus seiner Brust. Geschafft!

Er war ein freier Mann und konnte tun und lassen, was er wollte.

Auf dem Besucherparkplatz vor der Anstalt erblickte er seine Lebensgefährtin Marion Hauser, die gerade aus ihrem alten Polo stieg. Scheinbar hatte sie ihn noch nicht gesehen. Er grinste zynisch, denn in seinem künftigen Leben war für den rostigen Kleinwagen und seine nicht mehr ganz junge Geliebte kein Platz mehr. Wenn er alles erledigt hatte, kam für ihn nur noch ein Luxusschlitten in Frage und die Frau auf dem Beifahrersitz würde garantiert nicht Marion Hauser heißen. Aber noch war es nicht so weit, er musste sich noch einige Stunden gedulden.

Mittlerweile hatte Marion ihn gesehen. Sie beschleunigte ihre Schritte, warf sich ihm in die Arme und flüsterte zärtlich: »Schön, dich wieder in Freiheit zu sehen und herzlichen Glückwunsch zum Geburtstag!«

Ach ja, er wurde heute vierzig Jahre alt und diesen Tag hätte er nur ungern in der Strafvollzugsanstalt verbracht.

Ralf löste sich aus der Umarmung, wollte etwas sagen, aber Marion kam ihm zuvor: »Du Ralf, ich habe eine kleine Überraschung für dich, lass uns schnell nach Hause fahren.«

Ralf machte ein säuerliches Gesicht und verzog die Mundwinkel.

Zu Hause, wie das klang! In der Zweizimmerwohnung in Walsrode hatte er sich noch nie so richtig wohl gefühlt, die Nachbarn nervten ihn ständig und auch das Drumherum war ihm zu spießbürgerlich, schäbig und eng.

Bevor sie mit dem alten Polo den Besucherparkplatz verließen und in die Schulenburger Landstraße einbogen, küssten sie sich noch einmal. Sie fuhren auf die Autobahn und schafften die sechzig Kilometer zu ihrer Wohnung in vierzig Minuten.

Nachdem sie sich etwas frisch gemacht und umgezogen hatten, reichte Marion ihm ein gefülltes Sektglas, streckte herausfordernd ihren großen Busen nach vorn und drehte sich im Kreis: »Na, wie findest du mein neues Kleid? Ich habe es extra für den heutigen Tag gekauft.«

Ralf rang sich ein müdes Lächeln ab: »Toll, wirklich toll…«

Er musste zugeben, die Verpackung war super, aber der Inhalt gefiel ihm schon lange nicht mehr.

Marion füllte erneut die Gläser und säuselte: »Zum Wohl, lieber Ralf. Ich habe fest damit gerechnet, dass du heute rauskommst und deswegen habe ich, wie schon angekündigt, ein kleines Geschenk für dich. Es ist ein Schmuckstück und du musst es immer tragen. Setz dich bitte und mach die Augen zu.«

Ralf ließ sich wortlos auf einen Küchenstuhl fallen, schloss die Augen und dachte an Reni, die seit einigen Monaten seine Geliebte war. Marion, mit der er nun schon seit fünf Jahren zusammenlebte, ging ihm immer mehr auf die Nerven. Im Knast hatte er daher den Entschluss gefasst, sich von ihr so schnell wie möglich zu trennen.

Mein Gott, Marion konnte doch nicht im Ernst glauben, ihn bis an ihr Lebensende halten zu können. Immerhin wurde sie bald vierzig und konnte nur noch mit großer Mühe ihre Falten verdecken. Reni war dagegen jung, Anfang zwanzig, nicht besonders klug und somit genau das, was er brauchte. Mit ihr wollte er die nächsten Jahre mehr oder weniger verbringen.

Den Flug nach Rio hatte Reni in seinem Auftrag schon gebucht, und mit zweihunderttausend Euro konnten sie in Brasilien gut leben.

Ralf nahm sich vor, noch heute Abend das Geld aus dem sicheren Versteck zu holen und mit Reni auf Nimmerwiedersehen zu verschwinden.

In Gedanken befand er sich bereits in Rio de Janeiro, er sah braunhäutige Frauen, glutäugig, jung und mit wohlgeformten Körpern, den Zuckerhut, die Copacabana und…

Ralf zuckte leicht zusammen und wurde in die Wirklichkeit zurückgeholt, als er an seinem linken Handgelenk etwas kaltes spürte. Als er leise seufzend die Augen öffnete, sah er auf sein Geburtstagsgeschenk: Eine Armbanduhr, goldfarben, mit einem schwarzen Lederband und funkelnden Steinen.

»Die sind bestimmt nicht echt«, ging es ihm durch den Kopf.

Auf jeden Fall war es aber eine nette Geste von Marion und so schlecht sah die Uhr gar nicht aus.

»Aber Marion, das war wirklich nicht nötig…«

»Versprich mir bitte ganz fest, die Uhr immer zu tragen.«

Ralf grinste und hob beschwörend drei Finger seiner rechten Hand: »Ich verspreche es. Großes Ehrenwort!«

Dann stand er auf, nahm sie lustlos in die Arme und sagte mit belegter Stimme: »Tut mir Leid, ich muss noch einmal kurz weg. Es ist wegen des Geldes, na, du weißt schon. In zwei Stunden bin ich wieder da, und dann überlegen wir, was wir morgen gemeinsam unternehmen.«

Während er das sagte, ließ er seine Blicke noch einmal durch das Zimmer schweifen. Er war sicher, dass er diese Wohnung in seinem Leben nie wieder betreten würde.

Marion warf ihm einen merkwürdigen Blick zu und verzog ihr Gesicht zu einem Lächeln, das grimassenhaft wirkte und ihre Augen nicht erreichte.

Aber das konnte Ralf nicht mehr sehen, er war mit seinen Gedanken schon ganz weit weg…

***

Ralf Siegel lenkte den Polo seiner Lebensgefährtin zunächst kreuz und quer durch Walsrode und achtete übertrieben sorgfältig darauf, dass ihm niemand folgte. Schließlich war er Profi!

Um ganz sicher zu sein, fuhr er danach auf die Bundesstraße 209 in Richtung Fallingbostel, hielt auf einem Parkplatz und ging in das angrenzende Waldstück hinein. Er stellte sich hinter einen Baum und beobachtete aus sicherer Entfernung die vorbeifahrenden und einbiegenden Fahrzeuge. Erst als ihm alles unverdächtig erschien, kam er zurück, fuhr nach Düshorn und von dort auf die Celler Straße in Richtung Autobahn mit dem dahinterliegenden Truppenübungsplatz. Sicherheitshalber schaute er immer wieder in den Rückspiegel, aber kein Auto folgte ihm und seine übertriebene Vorsicht schien unbegründet. Er war in ausgesprochen guter Stimmung, denn bis zu seinem Ziel hatte er nur noch wenige Minuten. Vor dem kleinen Ort Bockhorn verringerte er die Geschwindigkeit und fuhr hinter einer eingezäunten Schonung nach links in einen Feldweg hinein. Er überquerte die holprige Wegkreuzung, fuhr links an einer weiteren Schonung und einem Telegrafenmasten vorbei. Als er vorn links die Bank mit dem hölzernen Wegweiser erblickte, atmete er tief durch. Er bog rechts ab und erreichte Minuten später den hinteren Teil des 1438 erbauten Helkenhofes mit der FloraFarm und den Ginseng-Gärten. Ralf Siegel schaltete die Scheinwerfer aus und ließ den Wagen neben einer Anhäufung von Findlingen ausrollen.

Endlich war er am Ziel!

Etwas wehmütig dachte er daran, dass er vor einigen Jahren in den einzigartigen Ginseng-Gärten der FloraFarm mehrmals als Aushilfskraft gearbeitet hatte, er kannte sich hier also bestens aus.

Ralf Siegel blieb noch eine Weile sitzen, steckte sich eine Zigarette an und kurbelte das Fenster nach unten. Er inhalierte tief und ließ dabei seine Blicke aufmerksam über den idyllisch gelegenen Helkenhof schweifen. Da es geregnet hatte und jetzt ein leichter Nebel aufstieg, sah er die Gebäude des alten Heidebauernhofes unter den gewaltigen Eichen nur schemenhaft, wobei er den angrenzenden Golfplatz mit dem Ginsengpfad nur erahnen konnte.

Entschlossen griff er zu seiner Taschenlampe und stieg aus. Lautlos drückte er die Autotür ins Schloss und ging zielgerichtet auf den nur wenige Meter entfernt stehenden alten Schafstall zu, der schon lange keine Heidschnucken mehr beherbergte. Stattdessen befanden sich in dem hölzernen Gebäude landwirtschaftliche Maschinen und Geräte des Helkenhofes.

Unter dem Schauer des ehemaligen Schafstalls blieb er stehen, atmete tief durch und ging auf eine angelehnte Holzleiter zu. Langsam begann er, nach oben zu steigen, verhielt auf der vierten Stufe eine Weile, lehnte sich seitwärts mit dem Rücken gegen die Sprossen und ließ seinen Blick noch einmal umherschweifen. Nein, weit und breit war nichts zu sehen. Lediglich links aus dem Waldstück hinter dem Ehrenmal kamen gedämpfte Geräusche, die er nicht so recht einordnen konnte. Er beruhigte sich, denn schließlich lebten in dem Gehölz unzählige Tiere, die besonders in der Nacht aktiv und auf Beute aus waren. Genau wie er!

Beruhigt griff er zu den Leitersprossen, stieg weiter nach oben und betrat vorsichtig den mit staubigen Brettern und Bohlen bedeckten Boden. Dabei schaute er konzentriert nach vorn und folgte mit seinem Blick dem Strahl der Taschenlampe. Er nickte zufrieden und balancierte über eine wacklige Bohle. Nach drei oder vier Schritten blieb er stehen, schob mit seiner rechten Hand ein Brett zur Seite und ergriff tastend eine blaue Plastiktüte, die sich darunter in einer Vertiefung befand.

Als er die Tüte in den Händen hielt und noch in gebückter Haltung fast liebevoll den Inhalt überprüfte, wich die Anspannung aus seinem Gesicht und er spürte so etwas wie Glück in sich aufsteigen. Nach einigen Minuten richtete er sich auf, balancierte zur Leiter zurück und stieg mit dem Lächeln eines Siegers nach unten. Leise pfeifend und mit beschwingten Schritten ging er unbekümmert in Richtung seines Autos. Nun würden sich endlich seine Träume erfüllen …

Doch plötzlich erstarrte er!

Grelle Scheinwerfer flammten auf, und seine linke Hand, die gerade die Autotür öffnen wollte, zuckte wie elektrisiert zurück. Zu Tode erschrocken ließ er die Plastiktüte fallen und hielt beide Hände vor die geblendeten Augen.

Ohne sehen zu können, wusste er in diesem Augenblick, dass dutzende Augenpaare, Polizisten mit Waffen in den Händen, auf ihn starrten und jede seiner Bewegungen genau beobachteten. Dann hörte er leichte Schritte auf sich zukommen und eine Frauenstimme, die er vom Haftprüfungstermin her kannte.

Die junge Staatsanwältin Dr. Claudia Wallner!

Ihre Stimme klang kalt, aber auch triumphierend: »Herr Siegel, ich nehme Sie erneut fest, und ich glaube, dieses Mal reichen die Beweise aus. Alles, was Sie jetzt sagen, kann gegen Sie verwendet werden.«

Sie klärte ihn über seine Rechte auf, ergriff die blaue Plastiktüte und fügte ironisch hinzu: »Ich wusste gar nicht, dass Sie so gesundheitsbewusst sind. Hier auf der FloraFarm, in den Ginseng-Gärten! Nein, darauf wäre ich niemals gekommen! Wie mir bekannt ist, kommen hier Menschen her, um mit der koreanischen Heilpflanze und diesem Lebenselixier ihre Konzentration und Widerstandskraft zu verbessern, nicht aber, um hier Diebesgut zu lagern oder abzuholen.«

Obwohl Ralf Siegel über die Anwendungen der Ginsengwurzeln weit besser Bescheid wusste als die Staatsanwältin, schien er kein Verständnis für ihre spöttisch gemeinten Bemerkungen zu haben. Mit kreidebleichem Gesicht lehnte er sich gegen den Polo und dachte unsinnigerweise daran, dass seine Geliebte Reni den Flug nach Rio stornieren musste; an Marion verschwendete er keinen Gedanken.

Als die Polizisten Ralf Siegel Handschellen anlegten, fluchte er leise vor sich hin und warf der Staatsanwältin wütende Blicke zu.

»Beantworten Sie mir bitte eine Frage: Wie zum Teufel konnten Sie mich hier finden? Niemand kannte das Versteck im alten Schafstall!«

Dr. Wallner lächelte kalt und zuckte mit den Schultern: »Herr Siegel, das ist eine etwas längere Geschichte und hat mit Ihrer Lebensgefährtin Marion Hauser und der Armbanduhr zu tun, die Sie am Handgelenk tragen …«

Die Staatsanwältin stockte und übergab die blaue Plastiktüte mit den zweihunderttausend Euro einem Polizeibeamten. Danach wandte sie sich wieder an Ralf Siegel, der auf die funkelnde Uhr starrte und dann wieder verständnislos auf die Staatsanwältin, die nun etwas versöhnlicher fortfuhr: »Ja, Herr Siegel, da wir Sie schon längere Zeit observieren, wussten wir natürlich auch von Ihrer jungen Geliebten Reni, die in Ihrem Auftrag vor einigen Tagen eine Reise für zwei Personen nach Rio gebucht hat. Offensichtlich waren Sie fest davon überzeugt, dass der Haftrichter Sie auf freien Fuß setzen würde. Sie wussten also mehr als Justiz und Staatsanwaltschaft. Ja, und als wir dann von dem Liebesverhältnis mit dieser Reni erfuhren, war es nicht mehr allzu schwer, Ihre langjährige Lebensgefährtin Marion Hauser zur Zusammenarbeit mit uns zu überreden. Von Frau Hauser bekamen wir übrigens auch den wertvollen Tipp, dass Sie Ihren Beuteanteil eventuell auf der FloraFarm versteckt haben könnten, weil Sie hier einmal gearbeitet haben und den Helkenhof daher wie Ihre Westentasche kennen. Wenn Sie so wollen, war es ein Deal, den die Staatsanwaltschaft mit Frau Hauser eingegangen ist. Ja, und Ihre Lebensgefährtin steht auch nicht gerade mit leeren Händen da, denn immerhin bekommt sie von der Versicherung einen ganz ansehnlichen Betrag für die Wiederbeschaffung des Geldes …«

»Dieses verdammte Miststück!« Ralf Siegel war außer sich vor Wut und konnte sich kaum beruhigen.

Die Staatsanwältin räusperte sich: »Na, na, Herr Siegel, nun regen Sie sich nicht so auf! Sie haben schließlich Frau Hauser nach Strich und Faden betrogen und da brauchen Sie sich doch gar nicht zu wundern …«

»Das erklärt aber noch lange nicht, warum ich Ihnen gerade hier am alten Schafstall in die Falle gegangen bin, der Helkenhof ist ja ziemlich groß und Marion hatte, wie Sie eben gesagt haben, nur eine Vermutung …«

Die Juristin unterbrach ihn und lächelte ironisch: »Die protzige Uhr, die Sie da am Handgelenk tragen, ist kein Geburtstagsgeschenk Ihrer Lebensgefährtin, sondern eine Leihgabe der Polizei, die wir Ihnen gleich wieder abnehmen werden.«

»Ich verstehe immer noch nicht …«

»Die Uhr, Herr Siegel, trägt in sich ein kleines Geheimnis. Sie ist nämlich mit einem Minisender ausgestattet, der uns sicher hier zum alten Schafstall und somit zu Ihrem Versteck geführt hat …«

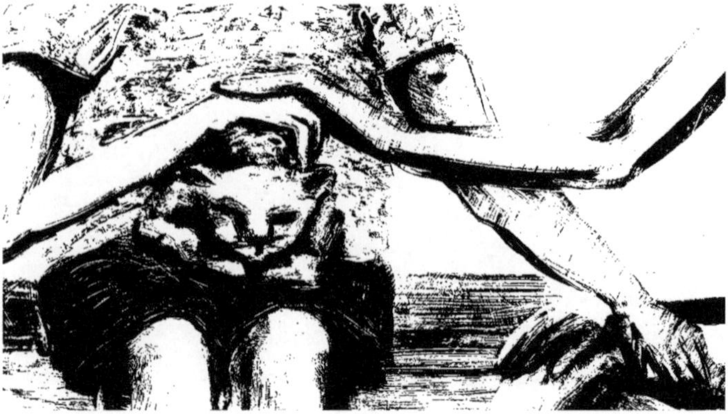

Tollwut

Von Anke Gebert

Maren steht lange mit erhobenem Arm da. Als sie den Arm senkt, schmerzt er vom Winken. Langsam legt sich der Staub auf der Landstraße. Maren geht durch das weit offen stehende Tor der Ausfahrt zurück auf das Grundstück.

Ihr Mann öffnet gerade den Kofferraum des Autos und legt behutsam einen großen blauen Sack hinein. Die Katze darin bewegt sich nur einmal kurz. Maren fragt sich, warum das Tier im Sack nicht kämpft. Es muss doch kämpfen! Um sein Leben! Doch die Katze sitzt einfach nur so da, seit der Förster mit dem Spaten ihren Kopf verfehlte, nein eigentlich schon, seitdem der Fuchs sie biss.

Maren hatte es genau beobachtet: Der Fuchs kam aus dem Wald direkt auf das Haus zu. Junge Füchse trauen sich, von Hunger getrieben, manchmal sehr dicht an die Menschen heran. Der Fuchs lief auf die Katze zu und biss sie. Die Katze bäumte sich nur einmal kurz auf. Dann saß sie wie starr da. Maren glaubt, auch ein leises Fauchen gehört zu haben. Der Fuchs drehte ab und lief langsam, als wäre nichts gewesen, in den Wald zurück.

Marens Mann klappt das Auto zu.

»Schade, dass der Besuch deiner Freundin so enden musste. Ich werde jetzt losfahren.«

Freundin, denkt Maren. Freundin, dass ich nicht lache. Sie bückt sich zu ihrem Mann durch die geöffnete Fensterscheibe und küsst ihn auf den Mund. Alles scheint wie vorher zu sein.

Doch nichts ist, wie es war. Und dabei hatte sich Maren sehr über das zufällige Wiedersehen mit ihrer Freundin gefreut.

Wie lange war das her, dass sie und Vera sich kannten? Sie waren einmal beste Freundinnen gewesen und hatten sich geschworen, sich nie aus den Augen zu verlieren. Was immer geschehe. Maren möchte im staubigen Sand versinken für jeden Brief, jede Karte, die sie in den vergangenen Jahren an Vera geschickt und darum gebettelt hatte, dass Vera endlich zu einem Besuch kommen solle. Es gäbe viel zu erzählen über die alten Zeiten. »Weißt du noch …« Außerdem hätten Maren und ihr Mann sich vor einiger Zeit dieses wunderbar abgelegene Haus auf dem Lande bei Walsrode gekauft. Das müsse Vera unbedingt sehen. Und sie hätte auch noch gar nicht Marens Mann kennen gelernt, das allein sei schon den Aufwand wert, sich auf die Reise zu machen … Fünf Jahre lang hatte Maren Briefe geschrieben. Irgendwann hatte sie die Hoffnung auf ein Wiedersehen mit ihrer Freundin aufgegeben. Doch dann waren Maren und ihr Mann auf einem Fest auf der Ginsengfarm gewesen. Und dort hatten sie sich plötzlich gegenübergestanden. Die beiden Freundinnen Maren und Vera. Das war vor fünf Tagen gewesen.

Eigentlich mieden Maren und ihr Mann es, hier auf dem Lande unter die Leute zu gehen. Überhaupt hatte das Paar ein paar wohltuende Rituale, denen es in der Großstadt kaum nachgehen würde. Dieser Urlaub im Landhaus war die reinste

Erholung, denn eigentlich schliefen und aßen Maren und ihr Mann nur. Sie spielten einsame Insel. Keine Zeitung und kein Fernsehen. Die Leute aus dem Dorf ließen sie nicht zu dicht an sich heran. Maren und ihr Mann hatten sich ganz für sich. Sie genügten sich. Aus Spaß hatten sie sich Holzpantoffeln und Jogginganzüge gekauft. Sie meinten, damit weniger aufzufallen, wenn sie abends ihren Spaziergang durchs Dorf machten. Manche Bauern in dieser Gegend trugen ebenfalls Jogginganzüge, allerdings nur an den Sonntagen, wenn nicht gearbeitet wurde. Für Maren und ihren Mann war hier eben jeder Tag ein Sonntag.

Als Maren nun vor fünf Tagen auf der FloraFarm unverhofft Veras Stimme vernahm, glaubte sie einen Augenblick lang, es wäre ein Traum. Doch ihre Freundin stand wirklich dort. Vera. Sofort kamen sie ins Gespräch. Als wäre nichts gewesen. Als wäre keine Zeit vergangen. Vera unterhielt sich auch mit Marens Mann. Er sah dabei fröhlich aus. Ein Glück, dachte Maren, sie hatte ihm verschwiegen, dass sie Vera so oft um ein Kommen angebettelt hatte. Maren hatte vermeiden wollen, dass er glaubte, er genüge ihr nicht. Denn, er genügte ihr. Eigentlich. Er hatte irgendwann Veras Stelle eingenommen.

Er war es, der Vera zum Bleiben einlud. In Marens und sein Haus. Und Vera sagte sofort zu. Gut sah Vera aus. So hübsch hatte Maren sie gar nicht in Erinnerung. Als sie sich vor fünf Jahren das letzte Mal gesehen hatten, hatte Vera sehr mit der Scheidung von ihrem Mann zu tun gehabt. Sie schien sich inzwischen gut davon erholt zu haben. Die Trennung hatte sich offenbar bestens ausgewirkt. So schlank wie jetzt war Vera noch nie gewesen. In Stuttgart schien es außerdem gute Boutiquen zu geben. Für diesen Ausflug ins Dorf war Vera allerdings viel zu auffällig angezogen. Maren würde ihr welche von ihren alten Sachen leihen müssen. Wenn es hier regnet, geht einem der Schlamm manchmal bis zu den Knöcheln.

Im Haus dann umarmten Maren und Vera sich innig. Marens Mann schlug vor, dass er und Vera in die nächste Stadt fahren sollten, um noch ein paar Dinge für den Abend einzukaufen.

Das Wiedersehen müsste unbedingt gefeiert werden. Er und Vera. Maren fragte sich, weshalb zu diesem Anlass der Edeka im Dorf für den Einkauf nicht ausreichte. Seit vier Wochen gingen sie dort fast täglich hin. Maren und er.

Maren kochte Kaffee. Ihr Mann zog sich um, während sich Vera im Haus umsah. Wo sie schlafen dürfe, fragte sie, und stellte ihre Tasche im Flur ab. Marens Mann nahm das Gepäck und freute sich über ein Kompliment, das ihm Vera machte. Noch gestern hatte sich ihr Mann zum Einkauf nicht umgezogen, dachte Maren.

Vera und Marens Mann blieben bis zum Abend weg. Maren verstand das nicht. Sie hatte sich so sehr über das Wiedersehen mit Vera gefreut und endlich in Ruhe mit ihr reden wollen. Maren versuchte zu lesen, doch sie konnte sich nicht auf ihr Buch konzentrieren. Sie bezog Veras Bett. Bei jedem Autogeräusch hastete sie zum Fenster. Als dann das Auto endlich auf dem Hof hielt, blieben Vera und Marens Mann noch eine Weile darin sitzen und erzählten lachend. Maren stand hinter dem Fenster und wartete. Dann, als die beiden endlich hereinkamen, tat sie so, als hätte sie die ganze Zeit völlig vertieft gelesen. Marens Mann schleppte drei Kartons mit Getränken ins Haus:

»Du scheinst uns gar nicht vermisst zu haben, dann hätten wir ja noch länger in der Stadt bleiben können«, sagte er.
Maren fragte sich, wann sie das alles trinken wollten und ob Maren hier vielleicht überwintern wollte.
Vera bemerkte im Vorbeigehen so etwas wie:

»Hast einen tollen Fang gemacht. Du musst aber aufpassen, dein Mann flirtet nämlich mit jeder zweiten Verkäuferin. Und die springen alle darauf an. Ich würde ihn allerdings auch nicht von der Bettkante stoßen …«

Maren lachte. Sie lachte, ohne es zu bemerken. Als im Wohnzimmer der erste Sektkorken knallte, war Maren noch allein in der Küche. Ihr Mann und Vera stießen an. Maren nahm sich ein altes Senfglas aus dem Küchenschrank. In ihrem Sommerhaus existierten nur zwei Sektgläser. Maren prostete den beiden zu.

»Geht ruhig schon unter die Pergola, ich mache uns etwas zum Abendessen«, sagte sie und war gewiss, dass Vera wenigstens jetzt so anständig sein würde, ihr in die Küche zu folgen und beim Essenbereiten zu helfen. Vera allerdings ging mit Marens Mann hinaus in den Garten.

Maren setzte sich auf einen der Stühle und trank ihr Glas leer. Sie sah sich in der Küche um, als würde sie zum ersten Mal in diesem Raum sein. Mechanisch suchte sie ein paar Lebensmittel zusammen. Bevor sie das Tablett nach draußen brachte, ertappte sie sich dabei, die beiden heimlich von weitem zu beobachten. Ihr Mann hatte sich Vera gegenüber gesetzt. Er hatte die Katze auf dem Schoß und streichelte sie. Die Katze war ihnen vor ein paar Tagen zugelaufen. Bestimmt gehörte sie einem Bauern aus dem Ort, der sie gar nicht vermisste. Im Dorf fasste kaum jemand seine Katzen an, weil sie angeblich Krankheiten übertrugen. Aber wegstoßen konnte man so ein armes Tier doch auch nicht, wenn es sich bei einem einschmeichelte, fand Maren. Hätte sie aber vielleicht sollen. Dann hätte Maren jetzt nicht mit ansehen müssen, wie auch Veras Finger langsam durch das Fell der Katze strichen und manchmal in Berührung mit den Händen ihres Mannes kamen. Maren blieb lange hinter dem geschlossenen Fenster stehen. Dann öffnete sie es mit einem Ruck und bat die beiden, ihr das Tablett abzunehmen, damit sie es nicht durchs ganze Haus tragen musste. Sie kam sich vor wie jemand, der störte.

Das war jetzt genau fünf Tage her. Maren fragt sich, wie sie diese fünf Tage überlebt hatte. Überlebt ist das richtige Wort. Überlebt ist nicht übertrieben. Wenn sie überhaupt hatte schlafen können, hatte sie immer wieder den gleichen Traum gehabt: Sie fleht Vera an, zu ihrem geschiedenen Mann zurückzukehren. Sie macht ihn ihr schmackhaft, obwohl Maren selbst ihn für seine Fremdgeherei immer verachtet hatte. In diesen fünf Tagen hatte Maren auch kaum essen können. Immer hatte sie das Gefühl gehabt, Vera berühre unter dem Tisch heimlich ihren Mann. Und sie ist sich sicher, dass Vera ihren Mann berührt hat.

Die Katze hatte Maren schließlich das Leben gerettet. Das arme Vieh hatte sich vom Fuchs beißen lassen und musste deswegen nun sterben.

Als Vera von dem Fuchs erfuhr, hatte sie Angst bekommen. Am Ortseingang hing ein Schild mit dem Aufdruck »Tollwutsperre«. Tollwut bricht erst Monate nach Infizierung aus. Wie oft hatte Vera das Tier angefasst und dann mit den Händen gegessen? Und all die kleinen Kratzwunden an ihrem Unterarm, fragte sich Vera panisch.

Das Tier verhält sich nach solch einem Biss erst einmal unauffällig. Der Mensch auch. Also könnte es doch wirklich gut sein, dass… Und dann eines Tages würde sie ausbrechen – die Krankheit. Die Tollwut. Und absolut tödlich sein.

Vera war wie verwandelt. Marens Mann war plötzlich uninteressant für sie geworden. Die Katze musste untersucht werden, verlangte Vera beinahe hysterisch, dann könne sie sich wenigstens noch schnell Spritzen geben lassen, falls das Tier infiziert sei. Sie würde sich jedoch niemals hier in dieser Provinz impfen lassen. Nur in Stuttgart. Bei nächster Gelegenheit würde sie dann wiederkommen und ihren angefangenen, eigentlich wunderbaren Besuch fortsetzen. Marens Mann versuchte, Vera zu beruhigen und zum Bleiben zu bewegen.

Maren hatte geschwiegen.

Vera ist vor fünf Minuten abgefahren.

Marens Mann ist auf dem Weg in die Tierklinik. Die Katze, die Katze im Sack, hat er im Kofferraum. Maren ist froh, dass die Klinik in entgegengesetzter Richtung zu Veras Ziel liegt.

Maren legt sich in die Hängematte. Das Gift gegen Tollwut wird einem in den Bauch gespritzt, hat sie gehört. Es wäre ihr egal. Das würde sie aushalten. Lächelnd beobachtet sie einen alten Kater, der vergebens nach der Katze sucht. Maren schläft mit einem Gefühl von Freude ein.

Als es schon dunkel wird, erwacht sie von der Kühle. Ihr Mann ist noch nicht zurückgekommen. Im Haus sucht Maren auf einer Landkarte nach einem Punkt, an dem Vera und er sich heimlich verabredet haben könnten. Plötzlich erhellen Scheinwerfer den Raum. Langsam geht Maren ihrem Mann entgegen. Er sieht müde aus.

»Tut mir leid, dass es so lange gedauert hat. Ich wollte den Befund abwarten, wenn ich schon mal dort in der Klinik bin. Positiv«, sagt er leise.

Maren geht vor ihm zurück ins Haus.

Sie ist seltsam gefasst.

»Spritzen, also doch.«

Ihr Mann wirft sich aufs Bett.

»Wir müssen unbedingt Vera anrufen, damit sie in Stuttgart sofort etwas unternehmen kann.«

Maren zieht ihm die Schuhe aus.

»Ruh dich aus«, sagt sie, »ich werde das machen.«

Ihr Mann rollt sich auf der Bettdecke wie ein Embryo zusammen.

Maren geht mit ihrem Adressbuch und Geld die dunkle Dorfstraße entlang. Sie und ihr Mann haben hier in ihrem Landhaus kein Telefon. Sie genügen sich selbst. Eigentlich. Maren überlegt, wie sie es Vera sagen soll, wie sie überhaupt mit ihr reden sollte. Als wenn nichts gewesen wäre? Oder ihr sagen, wie unerträglich Veras Attacken auf ihren Mann gewesen sind?

Die alten Leute, bei denen Maren um ein Telefonat bittet, gehen zurück in die Küche, nachdem sie ihr in der guten Stube das Telefon gezeigt haben. Maren hört das alte Paar übers Fernsehprogramm reden, als sie Veras Nummer wählt. Freizeichen.

Veras inzwischen wohl fast erwachsener Sohn nimmt ab. Maren ist erleichtert, nicht die Stimme ihrer Freundin hören zu müssen. Veras Sohn redet drauflos, wie begeistert seine Mutter von dem Haus auf dem Lande erzählt habe und dass sie unbedingt bald wiederkommen wolle … Maren unterbricht ihn.

»Richte deiner Mutter bitte aus: Schöne Grüße von mir und selbstverständlich auch von meinem Mann. Sie solle sich keine Sorgen machen, es ist alles in Ordnung. Sie weiß dann schon, welche Sache ich meine.«

Maren legt schnell auf. Leise sagt sie zu Ende: »Die Katze hatte keine Tollwut, Vera, du brauchst dich nicht spritzen zu lassen.«

Maren legt Geld fürs Telefonieren auf den Schreibtisch der alten Leute. Mit einem Radiergummi beseitigt sie Veras Anschrift aus ihrem Adressbuch. Ohne sich zu verabschieden, verlässt sie das Haus.

Autorinnen und Autoren

Martina Bick, geboren 1956 in Bremen. Studium der Musik- und Literaturwissenschaft in Münster und Hamburg. Lebt nach Auslandsaufenthalten in Hamburg und arbeitet an der Hochschule für Musik und Theater. Verschiedene Stipendien, u. a. als Krimistadtschreiberin in Flensburg (2001). Zahlreiche Krimis, Kurzgeschichten und Herausgeberschaften. Zuletzt erschienen: »Die Spur der Träume« und »Heute schön, morgen tot«. Mitglied im Schriftstellerverband und im »Syndikat«.

Dieter Bromund, 1938 in Bromberg geboren, ist von Herzen Niedersachse, weil er dort auf einem Bauernhof groß wurde. Nach Studium der Anglistik und Germanistik 26 Jahre lang angestellter Marketing-, Werbe- und PR-Berater. Seit 1990 als freier Mann vom Schreiben lebend. Verheiratet, zwei erwachsene Töchter. Lebt bei Frankfurt am Main. Liebt See und Westwind, altmodische Segler, Inseln und ferne Küsten und schreibt seit Schultagen. Inzwischen mehr als 20 eigene Bücher, 18 aus dem Englischen übersetzte, zahlreiche Funkfeatures und Hörspiele, Kurzgeschichten und Fachveröffentlichungen. Die letzten drei Veröffentlichungen, alle im Leda Verlag: »Die Frau aus der Brandung«, »Die wandernden Sände«, »Kein Schnaps für den Zaren«.

Monika Buttler, Journalistin und Autorin, wurde in Berlin geboren, wuchs in Detmold auf und machte in Hamburg ihren Magister in Literaturwissenschaft, Germanistik und Philosophie. Neben ihrer langjährigen Tätigkeit als Redakteurin bei der Zeitschrift »Zuhause wohnen« veröffentlichte sie Sachbücher und übersetzte Thriller aus dem Dänischen. Seit 2001 Krimischreiberin. Mitglied im »Syndikat« und bei den »Sisters in Crime«.

Anke Cibach, geboren in Hamburg. Studium der Psychologie und Anthropologie in Hamburg. Freiberuflich in Stade tätig als Diplom-Psychologin und Autorin, umgeben von liebenswerten, bissigen Haustieren, Mitmenschen und einem Smart. Sie schätzt beim Schreiben schwarzen Humor, ist Mitglied im »Syndikat« (Autorengruppe deutschsprachiger Kriminalliteratur) und bei den »Sisters in Crime«. Motto: »Krimis sind Schokolade für die Seele.« Zuletzt erschienen sind von ihr: Krimianthologie »Liebestöter. Morde mit und ohne Strapse« (Scherz 2003), »Rat der Raben« (Prolibris 2004), »Das Phantom vom Fischmarkt« (Axel Springer, 2004).

Kai Engelke, geboren am 1. April 1946 in Göttingen, aufgewachsen in Hildesheim, Berlin und Wyk/Föhr. Lebt mit seiner Familie als Schriftsteller, Kulturjournalist, Liedersänger, Maler und (Teilzeit-)Grundschullehrer im Emsland. Nach dem Abitur in Gießen Redaktionsvolontariat bei dpa in Frankfurt/Main. Tätigkeit als freier Journalist für Tageszeitungen, Magazine und den Rundfunk. Studium (Deutsch, Musik, Kunst) in Hildesheim. Bisher 26 Einzelveröffentlichungen bzw. Herausgaben, Mitarbeit an mehr als 100 Anthologien, Initiator und Organisator der Surwolder Literaturgespräche 1981–1988: Mitarbeit bei Rundfunk und TV; rege Lesungstätigkeit in allen Bundesländern; künstlerische Leitung der Landesliteraturtage Niedersachsen/Bremen 2001. Schreibt Lyrik, Prosa, Essays, Lieder, Rezensionen, Reportagen, Romane und Sachbücher. Mitglied im Verband deutscher Schriftsteller und in der »Syndikat«-Autorengruppe deutschsprachiger Kriminalliteratur.

Anke Gebert wurde 1960 geboren, studierte Kunsterziehung, Germanistik, Journalistik und Film mit dem Schwerpunkt Drehbuch und arbeitete in verschiedensten Berufen. Seit einigen Jahren lebt sie als freie Autorin von Büchern und Drehbüchern in Hamburg. Für ihre Arbeiten erhielt sie Preise und Förderungen. Die wichtigsten Veröffentlichungen: »Hunde, die bellen«, »Das Treiben« und »Besuchsreise«. www.ankegebert.de

Peter Gerdes, geboren 1955 in der Seehafenstadt Emden, lebt in Leer (Ostfriesland). Studium der Germanistik und Anglistik, anschließend als Journalist und Lehrer tätig. Literarische Anfänge Ende der 70er-Jahre; schreibt seit 1995 vor allem Kriminalliteratur und betätigt sich als Herausgeber. Mitglied im Landesvorstand Niedersachsen/Bremen des Verbandes deutscher Schriftsteller (VS), Mitglied im »Syndikat«, Leiter der Ostfriesischen Krimitage. Neuere Veröffentlichungen: »Flossen hoch«, Anthologie, Leda-Verlag 2002; »Stahnke und der Spökenkieker«, Stories, Leda-Verlag 2003; »Flossen höher!«, Anthologie, Leda-Verlag 2004; »Der Keller«, Kriminalroman, Leda-Verlag 2005.

Gunter Gerlach wurde in Leipzig geboren und lebt in Hamburg am Rande einer Bahnlinie. Obwohl das Haus bei jedem vorbeifahrenden Zug erzittert, ist es ihm gelungen, schon einige Bücher zu schreiben (Deutscher Krimipreis), literarische Regeln (Hamburger Dogma) ins Leben zu rufen, nach denen er sich nicht richtet und Parklandschaften (Grund zur Sorge) zu beschriften. Letzte Buchveröffentlichungen: »Der Haifischmann«, Roman, Rotbuch, 2003. »Irgendwo in Hamburg«, Krimi, Rotbuch, 2004. Ausführliche Daten unter www.gunter-gerlach.de

August Gödecke lernte mehrere Berufe und erlangte seine Abitur- und Hochschulqualifikation auf dem zweiten Bildungsweg. Ein mehrjähriges Belletristikstudium an der Axel-Andersson-Akademie in Hamburg ergänzte er um den Zusatz Drehbuchautor. Der ehemalige Zeitsoldat, Fallschirmspringer, Sportflieger und Luftbildfotograf schreibt seit 1996. Kriminalromane: »Die Pest der Gewalt«, »Das Hochhaus an der Spree«, »Ein fast perfektes Versprechen«, Todesart mit vier Buchstaben«. Zahlreiche Kriminalkurzgeschichten in Illustrierten; Geschichten in Anthologien und regionalen Zeitungen.

Alexandra Guggenheim, Kunsthistorikerin, Autorin und Herausgeberin. Sie ist ebenfalls journalistisch tätig und schreibt u. a. Reportagen und Buchrezensionen für Tageszeitungen und Fachzeitschriften, seit 2001 Krimis. Mitglied im »Syndikat« und bei den »Sisters in Crime«. Veröffentlichungen in verschiedenen Anthologien, zuletzt: »Das Bildnis des Giovanni Battista di Lampedusa«, in: »Flossen höher«, Leda Verlag, 2004.

Birgit H. Hölscher, Jahrgang 1958. Lebt abwechselnd in Hamburg und in einem verwunschenen Forsthaus in Mecklenburg. Ihre jahrelangen Erfahrungen in Gefängnissen, in der Drogenszene und im Hamburger Rotlichtviertel St. Pauli mündeten beinahe zwangsläufig in das Dasein als freie Autorin – wieder eine gesellschaftliche Randgruppe. Sie schreibt hardboiled, mit psychologischem Tiefgang und weitgehend polizeifrei. Seit 1998 freie Autorin: Erzählungen, Kurzgeschichten, Romane, Buchrezensionen. Freie Künstlerin: Experimentelle Fotografie und Fotoinstallationen, Bucheinbandgestaltung, Internetkunstprojekte, literarische Soundcollagen. »Marlowe«-Auszeichnung, verliehen von der Raymond-Chandler-Gesellschaft für die beste deutschsprachige Kriminalkurzgeschichte 2000.

Malachy Hyde (Pseudonym für Ilka Stitz und Karola Hagemann), Ilka Stitz wurde am 22.10.1960 in Hannover geboren, Karola Hagemann am 16.02.1961 in Dannenberg. Gemeinsame Schulausbildung in Hannover. Während Ilka Stitz nach dem Abitur Kunstgeschichte, Germanistik und Archäologie in Göttingen und Köln studierte, besuchte Karola Hagemann die Universität Hannover zum Studium der Geschichte, Anglistik und Erwachsenenbildung. Heute arbeitet Ilka Stitz als freie Journalistin und Autorin in Köln, Karola Hagemann ist als Diplom-Pädagogin beim Landeskriminalamt Niedersachsen tätig, Wohn- und Arbeitssitz Hannover. Kriminalromane: »Tod und Spiele«, Diederichs 1999, »Eines jeden Kreuz«, Weitbrecht 2002, »Wisse, dass Du sterblich bist«, Eichborn Verlag 2004. Kurzgeschichten: »Das Vermächtnis der Colonia Ulpia Traiana«, in: Mord am Niederrhein, Grafit 2004. Weitere Informationen im Internet: www.malachy-hyde.de

Renate Müller-Piper ist Lehrerin, mit den Schwerpunkten Deutsch und Kunsterziehung. Lebt und arbeitet in Hannover. 1994 Fernstudium »Literarische Moderne« mit Prädikat (Uni

Tübingen). Schreibt Kurzkrimis, Satiren, Erzählungen, Feuilletons und literarische Porträts. Leitung von Kurzkrimiseminaren. Organisation zahlreicher Lesungen vielerorts. 1987 Preisträgerin des Kurzkrimiwettbewerbs vom Kulturrat Göttingen. Literaturfachbeirätin der GEDOK Hannover. Mitglied im Hannoverschen Künstlerverein. Seit 1994 Mitglied im »Syndikat«, seit 1997 bei den »Sisters in Crime«.

Karsten Oberbeck, geboren 1959, studierte in Hannover Innenarchitektur und gründete 1992 ein Planungsbüro. Seit acht Jahren lebt er in der Lüneburger Heide. Über viele Jahre eignete er sich – u. a. bei Wildnis-Exkursionen – umfangreiche Naturkenntnisse an und lernte, wie man jenseits der Zivilisation überlebt. So verwundert es nicht, dass diese Themen in seinem ersten Kriminalroman – Schattenläufer – und im hier vorliegenden Kurzkrimi zentrale Rollen spielen.

Regula Venske, geboren 1955, Dr. phil., ausgezeichnet u. a. mit dem Oldenburger Jugendbuchpreis, dem Deutschen Krimipreis und dem Lessing-Stipendium des Hamburger Senats, lebt als freie Schriftstellerin in Hamburg. Zuletzt erschienen die gesammelten Kurzgeschichten »Herzschlag auf Maiglöckchensauce«, »Du sollst nicht töten! Zwölf Verbrechen aus der Bibel« (beide Scherz Verlag), die Kriminalerzählungen »Rotwein mit Schuss« und »Hamburger Kanzelsturz« (Axel Springer Verlag) sowie die Kinder- bzw. Jugendbücher »Lale und der goldene Brief« (Bestenliste des Saarländischen Rundfunks, Kinderbuchautorenresidenz des Luxemburgischen Kultusministeriums und der Stadt Echternach) und »Der ganz normale Wahnsinn. Von der Liebe und dem Leben« (C. Bertelsmann).